rororo

«Zum Brüllen komisch, echter ostfriesischer Humor (nicht zu verwechseln mit platten Ostfriesenwitzen). Situationskomik aus dem prallen Leben!» *Klaus-Peter Wolf*

«Diejenigen, die Ostfriesland lieben, werden von diesem Trio so begeistert sein wie ich!» *Gisa Pauly*

«Wer geglaubt hat, dass er Ostfriesland kennt, der wird hier eines Besseren belehrt – und das mit einer saftigen Portion Spannung und vor allem Humor, den manch einer den knorrigen Charakteren am Nordseestrand nicht zutraut, was aber einmal mehr beweist: Friesland singt nicht nur, es lacht auch!» *Margarete von Schwarzkopf*

Christiane Franke wurde an der Nordseeküste geboren und lebt immer noch gerne dort. Neben ihren gemeinsamen Projekten mit Cornelia Kuhnert schreibt sie weitere Krimis und Romane, die im Emons Verlag und im Goya Verlag erscheinen.

Cornelia Kuhnert lebt in Hannover und hat dort als Lehrerin gearbeitet. Sie hat bereits zahlreiche Kriminalromane veröffentlicht und Anthologien herausgegeben.

Mehr über die Autorinnen unter:
www.kuestenkrimi.de
www.christianefranke.de
www.corneliakuhnert.de

Christiane Franke
Cornelia Kuhnert

ES MUSS NICHT IMMER LABSKAUS SEIN

Ein Ostfriesen-Krimi

Rowohlt Taschenbuch Verlag

Originalausgabe
Veröffentlicht im Rowohlt Taschenbuch Verlag, Hamburg,
März 2022

Covergestaltung yellowfarm gmbh, Stefanie Freischem
Coverabbildung Shutterstock; Mauritius Images
Satz aus der Kepler Std
bei Pinkuin Satz und Datentechnik, Berlin
Druck und Bindung GGP Media GmbH, Pößneck, Germany
ISBN 978-3-499-00765-1

Die Rowohlt Verlage haben sich zu einer nachhaltigen Buchproduktion verpflichtet. Gemeinsam mit unseren Partnern und Lieferanten setzen wir uns für eine klimaneutrale Buchproduktion ein, die den Erwerb von Klimazertifikaten zur Kompensation des CO_2-Ausstoßes einschließt.
www.klimaneutralerverlag.de

FSC
www.fsc.org
MIX
Papier aus verantwortungsvollen Quellen
FSC® C014496

FREITAG

Rudolf Hieronymus Bakker liebt es, am frühen Morgen seine Joggingrunde zu drehen. Dann hat er die Welt für sich. Zumindest gefühlt. Und hier auf Spiekeroog, wo er seit zwei Wochen als Vertretungspolizist arbeitet, läuft das Leben ohnehin gemütlich ab. Im Winter sowieso. Darum ruft er auch immer gleich «Hier», wenn eine Vertretung gebraucht wird. Seine Zeit auf der Insel ist aber schon am Sonntag wieder um, dann kommt der Kollege mit Frau und neugeborenem Töchterchen zurück, und Rudi fährt wieder aufs Festland. Ist aber nicht tragisch, auch in Neuharlingersiel lässt es sich gut aushalten.

Am Januarhimmel ist kein Wölkchen zu sehen, die Morgendämmerung hält die Insel noch in trübem Halbschlaf gefangen. Die Luft ist eisig, sein Atem weht wie eine Nebelfahne vor ihm her, als er langsam zu joggen beginnt. Zum Glück sind die Wege nicht glatt. Zügig hat er den Strandweg erreicht und läuft geschmeidig an den sanft geschwungenen Dünen entlang. Schließlich hat er den Zugang zum Strand erreicht. Von der Nordsee ist nichts zu sehen. Das Meer hat sich zurückgezogen, erst in fünf Stunden werden die Wellen sich wieder herantasten. Heute sicher sanft, doch manchmal, wenn der Wind übers Wasser peitscht, sind sie zornig und wütend, und die Gischt spritzt. Das gefällt Rudi besonders.

Er joggt den Dünenweg hinab und wendet sich nach

rechts. Heute will er in Richtung Osten laufen, bis zum Aufgang des Insel-Internats. Er trabt gerade los, da bleibt er auch schon wieder stehen.

Ach du grüne Neune. Was ist das denn? Dunkel zeichnet sich ein riesiges Etwas im ersten Licht des Tages ab. Mit beträchtlichem Respekt geht Rudi darauf zu. Tatsächlich: Da liegt ein Pottwal vor der Sandbank. Er nähert sich dem Tier und umrundet es in großen Schritten. Verdammt. Der Wal ist bestimmt dreizehn Meter lang. Und so massig, dass Rudi nicht über seinen Bauch hinwegsehen kann. In einer Wasserpfütze liegt der gestrandete Koloss regungslos da. Er ist definitiv tot, aber in seinem Bauch rumort es bedrohlich.

Rudi schnuppert. Das riecht ziemlich unangenehm. Vermutlich laufen schon irgendwelche Flüssigkeiten aus dem Kadaver. Er schüttelt sich und weicht ein paar Schritte zurück. Und nun? So einen Fall hatte er bislang nicht. In Neuharlingersiel ist noch nie ein Wal gestrandet. Bedröppelt kratzt er sich unter der blauen Mütze am Kopf. Wem muss er das eigentlich melden? Am besten dem Nationalpark-Ranger. Der wird wissen, was zu tun ist. Schnell sucht er die Telefonnummer raus und ruft ihn an. Aber der geht nicht ran. Was jetzt? Rudi muss nicht lange überlegen, ruckzuck wählt er die Nummer von Sven. Sein Sohn hält sich zufällig mit der Umweltorganisation «Eastfrisian Guardian Angels», der EGA, im Jugend-Gästehaus auf Spiekeroog auf.

«Moin, Sven. Ich steh hier bei einem toten Pottwal und brauche eure Hilfe.»

Der Wind hat zugenommen und peitscht die Wellen an den Strand. Im Mondlicht glänzen die Schaumränder auf dem nassen Sand. Dick eingemummelt stehen zwei Menschen am Flutsaum und beobachten das Naturspektakel.

«Das kann so nicht weitergehen!»

«Was meinst du damit?» Martin Junghans, Lehrer am Insel-Internat, steckt seine Hände tief in die Taschen seiner neongelben Daunenjacke.

«Seit Wochen finden wir tote Fische und Vögel am Strand. Verhungert mit Plastik im Magen. Letzte Woche hat sich ein Seehund im Fischernetz verheddert und ist elendig krepiert. Und jetzt noch der Wal. Garantiert findet man bei dem auch jede Menge Plastikabfall im Magen.»

«Da wirst du recht haben.» Martin hat alle Berichte über die in letzter Zeit auf den Ostfriesischen Inseln gestrandeten Wale aufmerksam gelesen.

«Ich will nicht recht haben. Ich will etwas dagegen unternehmen.»

«Aber deshalb sind wir doch in der EGA. Die Müllsammlung ab Ostern wird ...»

«Du mit deinen scheiß Sammelaktionen! Als würde ein neuer Mülleimer grundsätzlich was ändern. Wir müssen ganz andere Aktionen machen. Aktionen, die aufrütteln.»

Der letzte Satz wird von dem Donnern einer sich brechenden Welle begleitet. Martin Junghans schweigt. Er hat keine Lust, sich zu streiten. Vor allem ist er nicht bereit, an irgendwelchen Aktionen teilzunehmen, die nicht ganz legal sind. Schließlich ist er Lehrer. Maßvolles Handeln ist seine Devise.

«Ich muss jetzt los. Lass uns später weiterreden. Ich habe versprochen, den Nationalpark-Ranger abzulösen und die Walwache um 18 Uhr zu übernehmen. Da bin ich eh schon knapp dran.» Er dreht sich um und geht.

«Ja, verpiesel dich nur. Das machst du ja immer, wenn du Stellung beziehen sollst.»

Trotz Meeresrauschen hat Martin jedes Wort verstanden. Wie er diese ständigen Streitereien hasst!

Schwere Wolken ziehen über den Nachthimmel. Wacker pflügt das kleine Motorboot durch die kippeligen Wellen. Man sieht kaum die Hand vor Augen. Es ist zu früh, die Lampe einzuschalten. Ein Lichtstrahl würde auffallen. Der Strandabschnitt mit dem Campingplatz im Nordwesten der Insel müsste schon hinter dem Boot liegen. Jetzt ist es nicht mehr weit. Wäre es bloß ein bisschen heller. Als hätte sich der Mond entschlossen, Komplize zu sein, linst er durch eine Wolkenlücke und taucht das Meer in silbernes Licht. Die Gestalt auf dem Boot atmet erleichtert auf. Ein Stück voraus ist die bleiche Silhouette des verendeten Wals zu erkennen. Der Chef hat wieder einmal recht gehabt. Hier können sie schnelle Beute machen. Der Motor erstirbt, das Boot setzt auf. Zügig wird der Anker geworfen, und die spitzen Zinken bohren sich in den Sand. Perfekt. Die dunkle Gestalt schultert den Rucksack und steigt ins Wasser. Die Wellen schwappen ihr fast bis zur Hüfte. Doch das macht nichts. Die tarnfarbene Anglerhose mit integrierten Gummistiefeln reicht bis zur Brust. Und dank des Thermoanzugs darunter ist weder der Wind noch das eiskalte Wasser zu spüren. Zufrieden holt sie die akkubetriebene Flex aus dem Rucksack und schaltet die LED-Stirnlampe ein. Der Lampenstrahl ist auf den Unterkiefer des Wals gerichtet. Routiniert nimmt sie sich den vordersten Zahn vor und setzt den Winkelschleifer an.

Zwei, drei, präzise Schnitte, und der Zahn wandert direkt

in den Rucksack. Ohne Hektik arbeitet sie sich von Zahn zu Zahn vor, bis sie bei einem Schritt zur Seite fast stolpert. Irritiert beugt sie sich so weit vor, dass der Lichtstrahl der Stirnlampe nach unten zeigt. Ein Schuh. Langsam wandert der Strahl der Lampe nach oben. Da liegt ein Mensch. Instinktiv greift die Gestalt nach dem Klappmesser, das in der Latztasche der Wathose steckt.

SAMSTAG

Der Handywecker klingelt. Halb sechs. Sven reibt sich verschlafen die Augen. Warum hat er sich bloß für diese frühe Stunde zum Wachdienst einteilen lassen? Zehn Uhr hätte ihm besser gepasst. Ohne sich zu waschen, schlüpft er in die warme Skiunterwäsche und dann in den Thermoanzug seines Kumpels, der jedes Jahr über Ostern in die Berge fährt. Skigebiete sind zwar eine Katastrophe für die Umwelt, aber gegen das Ausleihen der wärmenden Klamotten spricht nichts. Das ist ja eher nachhaltig.

In der Küche des Jugend-Gästehauses schnappt sich Sven die Stullen aus dem Kühlschrank, die er vorsorglich gestern Abend geschmiert hat, und die Thermoskanne Tee. Dann setzt er seine Stirnleuchte auf und macht sich über die unbeleuchteten Dünenwege auf den Weg zum Hauptstrand.

Dort ist alles noch dunkel und wirkt unheimlich. Die Sonne wird sich erst in drei Stunden zeigen. Unablässig rauscht das Meer, auch wenn die Wellen gar nicht direkt bis an den Strand rollen. Im Lichtkegel seiner Stirnlampe nähert sich Sven dem schwarzen Koloss, um den sie gestern in weitem Abstand Flatterband gezogen haben.

«Martin, ich bin da!», ruft er in das Getöse von Wind und Wellen.

Niemand antwortet.

«Ich bin da!»

Wieder keine Antwort. Sven schlüpft unter dem Flatterband durch und marschiert auf den Wal zu. Erschrocken zuckt er zusammen, als er das Brodeln im Inneren des riesigen Tieres hört. Er läuft um den toten Wal herum und entdeckt seinen Mitstreiter. In seiner neongelben Daunenjacke liegt er direkt neben dem Kopf des Tieres. So, als würde er den Kadaver als Windschutz benutzen. Der hat ja Nerven. Er soll doch aufpassen. Nicht schlafen.

Sven grinst breit. «Hey, du Schlafmütze! Deine Wachablösung ist da.»

Martin rührt sich nicht.

Sven beugt sich vor und schüttelt ihn. Keine Reaktion. Dafür fühlt sich seine Hand nass an. Er betrachtet sie im Licht der Stirnlampe. Blut. Wo um Himmels willen kommt das her? Sven nimmt sein Handy aus der Jackentasche, schaltet die Taschenlampe ein und leuchtet Martin ab. Überall ist Blut. Mit zittrigen Fingern tippt er die Kurzwahl seines Vaters an.

Hauptkommissar Siegfried Haueisen könnte schwören, dass er ganz grün im Gesicht ist, als er im Hafen von Spiekeroog das Motorboot verlässt, das als Insel-Taxi zwischen Neuharlingersiel und der Insel verkehrt. Obwohl die Überfahrt nicht lang gedauert hat, war es ziemlich kippelig. Sein Magen hat ordentlich rebelliert, und sein Rücken schmerzt. Von wegen Wasser hat keine Balken! Wenn man in hohem Tempo darüberbrettert, wird man eines Besseren belehrt. Nach ihm klettert Oberkommissar Helmut Schnepel vom Boot, gefolgt von Doktor Emterbäumler, dem Rechtsmediziner. Den hat Haueisen gleich hinzugezogen, als Rudi Bakker einen Toten mit mehreren Stichverletzungen gemeldet hat. Das Team der Spurensicherung kommt mit dem nächsten Wassertaxi, obwohl das vermutlich nicht viel bringt. Inzwischen ist auflaufendes Wasser, da sind die Spuren garantiert schon weggespült. Aber egal. Rudi Bakker steht mit einem Golfcart am Hafenkai, daneben wartet ein anderer Mann mit einem ebensolchen Gefährt. Haueisen kennt diese Dinger sonst nur aus dem Fernsehen.

«Moin, Chef.» Bakker tippt sich zum Gruß mit der rechten Hand an die Dienstmütze. «Ich fahre uns hiermit, das geht schneller. Herr Lüttjohann befördert anschließend die Kollegen der Spurensicherung und ihre Ausrüstung.»

«Können Sie denn mit so einem Ding umgehen?», fragt Haueisen skeptisch.

Rudi grinst. «Ist wie mit 'nem Autoscooter. Nur hat der noch eine Bremse. Ich hab vorhin geübt, Sie können sich ganz auf mich verlassen. Außerdem gibt's auf der Insel nicht viele von diesen E-Autos. Hier sind eher die Radfahrer das Problem.»

Auf der Fahrt zur gegenüberliegenden Inselseite erklärt Rudi: «Als mein Sohn mich angerufen hat, bin ich gleich hin. Ich hab vorsichtshalber Fotos gemacht, man weiß ja nie. Sven und ein paar von seiner Umwelttruppe bewachen den Toten jetzt, wir haben ihm eine Rettungsdecke über den Körper gelegt und die mit Sand beschwert. Die weht ja sonst weg. Eine Fleecedecke wollte ich nicht nehmen, damit wir keine zusätzlichen Spuren legen. Und erkälten kann sich der Mann ja nicht mehr.» Rudi muss gestehen, er ist ein bisschen stolz auf sich selbst, dass er so früh am Morgen an alles gedacht hat.

«Sie wissen, wer der Tote ist?», fragt Haueisen, der neben Rudi sitzt.

«Jo. Martin Junghans. Lehrer am hiesigen Insel-Internat und Mitglied der EGA, zu der auch mein Sohn gehört.»

«EGAL?», fragt Schnepel von hinten.

«Nö. EGA. Eine Abkürzung. Übersetzt heißt der Verein: Ostfrieslands Schutzengel. Schöner Name, nich? Aber zurück zum Toten. Der hat auf jeden Fall mehrere Stichwunden.»

Sofort beugt sich Emterbäumler vor, der hinten neben Schnepel sitzt. «Sie haben ihn doch nicht etwa angefasst?»

«Nö, nur minimal. Aber am Hals sieht man zwei Einstichwunden, und die neongelbe Jacke ist vorne rum blutverschmiert. Überall quellen Daunen aus den Löchern.»

«Na, Gott sei Dank.» Emterbäumler lehnt sich zurück, als sie den Holzbohlenweg entlang zum Strand fahren.

Der Wind pustet die Wolken über den Himmel, die sich ein Schattenrennen auf dem Sand liefern. Ab und zu blitzen ein paar Sonnenstrahlen aus dem Grau.

Vor dem riesigen Kadaver, neben dem der tote Lehrer unter der Rettungsdecke liegt, stehen drei Leute. Jenseits des Absperrbandes noch mindestens zehn, die mit ihren Handys Aufnahmen machen. Garantiert findet man diese Fotos gleich in den sozialen Netzwerken. Widerlich, dass manche Menschen sich damit wichtigmachen wollen.

Rudi hebt das Absperrband hoch, Haueisen und Co. schlüpfen hindurch. Er friert. Hätte er sich doch bloß vorhin noch eine lange Unterhose angezogen.

«Moin», grüßt Haueisen knapp, während Schnepel schon die Rettungsdecke vom Toten zieht. Inzwischen ist es längst hell genug, um die Stichwunden am Hals und die Blutflecken auf der Daunenjacke ohne Taschenlampe zu erkennen. Emterbäumler kniet sich neben den Leichnam und beginnt seine Untersuchung.

«Sie haben also den Toten gefunden?», wendet sich Haueisen an Sven.

Rudi wundert sich über das «Sie», aber klar, junge Erwachsene muss man siezen. Und so gut kennt Haueisen Rudis Sohn nun auch wieder nicht.

Sven nickt. «Ja. Wir hatten abgesprochen, dass ich um sechs Uhr die Wache übernehme. Gestern waren schon ein paar Touristen tagsüber da, die einfach die Absperrung ignoriert haben.»

«Ist Ihnen heute Morgen irgendetwas Ungewöhnliches aufgefallen? Haben Sie Personen bemerkt, die fortgelaufen sind? Oder ein Messer gefunden, wenn es denn tatsächlich Stichverletzungen sind, wie Ihr Vater sagt.»

«Nein. Es war ja auch noch stockduster, da hab ich mit meiner Stirnlampe und dem Handy geleuchtet. Dann hab ich meinen Vater angerufen. Er ist ja im Moment hier der Inselpolizist. Danach hab ich Geertje und Felix informiert, damit sie auch herkommen und ich nicht allein bin.» Sven deutet auf die beiden, die in Höhe der Walflosse stehen und regungslos alles beobachten. Das ist doch die Nichte seines ehemaligen Boßelkumpels Ludwig Twenge. Genauer gesagt, die von Ludwigs Frau Sigrid, aber das tut ja nichts zur Sache.

Der Chef winkt die beiden heran. «Moin, Hauptkommissar Haueisen», stellt er sich vor. «Können Sie sich erklären, was hier vorgefallen ist?»

Felix schüttelt den Kopf, Geertje ist weiß wie die Wand, Tränen rinnen ihr über die Wangen. Die ist völlig durch den Wind.

«Dem Wal ... dem fehlen auf der einen Seite alle Zähne», stammelt sie.

«Wahrscheinlich hat Martin die Diebe auf frischer Tat ertappt. Schließlich sind die Zähne wertvolle und begehrte Trophäen», antwortet der junge Mann neben Geertje.

«Und Sie beide sind?», fragt Haueisen.

«Das ist Geertje Michelsen, und ich bin Felix Gravenstein. Wir sind bei der EGA.»

«Aha. Na, dann sollten wir uns mal mit Ihrer Truppe unterhalten, wenn der Leichnam abtransportiert ist.» Haueisen dreht sich um. «Gibt es überhaupt einen Bestatter auf der Insel?»

Rudi nickt. «Im Westerloog. Ich habe ihn bereits informiert. Sobald wir grünes Licht geben, kommt er und holt ihn ab.»

«Können wir jetzt gehen?», fragt Sven. «Oder braucht ihr uns noch?»

Rudi sieht den Chef an. Als der den Kopf schüttelt, sagt Rudi: «Dann macht euch auf den Weg. Wir sehen uns gleich im Gästehaus.»

Ludwig Twenge sitzt in seinem Wohnzimmer am Fenster. Ein Logenplatz mit Blick auf den Hafen. Im Internet hat er sich alle Fotos von dem gestrandeten Wal angeschaut, die er finden konnte. Dazu noch welche von älteren Fällen aus Nordfriesland. Ist ja beileibe kein Einzelfall, dass diese Riesenviecher im Meer die Orientierung verlieren und sich auf dem Weg von der Arktis zum Äquator verschwimmen, in zu flaches Wasser geraten und dort elendig verenden. Die Wildnis ist eben kein Ponyhof.

Ludwig klatscht in die Hände. Das ist die perfekte Überschrift. Flink wandern seine kräftigen Finger über die Tastatur seines Tablets. Seit der gelernte Fernsehtechniker in der Frühverrentung gelandet ist, hat er sich zum umtriebigen Online-Reporter der Neuharlingersieler Mitmach-Zeitung gemausert und sich schon in so manche Themen reingefuchst, von denen er vorher keine Ahnung gehabt hatte.

Mitten im Artikel über die Wanderroute der Pottwale vom Polarkreis zu den Azoren hält er inne und schaut aus dem Fenster. Ein VW-Bus der Polizei fährt über den Parkplatz direkt ans Hafenbecken. Genau da, wo das Wassertaxi gerade anlegt. Vier Mann steigen aus, wuchten Kisten und Gerätschaften aus dem Wagen und schaffen sie aufs Boot. Was hat das denn zu bedeuten? Für den Wal ist die Polizei doch gar nicht zuständig. Höchste Zeit, dass er mal wieder Polizeifunk hört.

Doktor Valentin Emterbäumler streift sich die blutigen Einmalhandschuhe von den Fingern und stopft sie in eine durchsichtige Plastiktüte, die Rudi ihm reicht.

«I wär dann so weit», sagt der gebürtige Bayer, den es vor Jahren in den hohen Norden verschlagen hat. Anfangs hat er noch mit deutlichem Akzent geredet, aber mittlerweile spricht er ganz passables Hochdeutsch. «Der Tote hat jede Menge Stichverletzungen. Die zwoa am Hals hätten schon gereicht, ihn ins Jenseits zu befördern. Eine davon direkt in die Halsschlagader. Deshalb auch das viele Blut. Dazu gibt es noch acht weitere Stiche im Bereich des Oberkörpers. Herz und Lunge sind getroffen. Welcher Stich der erste war, lässt sich hier schlecht sagen. Vielleicht seh ich im Institut mehr.

Aber eigentlich ist das auch nicht so entscheidend. Fakt ist, dass hier brutale Gewalt im Spiel gewesen ist.»

«Können Sie schon was zur Waffe sagen?», will Schnepel wissen.

Emterbäumler schüttelt den Kopf. «Das wären reine Vermutungen. Es handelt sich um irgendeine Form von Messer mit einer etwa fünf Zentimeter breiten Klinge. Ich muss schau'n, wie tief sie eingedrungen ist, dann kann ich genauere Aussagen machen. Schaffen S' mir den Toten so schnell wie möglich nach Oldenburg.»

«Ist es schon möglich, den Zeitpunkt einzugrenzen, wann der Mann gestorben ist?», fragt Haueisen.

«Sie wissen ja, dass ich es gerne exakt hab. Aber wenn es sein muss: Die Leichenstarre ist vollständig ausgeprägt. Jetzt ist es fast neun Uhr, geh'n Sie sechs Stunden zurück, dann haben Sie den spätesten Todeszeitpunkt. Nach vorne ist alles denkbar. Dazu kann ich erst nach der Obduktion genauere Angaben machen.»

Haueisen schlägt den Kragen hoch und stopft die Hände in die Manteltaschen. «Wo bleibt nur die KTU?»

Dem Chef ist arschkalt, das sieht Rudi ihm an der roten Nasenspitze an.

Henner Steffens fährt mit seinem gelben Postfahrrad, das er liebevoll Berta nennt, die Auffahrt zum Hof seiner Eltern am Ortsrand von Neuharlingersiel hoch. Gerda und Heinrich Steffens bewirtschaften den Bauernhof nun schon in sechster Generation. Vor Kurzem haben sie die Milchkühe abgeschafft und die schon lange nicht mehr genutzten Kinderzimmer zu Gästezimmern für Touristen umfunktioniert.

Ein paar Hühner picken in der Blumenrabatte und springen aufgeschreckt zur Seite, als er an ihnen vorbeifährt. Nur Hühni legt keck den Kopf zur Seite und bleibt stehen.

Die Bank vorm Haus ist leer. Kein Wunder. Bei der Kälte sitzt Vaddern lieber am Kachelofen. Henner hat sich nicht getäuscht. Als er die Küche betritt, sitzt er auf der Ofenbank und liest den *Anzeiger für Harlingerland*, Hofhund Butscher liegt zu seinen Füßen, während Muddern vorm Herd steht und eine Tasse Wasser in den Suppentopf gießt.

«Moin», grüßt Henner und legt einen Brief auf den Tisch. «Is nur Werbung.» Er schnuppert. «Was gibt es denn?»

«Steckrüben mit Pootjes. Hab ich unserem Pensionsgast versprochen. Der ist heute rüber nach Spiekeroog. Da kann er zum Abendessen was Deftiges vertragen.» Mudder Steffens grinst ihren Sohn breit an und nimmt die Schweinepfötchen und das Schwänzchen aus dem Topf. «Herr Timmerbeil liebt die ostfriesische Küche.»

Henner verzieht das Gesicht. Schweinepfötchen. Iihhhh. Das ist nun nicht gerade sein Leibgericht. Zum Glück hat er bei sich zu Hause noch einen Rest Kartoffelsuppe. Er setzt sich zu seinem Vater auf die Ofenbank. «Schön warm hier.»

«Jo.» Vaddern tippt auf die Zeitung. «Haste das gelesen?»

Henner nickt. «Rudi hat mir gestern schon Fotos geschickt, er hat den Wal ja gefunden.»

«Der arme Kerl. Der ist doch so sensibel. Er kann ja nicht mal ’ne tote Maus sehen.» Muddern rührt noch einmal die Steckrüben um.

«Dann hätte er eben nicht zur Polizei gehen sollen», sagt Henner trocken. Er und Rudi stehen wie Brüder zueinander. Sie sind am selben Tag geboren und gemeinsam auf dem

Steffens-Hof aufgewachsen, wo Rudis Mutter bis zu ihrem frühen Tod als Magd gearbeitet hat. Die Steffens haben sich dann seiner angenommen. Es ahnte ja niemand, dass Rudis verschollen geglaubter Vater putzmunter in Kanada lebte und nichts von seinem Sohn wusste.

«Aber dass er dir gleich Fotos von dem Kadaver schickt ...» Muddern klingt verwundert.

«Na, er musste am Strand sofort alles sichern. Dazu gehören auch Fotos.»

«Warum das denn?»

«Damit keiner die Walzähne klaut», sagt Vadder Steffens und faltet die Zeitung zusammen. «Die sind doch aus Elfenbein.»

Muddern packt den Deckel auf den Topf und dreht sich zu Heinrich und Henner um. «Stimmt. Wir haben uns erst gestern drüber unterhalten, als Vaddern unserem Wintergast die Sammlung von seinem Ururugroßvater gezeigt hat.»

«Echt, du hast Walzähne?», fragt Henner verblüfft. «Das wusste ich ja gar nicht.»

Bedächtig nickt Vaddern.

«Jo, die hab ich vor Ewigkeiten geerbt und erst wieder entdeckt, als wir im Herbst gestrichen haben. Lagen in der hintersten Ecke des Wandschranks im Flur. Hatte ich ganz vergessen, dass es die gibt. Willste mal sehen?»

«Unbedingt!»

Ächzend erhebt sich Heinrich Steffens und geht hinüber in die gute Stube. Die Tür des Wohnzimmerschranks knarzt, kurz darauf stellt er einen Karton auf den Küchentisch und hebt den Deckel ab. Zwischen gelbem Seidenpapier liegen mehrere, bestimmt zwanzig Zentimeter lange

Walzähne. Henner nimmt einen nach dem anderen heraus. «Boah. Die sind ja richtig groß. Und dass die so spitz zulaufen!»

«Na ja, so 'n Wal ist ja auch riesig. Da kann der mit kleinen Zähnen nix anfangen. Außerdem kaut der nicht richtig, der verschlingt seine Beute im Ganzen. Denk nur an die Geschichte von Jona, der drei Tage im Walfischbauch war, bevor ihn das Tier lebendig wieder ausspuckte.»

Henner wirft ihm einen schrägen Blick zu. «Vaddern, das glaubst du doch wohl selbst nicht.»

«Steht aber so in der Bibel.» Heinrich Steffens zwinkert seinem Sohn zu.

Henner betrachtet die auf den polierten Zähnen eingeschnitzten Bilder. «Alle Achtung. Das sind ja richtige Landschaften. Und da steht sogar ein Name: Rasmus.»

«Das ist mein Ururrurgroßvater mütterlicherseits. Der hatte damals auf einem Walfänger angeheuert. Während der monatelangen Reisen hat er an den Zähnen geschnitzt, um sich die Zeit zu vertreiben. Und Geld konnte man damit auch machen.»

In dem kleinen Büro der Polizeistation am Rande des Inseldorfes wird es eng. Haueisen hat den Platz am Schreibtisch eingenommen, Rudi und Schnepel haben sich Stühle aus dem Wohnzimmer hereingeholt. Der Spiekerooger Nationalpark-Ranger bewacht inzwischen den Wal, die Umweltschützer warten im Gästehaus auf Rudi und Schnepel. Noch heute wird die niedersächsische Umweltstaatssekretärin den Kadaver begutachten, bevor er von einem Expertenteam mit Seilen und Schleppern nach Wilhelmshaven zum

Jade-Weser-Port gebracht wird, wo die fachgerechte Entsorgung stattfinden soll.

«Ich weiß gar nicht, warum wir uns mit diesen Ökoheinis beschäftigen müssen», mosert Schnepel, «es liegt doch glasklar auf der Hand, dass Junghans wegen der Elfenbeinzähne umgebracht wurde. Er hat die Zahnräuber erwischt, die hatten ohnehin ein Messer in der Hand, weil sie schon ein paar Zähne damit rausgebrochen haben, und – zack – hat Junghans das Messer zwischen die Rippen gekriegt.»

«Und in den Hals», ergänzt Rudi. «Außerdem war es kein Messer. Emterbäumler meint, die beiden Zähne müssen aus dem Unterkiefer rausgeflext worden sein. Mit einem Messer kriegt man das nicht hin.»

«Nun sei mal nicht so kleinlich. Das war eher ein Bild, statt eine genaue Beschreibung», stänkert Schnepel weiter. «Danach haben sie Schiss gekriegt und die Biege gemacht.»

«Zum Glück kommt man von Spiekeroog nicht so einfach fort», sagt Haueisen, der am PC herumtippt. «Die erste Fähre, die heute die Insel verlässt, geht um 14 Uhr, hab ich gerade gesehen. Dementsprechend werden Sie am Anleger die Personalien von allen Personen aufnehmen, die heute abreisen wollen. Ich werde die Reederei informieren, dass es zu Verspätungen kommen kann.»

«Ach, das wird nicht lange dauern, ist ja keine Saison», meint Rudi. «Außerdem stehen die Leute schon mindestens eine halbe Stunde am Anleger, bevor sie überhaupt aufs Schiff gelassen werden. Da können wir die Schlange von vorne abarbeiten.»

«Sollen wir auch das Gepäck kontrollieren?», will Schnepel wissen. «Finden wir die Zähne, haben wir den Mörder.»

Haueisen überlegt einen Moment. «Ich glaube, dafür gibt

es keine rechtliche Handhabe. Obwohl mir der Gedanke gefällt. Das muss ich zugeben. Andererseits könnten die Zähne auch irgendwo auf der Insel versteckt sein.»

«Genau», pflichtet Rudi ihm bei. «Oder die Diebe sind mit einem eigenen Motorboot hergekommen.»

«Nachts?», wirft Schnepel erheitert ein. «Das ist doch extrem auffällig und schon deshalb Unsinn.»

Haueisen wiegt den Kopf hin und her. «Na, ich weiß nicht. Wir sollten diese Möglichkeit jedenfalls nicht außer Acht lassen. Während Sie die Mitglieder der EGA befragen, kümmere ich mich um diesen Zahndiebstahl. Die Kollegen der anderen Bezirke werden diesbezüglich vielleicht Informationen haben, schließlich sind auch auf Wangerooge, Texel und in Nordfriesland in den letzten Monaten Wale gestrandet. Ich meine mal gelesen zu haben, dass diese Zähne ein Vermögen wert sind. Also: Auf, auf zum Jugend-Gästehaus; dann schaffen Sie die Kontrolle der abreisenden Gäste nachher locker.»

«Die Täter könnten auch noch länger bleiben», gibt Rudi zu bedenken. «Wir sollten dafür sorgen, dass alle Abreisenden der nächsten zwei, drei Tage erfasst werden.»

«Quatsch. Die sind gekommen, um schnelle Beute zu machen», widerspricht Schnepel. «Und jetzt sind die in Panik. Haben garantiert nicht mit einer Wache gerechnet. Deswegen werden die sich nicht um eine Übernachtungsmöglichkeit gekümmert haben.» Er hält inne. «By the way: Wo werden wir denn heute übernachten? Wir müssen doch mindestens bis morgen bleiben.»

«Ich fahre nachher wieder rüber.» Haueisen reibt sich zufrieden die Hände. «Drei Mann hier auf der Insel, das kann ich dem Steuerzahler nicht plausibel erklären. Ich koordiniere alles von Wittmund aus. Aber Sie, Schnepel, Sie unterstützen den Kollegen Bakker.»

Mit zusammengekniffenen Augenbrauen guckt Schnepel Rudi an. «In der Dienstwohnung gibt's doch ein Gästezimmer, oder?»

Rudi grinst breit. «Das gab's mal. Ist jetzt ein Kinderzimmer. Mit nigelnagelneuem Babybett. Da passt du nicht rein. Aber es gibt eine mehr oder weniger komfortable Pritsche in der Ausnüchterungszelle. Die kannst du haben.»

Pünktlich um zwölf Uhr sind alle Stammkundinnen im Friseursalon eingetrudelt. «Wie schön, dass ihr zu meinem kleinen Neujahrsempfang gekommen seid! Lasst uns anstoßen», sagt Gudrun, eine der acht Schwestern von Henner Steffens.

Die Gläser klirren, und die muntere Frauenrunde prostet sich zu. Rosa Moll hebt ihr Sektglas. «Auf dass uns das neue Jahr viele fröhliche gemeinsame Stunden beschert! Prost, Mädels! Auf den Häkelbüdel-Club!»

«Prost. Auf unseren Club», antworten die anderen Frauen im Chor, die alle längst keine «Mädels» mehr sind. Sigrid Twenge ist über sechzig. Rosa hingegen ist mit Mitte dreißig in der Blüte ihrer Jahre. Als Lehrerin an der Grundschule in Esens fühlt sie sich pudelwohl, nur ein Ehemann fehlt ihr zum Rundherum-glücklich-Sein. Aber zumindest hat sie ihre beiden Kumpel: Henner Steffens, der in der Wohnung unter ihr wohnt, und Rudi Bakker, den Dorfpolizisten. Mit beiden hat sie schon jede Menge spannende Dinge erlebt.

Die Gläser stoßen klingend aneinander, der Prosecco schmeckt, genau wie die Kanapees mit Käse, Schinken und selbst mariniertem Lachs.

«Sagt mal», meint Sigrid, als sie zum dritten Lachshäppchen greift, «auf Spiekeroog ist doch ein toter Pottwal angespült worden. Der wird morgen abtransportiert. Das würde ich mir zu gerne angucken. Ich hab noch nie einen Wal aus der Nähe gesehen. Die Fotos auf Facebook sind beeindruckend. Kommt eine von euch mit? Wir könnten uns auch mit meiner Nichte treffen, die kann uns vielleicht was zum Wal erzählen. Geertje absolviert gerade ein ökologisches Jahr im Nationalpark-Haus auf der Insel.»

«Ich kann nicht», sagt Adelheid, Henners älteste Schwester, bedauernd. «Morgen kommen die Kinder zum Brunch. Das ist schon länger abgemacht.»

«Ich bin gerne dabei», sagt Gudrun.

«Wal-Watching, na klar!», ruft Rosa. «Ich hab noch nie einen Pottwal von Nahem gesehen. Vielleicht können wir uns ja danach mit Rudi auf einen Tee treffen. Der schiebt doch als Inselpolizist derzeit ’ne ruhige Kugel und freut sich bestimmt über Besuch.»

«Der kommt aber morgen zurück», weiß Adelheid.

«Na, das passt doch prima! Dann bilden wir das Abhol-Komitee.» Rosa schnappt sich das letzte Lachshäppchen, bevor Sigrid das auch noch isst. «Das ist wieder total lecker, Gudrun», sagt sie. «Kannst du mir das Rezept mal geben?»

«Gerne. Weiß eine von euch, wann morgen die Fähre geht?»

Gute Frage. Schließlich ist Spiekeroog tideabhängig, da kann man nicht einfach rüber, wann man möchte.

«Ziemlich früh», gesteht Sigrid. «Um zehn nach sieben. Dann erst wieder um Viertel vor zwei.»

«Och, so früh? Dann bin ich raus», sagt Dörte, die bei der örtlichen Versicherung arbeitet. «Reicht mir, wenn ich unter der Woche noch vor Sonnenaufgang aufstehen muss. Und so 'n toter Wal soll ja auch stinken. Nee, ich bleib hier.»

Plötzlich ertönt aus Sigrids Handtasche die Melodie von «An der Nordseeküste». Schnell fischt sie ihr Handy aus den Tiefen der Tasche. «Mein Göttergatte», flüstert sie und sagt laut: «Ludwig, was gibt's?»

Das Jugend-Gästehaus ist ein roter, zweistöckiger Klinkerbau und liegt im Westen der Insel, nur eine Düne vom schier endlosen Sandstrand entfernt.

Bestimmt fünfzehn Personen halten sich im Speisesaal auf, als Rudi und Schnepel hereinkommen. Sven steht – wie schon heute früh – mit Geertje und Felix zusammen, ein Stück entfernt hat sich eine Fünfergruppe gebildet, aus der eine groß gewachsene Frau hervorsticht, mit der Rudi gestern schon gesprochen hat.

Beim Anblick der beiden Polizisten verstummen die Gespräche. Bevor Rudi einen Ton sagen kann, legt Schnepel los. «Meine Damen und Herren, inzwischen sind Sie sicher alle darüber informiert, dass Martin Junghans einem Gewaltverbrechen zum Opfer gefallen ist. Und da Sie alle», Schnepels Zeigefinger schießt vor und wandert in großem Bogen von links nach rechts durch den Raum, «ihn als Letzte gesehen haben, möchten wir erstens wissen, wo sich jeder von Ihnen in den letzten vierundzwanzig Stunden aufgehalten hat, und zweitens interessiert uns, ob es innerhalb Ihrer Gruppe zu Unstimmigkeiten, Streit oder vielleicht sogar heftigen Auseinandersetzungen gekommen ist.» Schnepel genießt seinen Auftritt sichtlich.

Allgemeine Verunsicherung und Kopfschütteln sind die

Antwort. Die große Frau meldet sich zu Wort. Sie scheint einige Jahre älter zu sein als die anderen, trägt aber mit Nieten beschlagene Schuhe, die Rudi an alte Rockerfilme erinnern.

«Wir alle sind zutiefst bestürzt über den Tod von Martin. Dieses verlängerte Wochenende wollten wir nutzen, um unsere Aktionen zum Schutz der ostfriesischen Küste für dieses Jahr zu planen. Wir sind aber noch nicht weit gekommen. Der gestrandete Wal hat einiges durcheinandergewirbelt. Statt weiter in unseren Arbeitsgruppen zu diskutieren, haben wir auf Wunsch des Inselpolizisten», sie nickt Rudi mit einem flüchtigen Lächeln zu, «gestern Morgen eine Wache zum Schutz des toten Tieres organisiert, um zu verhindern, dass Souvenirjäger sich am Gebiss vergreifen.»

Bei ihren Worten macht sich eine gewisse Erleichterung auf den Gesichtern der anderen breit. Rudi wirft einen schnellen Blick zu Sven, der die Stirn runzelt.

«Seien Sie doch so freundlich und nennen Sie uns Ihren Namen», bittet Schnepel, woraufhin Rudi aus reiner Gewohnheit sein Oktavheft und den Bleistift zückt. Er sollte sich mal ein neues Heft kaufen, dieses ist schon fast voll.

«Anna Fangmann», sagt sie mit vor der Brust verschränkten Armen.

«Frau Fangmann, Sie haben meine Frage nicht beantwortet», fährt Schnepel nun fort. «Gab es Auseinandersetzungen oder heftigen Streit innerhalb der Gruppe?»

Die groß gewachsene muskulöse Frau lächelt schmal. Nur für einen Moment kräuselt sich ihre Nase leicht.

«Natürlich gab es Auseinandersetzungen. Reibereien gehören dazu, wenn man Ziele absteckt und Pläne schmiedet. Wir sind Individualisten. Es wäre ja schlimm, wenn alle einer Meinung wären.»

Rudi hat den Eindruck, als wären die anderen froh, dass sie für die Gruppe redet. Fast hört es sich so an, als sei die Fangmann Politikerin. Viel reden, ohne was zu sagen.

Schnepel scheint den gleichen Eindruck zu haben. «Nun gut», sagt er und blickt auffordernd von einem zum anderen. Einige senken sofort den Blick. «Wenn Sie glauben, sich hinter einer Person verstecken zu können, haben Sie sich geirrt. Machen Sie es sich bequem, es kann etwas dauern, denn wir werden Sie einzeln in einem Nebenraum befragen.»

Rudi verdreht die Augen. Schnepel nun wieder. Wie lange soll das denn dauern? Um halb zwei müssen sie spätestens an der Fähre sein.

«Was ist denn passiert?» Sigrid lauscht ihrem Mann und wird ganz blass um die Nase. «Ja ... nein ... ich komme gleich nach Hause.»

Als sie das Handy sinken lässt, sind alle Blicke erwartungsvoll auf sie gerichtet.

«Nun erzähl schon», drängelt Rosa.

«Heute Morgen wurde der Freund meiner Nichte tot auf Spiekeroog gefunden. Ermordet!»

«Oh nein!», ruft Adelheid entsetzt aus. Sigrid arbeitet seit Jahren in ihrem Andenkenlädchen in der Nähe des Hafens, und die beiden sind gut miteinander befreundet.

«Ich kann es gar nicht fassen. Geertje hat extra wegen ihm das Freiwillige Ökologische Jahr angetreten, damit sie beieinander sein können. Sie haben sich kennengelernt, als sie in Bremen die Ausbildung zur Tierarzthelferin gemacht hat.» Sigrid schüttelt ungläubig den Kopf. «Das wird ein Schock für meine Schwester sein. Sie ist ganz begeistert von

Martin gewesen. Ich glaube, sie hat sich gewünscht, dass er ihr Schwiegersohn wird. Lehrer ist schließlich ein ordentlicher Beruf mit Zukunft. Und er war ein zuverlässiger Mann. Und so gut aussehend. Wer kann das nur getan haben?»

Betretenes Schweigen herrscht im Friseursalon.

Martin? Lehrer auf Spiekeroog? Rosa überlegt. «Geht es um Martin Junghans? So ein großer Blonder?»

Sigrid schaut überrascht auf. «Ja. Genau. Kennst du ihn?»

«Na, kennen ist übertrieben. Ich habe ihn vor einem Jahr auf einer Lehrerfortbildung in Aurich getroffen.»

Rosa erinnert sich gut. Ein forscher Typ. Unglaublich engagiert. Vielleicht ein bisschen übertrieben. Aber rein äußerlich hat er ihr richtig gut gefallen. Rosa hat sich sogar extra für die Arbeitsgruppe gemeldet, die er geleitet hat. Dort hat er sie jedoch nicht weiter beachtet, sondern die ganze Zeit mit ihrer jüngeren Kollegin Karina geflirtet. Rosa kann sich noch genau an den schmerzlichen Moment erinnern, als ihr bewusst wurde, dass sie für manche Männer durch ihr Alter unsichtbar geworden war. Und genau in diesem Moment hat sie beschlossen, sich auf der Dating-Plattform Krabbenkuss.de anzumelden. Ein Seufzer entweicht ihrer Brust, als sie an die Verwicklungen denkt, die sich daraus ergeben haben.

«Ich muss jetzt los», reißt Sigrid sie aus ihren Gedanken. «Am besten rufe ich gleich meine Schwester an.» Sigrid steht auf und marschiert zur Ladentür. Dort dreht sie sich noch einmal um. «Es bleibt doch dabei, morgen nach Spiekeroog zu fahren?»

«Natürlich», beeilt sich Rosa zu sagen. Jetzt erst recht.

Eiligen Schrittes läuft Rudi zum Hafen. Die Befragung der EGA-Leute nimmt doch eine Menge Zeit in Anspruch, nur ist bislang nichts rausgekommen. Alle wollen früh ins Bett gegangen sein, und von ernsthaften Differenzen hat niemand gesprochen. Ganz durch sind sie noch nicht, Schnepel übernimmt den Rest, und Rudi kümmert sich um die Aufnahme der Personalien der Abreisenden.

Wie erwartet ist die Zahl der Wartenden am Fähranleger überschaubar. Im Winter ist die Insel touristisch wie ausgestorben. Die Silvestergäste sind abgereist, erst Ostern geht der richtige Ansturm wieder los, obwohl die ostfriesischen Inseln in den letzten Jahren zunehmend ganzjährig gebucht werden. Doch Winterurlaub auf Spiekeroog ist vor allem etwas für Naturliebhaber, weil die meisten Gastronomen und Vermieter diese Atempause nutzen, um selbst Ferien zu machen.

Mit gezücktem Notizbuch geht Rudi die Reihe einen nach dem anderen ab. Es sind überwiegend Paare, absolut unauffällig. Ein Mann hat einen Dackel dabei.

«Tolles Tier. So einen Hund hätte ich immer gern gehabt», sagt er.

«Soll ich Ihnen den Namen der Züchterin geben?»

«Lieber nicht. Sonst werde ich noch schwach.» Bei seinen Dienstzeiten passt ein Hund nicht in sein Leben. Oder doch?

Wie die anderen Abreisenden zeigt ihm auch der Hundehalter bereitwillig seinen Personalausweis, schließlich geht es um Mord. Bei einem Paar aus Bremen muss Rudi sich zusammenreißen, um nicht zu grinsen. Die beiden sind zwar verheiratet, aber nicht miteinander. Doch als Mörder kommen sie nicht infrage, so verlegen, wie sie aussehen. Oder vielleicht gerade deshalb? Rudi notiert sich die Angaben und macht drei Sternchen hinter die Namen, damit Haueisen sie durchs Zentralregister laufen lässt. Schließlich will er sich nicht nachsagen lassen, etwas übersehen zu haben.

Nach einem kleinen Mittagsnickerchen schlüpft Henner in seine dunkelblaue Winterjacke mit den silbernen Knöpfen in Doppelreihe und setzt sich die geringelte Pudelmütze auf. Er muss dringend seine Vorräte auffrischen, der Supermarkt hat ja bis sechzehn Uhr geöffnet. Im Treppenhaus klappert es. Rosa putzt wohl. Das macht sie jeden zweiten Samstag. Richtig, sie wischt gerade die letzte Stufe, als er mit der leeren Bierkiste aus der Wohnungstür tritt. «Moin.»

«Moin, Henner.» Lächelnd richtet Rosa sich auf. Dabei fällt ihr Blick auf die Kiste. «Willst du Nachschub holen?»

«Jo. Morgen kommt Rudi von der Insel zurück. Außerdem ist Sonntag.» Also Tatortabend. Gemeinsam essen und Fernsehen gucken, dieses Ritual pflegen Henner und Rudi mit Sven, seit Rudis Frau abgehauen und zurück nach Mönchengladbach gezogen ist.

«Wer weiß, ob Rudi morgen wirklich wieder hier aufschlägt.» Rosa wringt den Lappen aus. «Ich könnte zum Essen für ihn einspringen, wenn er noch länger bleibt», sagt sie verschmitzt.

«Ich glaub nicht, dass der wegen dem Wal länger bleibt.»

«Na ja, nicht wegen dem Wal. Heute Morgen wurde ein Toter direkt daneben gefunden. Erstochen.»

Mit einem Ruck stellt Henner die Bierkiste ab. «Woher weißt du das? Hat Rudi dich angerufen?», fragt er pikiert.

«Nein, er hat nicht angerufen. Ich hab das von Sigrid. Und die von ihrem Mann.»

Henner horcht auf. «Hat Ludwig wieder Polizeifunk gehört?»

Rosa zuckt mit den Schultern. «Keine Ahnung. Der Tote ist jedenfalls der Freund ihrer Nichte Geertje.»

«Ach. Die Arme.»

«Kennst du die denn?»

«Nur flüchtig. Wenn sie hier ist, wohnt sie ja immer bei Ludwig und Sigrid. Ist ein patentes Mädchen.» Henner hebt die Bierkiste an. «Falls du Lust hast, kannst du morgen ruhig zum Essen kommen.»

Rosa schaut ihn verwundert an. «Echt? Auch, wenn Rudi wieder da ist?»

«Jo. Als kleine Willkommensparty für ihn.» Fürs neue Jahr hat Henner sich vorgenommen, ein bisschen offener zu sein. Und nicht immer so in festgefahrenen Bahnen zu leben. Damit kann er ja gleich jetzt anfangen.

Völlig durchgefroren kommt Rudi in die Polizeistation zurück. Verdammt, war das kalt. Morgen zieht er sich die lange Unterhose an. Er reibt die Hände aneinander, wirft das Notizbuch auf seinen Schreibtisch und geht in die Küche, um Wasser aufzusetzen. Jetzt braucht er dringend einen ordentlichen Ostfriesentee. Mit einem Schuss Rum. Der wärmt die Knochen. Und die Seele. Gerade gießt er sich Rum in die Tasse, da kommt Schnepel herein.

«Ach nee. Alkohol im Dienst?», sagt er mit spitzen Lippen und entledigt sich seines Wintermantels.

«Auch einen Tee?», fragt Rudi ungerührt.

«Ja, aber ohne Alkohol.» Schnepel setzt sich Rudi gegenüber.

«Wenn du meinst.» Rudi zuckt mit den Schultern und holt eine weitere Tasse. «Kluntjes?»

Schnepel nickt, Rudi gibt einen der dicken kristallklaren Zuckerbrocken in die Tasse und gießt seinem Kollegen ein. Der Kandis knackt. «Hat sich bei den restlichen Leuten noch was ergeben?» Auch Sven hat zum «Rest» gehört.

«Nein. Alle waren früh im Bett, keiner hat was gehört oder gesehen, alles Friede, Freude, Eierkuchen.»

Das wundert Rudi aber doch ein wenig. Hatte Sven bei Anna Fangmanns erster Aussage nicht die Stirn gerunzelt?

«Gib mir mal das Telefon, wir müssen dem Chef berichten, was bei unseren Befragungen herausgekommen ist», kommandiert Schnepel.

Kurz darauf ist Haueisen im Bilde. «Tja. Das bringt uns nicht weiter. Ich bin gerade dabei, die Inselgemeinden abzutelefonieren, bei denen in den letzten paar Monaten verendete Wale gestrandet sind. So viel habe ich schon herausbekommen: Auch dort wurden den toten Tieren Zähne entfernt, bevor das Veterinäramt die Kiefer sicherstellen und vor Raub schützen konnte. Ebenfalls mit einer Flex. Diese Dinger gibt es in jedem Baumarkt. Sogar mit Akku. In einem Fall wurde zumindest ein Phantombild von einem der Diebe erstellt, da gab es einen glaubwürdigen Zeugen. Das wird man uns zukommen lassen. Dann werden wir weitersehen. Die Eltern von Junghans wurden von den Kollegen in Norden informiert. Es wäre gut, wenn Sie nachher im Insel-Internat vorsprechen. Könnte ja sein, dass es dort Hinweise gibt, die uns bei der Aufklärung des Mordes helfen können.» Haueisen räuspert sich. «Auf der Liste der Abreisenden war kein

Lehrer oder Schüler, der vorgab, überraschend nach Hause zu müssen?»

«Nein», sagt Rudi. «Kein Lehrer und kein Schüler.»

«Gut. Dann also bis morgen.» Damit beendet Haueisen das Telefonat.

Schnepel greift zur Tasse, nimmt einen Schluck und stellt den Tee wieder ab. «Ich glaub, ich nehm doch einen Schuss Rum.»

Mit dem Elektro-Gefährt machen sich Rudi und Schnepel auf den Weg in den Osten der Insel, wo sich das Internat und das Nationalpark-Haus inmitten der Dünenlandschaft befinden.

Der Schulleiter, Doktor Wagenfeld, ein grauhaariger Mann um die fünfzig mit Nickelbrille, begrüßt sie in seinem Büro.

«Was für ein Unglück», sagt er und bietet ihnen einen Platz an. «Natürlich hat es sich bis hierher herumgesprochen, was mit Herrn Junghans passiert ist. Wir sind alle ganz fassungslos. Was kann da nur vorgefallen sein? Waren es tatsächlich Trophäenjäger? Musste er wegen ein paar Elfenbeinzähnen sterben?»

«Wir ermitteln in alle Richtungen», sagt Schnepel knapp. «Und deswegen ist sein berufliches und privates Umfeld für uns wichtig. Was können Sie uns über Herrn Junghans sagen? Gab es Streitigkeiten oder gar offene Konflikte mit einem der Kollegen?»

Doktor Wagenfeld beißt sich auf die Lippen, steht auf und tritt ans Fenster. Mit dem Rücken zu ihnen beginnt er zu reden. «Tja, also, wie soll ich das ausdrücken, es gab tatsächlich eine unschöne Angelegenheit. Die hat allerdings garantiert nichts mit seinem Tod zu tun, das möchte ich betonen.» Er dreht sich zu ihnen um.

«Als da wäre?», fragt Schnepel. Rudi hat sein Notizbuch wieder in der Hand und blickt den Schulleiter neugierig an.

Der stößt sich vom Fensterbrett ab, kehrt an den Tisch zurück und spitzt die Lippen. «Am letzten Donnerstag kam Herr Junghans in mein Büro. Er müsse mit mir über Herrn Meier, unseren Sportlehrer, reden. Ihm sei zu Ohren gekommen, dass dieser Schülerinnen gegenüber sexuell übergriffig gewesen sei, und er könne das auch belegen. Er meinte, er habe ein Video, das keinen Zweifel zulasse.»

«Haben Sie es gesehen?», will Schnepel wissen.

Ernst schaut der Rektor auf den Tisch. Rudi sieht ihm an, dass er mit sich ringt.

«Ja. Herr Junghans hat es mir gezeigt.»

«Und? Was sieht man darauf?»

Rudi hört Schnepel an, dass der Lunte gerochen hat. Endlich ein passables Motiv.

«Es zeigt Herrn Meier mit unserer Schülerin Janine Palkowitsch beim Schlagballunterricht.»

«Schlagball?», fragt Schnepel.

«Das ist eine Kombination von Baseball und Brennball. Auf dem Video steht Herr Meier hinter dem Mädchen und führt mit seiner rechten Hand ihren Arm; es geht um eine bestimmte Schlagtechnik.»

«Da ist aber doch an sich nichts bei», sagt Rudi.

«An sich nicht, in diesem Fall aber schon, denn es passt zwischen den Unterleib von Herrn Meier und den der Schülerin kein Blatt mehr.»

«Wie hat denn die Schülerin reagiert? Hat sie ihn geohrfeigt, von sich gestoßen, verbal attackiert?», fragt Schnepel.

«Nichts dergleichen.»

«Haben Sie mit Herrn Meier und der Schülerin gesprochen?»

«Nein. Bislang nicht. Herr Junghans hatte das Video gerade erst bekommen und wollte es mir zuschicken. Aber er musste los zum Treffen der EGA, er hatte es ja organisiert und wollte nicht zu spät dort sein, die Fähre hatte schon angelegt. Deshalb wollte ich nichts überstürzen und warten, bis ich mir das Bildmaterial noch einmal in Ruhe angesehen hatte.»

«Vonseiten der Schülerin haben Sie keine Meldung erhalten?»

«Nein. Das hat mich auch gewundert Aber solange ich weder eine Anzeige der Schülerin noch den Film als Beweis habe, werde ich nicht an der Sache rühren. Immerhin geht es um den Ruf eines bisher unbescholtenen Lehrers. Und um den unserer Schule.»

«Wir möchten trotzdem mit Herrn Meier sprechen. Wo finden wir ihn?», beharrt Schnepel. «Schließlich haben wir es mit Mord zu tun. Da können wir keine Rücksicht auf irgendwelche Befindlichkeiten nehmen.»

Als hätte Schnepel jemals eine Gelegenheit ausgelassen, jemandem auf den Schlips zu treten, denkt Rudi, sagt aber nichts.

Schnepels Augen leuchten, als sie das Büro des Direktors verlassen und den Trakt ansteuern, in dem der Sportlehrer seine Wohnung hat.

«Wir müssen uns dieses Video anschauen. Unbedingt», sagt er und freut sich schon jetzt darauf. «Ich sehe es direkt vor mir, wie sich der Lehrer von hinten an das arme Mädchen schmiegt. Mal gucken, was er zu der Sache sagt.»

Kurz darauf klopfen sie an die Tür des Zimmers, in dem Jürgen Meier wohnt. Der gut aussehende Mann mit dunklen Haaren und Dreitagebart blickt sie überrascht an, als er ihnen die Tür öffnet. «Polizei? Um was geht's?»

«Um Ihr Verhältnis zu Ihren Schülerinnen», sagt Schnepel süffisant. «Dürfen wir hereinkommen? Das ist sicher kein Thema, das Sie auf dem Flur besprechen möchten.»

«Nein. Also, beides: nein. Warten Sie, ich ziehe mir kurz eine Jacke über, dann können wir draußen reden.» Meier schließt die Tür und kommt gleich darauf in einer dicken, dunkelblauen Steppjacke zurück. Eine dazu passende Strickmütze setzt er sich auf den Kopf und bindet sich einen bunten Schal um. Verblüfft folgen Rudi und Schnepel dem Lehrer.

«Na, dann erzählen Sie mal», fordert der sie auf, kaum dass sie das Wohngebäude verlassen haben. «Lassen Sie uns ein Stück gehen, vorn auf der Düne ist ein Holzpavillon, da hat man einen herrlichen Blick über die Salzwiesen.»

«Versuchen Sie nicht, vom Thema abzulenken.» Schnepel hat keine Lust, sich auf seichtes Gerede einzulassen. «Es gibt ein Video, das belegt, dass Sie sich einer Schülerin beim Sportunterricht unsittlich genähert haben.»

Meier zieht die Augenbrauen hoch und runzelt die Stirn. «Haben Sie die Aufnahme?»

«Nein, noch nicht», muss Schnepel zugeben. «Aber bald. Hat Junghans Sie mit dem Video unter Druck gesetzt? Haben Sie das nicht zulassen wollen und ihn deswegen getötet?»

Meier bleibt stehen. «Wie kommen Sie denn auf so einen Schwachsinn? Wenn es so gewesen wäre, dass ich mich unsittlich verhalten hätte, hätte sich die Schülerin sicher gewehrt. Die Mädels von heute sind ja zum Glück sehr selbstbewusst und lassen sich nichts mehr gefallen. Worum geht es hier eigentlich? Ich dachte, Sie ermitteln im Fall meines getöteten Kollegen.»

«Da denken Sie richtig!» Ein breites Grinsen legt sich auf Schnepels Gesicht. «Und Sie haben ein ziemlich gutes Motiv, wenn Sie mich fragen. Sie wussten, dass Junghans das Video hatte, und um sich selbst zu schützen, haben Sie ihn eiskalt umgebracht. Wo waren Sie denn in der Nacht von Freitag auf Samstag?»

«So ein Unsinn!», braust Meier auf. «Als wenn ich mit einem Messer auf einen Kollegen einstechen würde! Konflikte löst man auf andere Art.»

«Ha! Das ist Täterwissen!», triumphiert Schnepel. «Sie wissen, dass er erstochen wurde!»

«Das weiß die ganze Insel», gibt Meier kiebig zurück. «Und außerdem hätte ich dann ja wohl eher die Schülerin getötet, denn sie hätte mich anzeigen können.»

«Reden Sie sich nicht raus. Wo waren Sie in der Tatnacht?»

Herrschaftszeiten, das war vielleicht ein aufregender Tag. Mechanisch macht Rosa den Käfig ihres Beos Pepe sauber. Der flattert aufgeregt durchs Arbeitszimmer. «Halt die Klappe!», kreischt er, als er schließlich auf der Gardinenstange landet. Mehr als diesen einen Satz kann er nicht sagen, aber den wiederholt er mit Begeisterung. Sie spült gerade den Bodeneinsatz ab, als die Miss-Marple-Melodie ihres Handys ertönt. Schnell trocknet sie sich die Hände.

«Hallo, Karina! Danke, dass du so schnell zurückrufst.»

«Was gibt es denn so Eiliges?»

«Es geht um Martin Junghans. Du weißt schon, der Typ vom Lehrgang letztes Jahr. Hast du dich eigentlich noch mal mit ihm getroffen?»

Karina lacht laut auf. «Du kannst Fragen stellen. Martin. Den hatte ich schon fast vergessen. Ja, ich hab ihn letztes Jahr für ein Wochenende auf Spiekeroog besucht.»

«Und?»

«Tolle Insel.»

«Ich meinte eigentlich ihn.»

«Ach so. Na ja, anfangs fand ich ihn echt klasse. Er ist so interessiert an allem und so belesen. Und dann sieht er auch noch gigantisch aus!»

«Aber?»

«Irgendwie hat der so 'ne Art am Leib, die mir nicht gefällt. Das hab ich an dem Wochenende gemerkt. Er ist ein Besserwisser. Sogar wenn er nicht recht hat. Zugeben will er das aber nicht, selbst wenn man ihm das Gegenteil beweist. Ich hatte das Gefühl, als versuche er, mich zu erziehen. Und das kann ich ja nun gar nicht ab.» Karina lacht erneut. «Vor ein paar Monaten hab ich ihn zufällig in Aurich getroffen. Eng umschlungen mit einer sehr jungen Frau. Die lässt das wahrscheinlich mit sich machen. Aber sag: Wie kommst du jetzt auf Martin?»

Rosa druckst einen Moment herum, dann spricht sie es aus: «Er wurde gestern Morgen erstochen neben dem toten Wal auf Spiekeroog gefunden.»

«Schau'n wir doch mal, ob wir bei der KTU noch jemanden erreichen», sagt Schnepel, als sie zurück in der Polizeistation sind. Er streift seinen Mantel ab und greift zum Telefonhörer.

«Ich koch uns inzwischen 'nen Tee.» Sicherheitshalber lässt Rudi die Verbindungstür auf, damit er mitkriegt, was Schnepel sagt. Tatsächlich scheinen die Kollegen auf dem Festland noch zu arbeiten, er hört, dass Schnepel mit Kröver spricht.

«Hör mal, das Handy des Toten, habt ihr das? ... Prima. Meint ihr, ihr könnt das knacken? ... Ach nee, is ja ein Ding. Super. Überprüft doch die WhatsApp-Chats, da müsste irgendwo ein Video sein, das eine Schülerin mit dem Sportlehrer beim Schlagballunterricht zeigt. Kannste mir das schicken?» Rudi versteht nicht, was Kröver antwortet, aber es dauert nicht lang, bis Schnepel sagt: «Perfekt. Hab vielen Dank. Wir hören uns!»

Das Wasser kocht, Rudi gießt es über die Teeblätter, dreht die kleine Sanduhr um, die genau drei Minuten durchläuft, und geht neugierig zurück in die Amtsstube.

«Sag bloß, die haben das Handy von Junghans knacken können? Ich denk, die modernen Dinger sind so sicher, dass man die nur unter größten Schwierigkeiten entsperren kann.»

Schnepel grinst. «An sich schon. Aber das von Junghans hat Gesichtserkennung. Kröver war so pfiffig und hat es noch auf der Insel vor dessen Gesicht gehalten, und schon war es entsperrt. Er hat dann den Code geändert, sodass wir freien Zugriff auf das Telefon haben. Klasse, oder?»

«Ja.» Rudi ist ehrlich beeindruckt. Darauf muss man erst mal kommen.

«Ich hab Kröver nach dem Video suchen lassen, er schickt

es mir. Auch den Namen der Absenderin. Da kann der Meier sich warm anziehen, wenn er meint, wir würden nur im Trüben fischen. Wir liefern ihm die Beweise!»

«Aber er hat doch gesagt, dass er ein Alibi hat. Er hat mit einem Freund telefoniert.»

«Über zwei Stunden lang? Wer's glaubt! Worüber soll man sich so lange mit jemandem unterhalten? Nee, der hat gelogen. Das wird die Auswertung der Funkzellenanalyse beweisen. Außerdem: Warum hat er uns nicht zu sich in die Wohnung gebeten? Was hat er dort gemacht, das er uns nicht zeigen, mehr noch, das er vor uns verbergen möchte? Vielleicht hat er Kinderpornos geguckt und wollte sich dabei nicht erwischen lassen. Ich werd Haueisen bitten, einen Durchsuchungsbeschluss für die Räume und seinen Laptop zu beantragen.»

«Anrufen musst du ihn sowieso, aber ich befürchte, dafür ist die Faktenlage noch zu dünn. Bislang ist alles nur Hörensagen. Wir sollten erst das Video abwarten. Und herausfinden, welche Schülerin das war. Wenn wir mit der gesprochen haben, sieht die Sache anders aus. Finde ich jedenfalls. Sein Alibi ist ja in der Tat ein wenig dünn. Aufsätze korrigieren und telefonieren. Aber wenn es stimmt ...» Rudi zuckt mit den Schultern. «So, nun hol ich den Tee.»

«Bring den Rum mit. Dann kann ich vielleicht nachher einigermaßen schlafen auf dieser vermaledeiten Pritsche», sagt Schnepel. In diesem Moment piept sein Handy. Er wirft einen Blick aufs Display. «Das Video!», sagt er triumphierend.

SONNTAG

Es ist noch dunkel, als Rosa dick eingemummelt an den Krabbenkuttern vorbei zur Fähre eilt. Sie ist spät dran. In fünf Minuten legt das Schiff ab. Sigrid wartet an der Gangway, die Fahrkarten hat sie gestern schon im Internet gekauft und ausgedruckt. Rosa reicht dem Angestellten der Reederei ihr Ticket.

«Wo ist Gudrun?», fragt sie.

«Die hält uns unter Deck einen Tisch frei. Siehst ja, was für ein Gedränge herrscht. Wir sind nicht die Einzigen, die den Wal sehen möchten.»

Die Fähre ist tatsächlich voll. Rosa und Sigrid steigen die Treppe hinab zum Hauptdeck, wo sich das Bordbistro befindet. Hier ist es mollig warm. Die beiden schälen sich aus ihren Mänteln und quetschen sich an den Tisch neben Gudrun, die in weiser Voraussicht schon für jede eine Tasse Kaffee besorgt hat.

«Meine Schwester und ich haben gestern Abend lange telefoniert.» Sigrid gibt etwas Kondensmilch in den Kaffee und rührt um. «Roswitha ist ja mit ihrem Mann grad auf Gran Canaria. Sie macht sich Sorgen um Geertje. Roswitha wollte eigentlich gleich heute zurückfliegen, aber Geertje hat gesagt, das brauche sie nicht. Es würde ja nichts ändern, wenn sie hier sei. Schließlich ermittele die Polizei und man müsse eben abwarten.»

Ganz schön cool für so ein junges Ding, wundert sich

Rosa. Jeder geht mit Trauer eben anders um. Damit hat sie leider auch ihre Erfahrungen machen müssen.

Sigrid trinkt einen Schluck, bevor sie weiterredet: «Als ich meiner Schwester gesagt habe, dass wir heute nach Spiekeroog fahren, hat sie mich gebeten, einen Abstecher zu Geertje zu machen, um mich davon zu überzeugen, dass mit ihr wirklich alles in Ordnung ist.»

«Klar.» Rosa und Gudrun nicken.

Die Fahrt vergeht wie im Fluge, und ehe sie sichs versehen, tauchen in der Morgendämmerung die ersten Pricken auf, die die Fahrrinne zur Spiekerooger Hafeneinfahrt kennzeichnen. Die dünnen Birkenstämmchen sehen aus, als würden Besen verkehrt herum im Watt stecken.

Kaum hat die Fähre angelegt, strömen die Neuankömmlinge, die bis auf einige wenige kein Gepäck bei sich haben, wie die Lemminge schnurstracks aufs Inseldorf zu. Beim Rathaus teilt sich der Menschenstrom. Der größere Teil marschiert rechtsherum und nimmt den Weg durchs Inseldorf, vorbei an Geschäften und Restaurants.

«Lasst uns linksrum gehen. Der Küstenpfad führt hinter dem Lesepavillon direkt zum Strandweg. Von da oben hat man einen guten Blick», schlägt Sigrid vor. «Außerdem liegt da auch das Jugend-Gästehaus, wo meine Nichte dieses Wochenende auf der Tagung ist. Da könnte ich dann gleich bei ihr vorbeischauen.»

«Wieso denn unbedingt jetzt? Das können wir doch nachher immer noch machen», mault Gudrun. «Ich möchte als Erstes zum Wal, bevor man den vor lauter Menschen nicht mehr sehen kann.»

Rosa verdreht die Augen. «Nun hab dich nicht so. Kommt

doch nicht auf fünf Minuten an. So schnell werden die den Wal schon nicht abtransportieren.»

Wieder fahren Rudi und Schnepel mit dem E-Cart zum Internat. Bei jedem kleinen Holperer jault Schnepel auf.

«Mein Rücken! Das war echt 'ne Zumutung, auf dieser Pritsche zu schlafen.»

«Stell dich nicht so an. Du hast zumindest eine Daunendecke und ein Kopfkissen gehabt. Von solch einem Luxus können die normalen Übernachtungsgäste nur träumen.»

«Luxus. Pah! Eine elende Quälerei war das. Ich sollte gleich morgen zum Arzt und mich krankschreiben lassen. Und der Rum war wohl 'ne Billigmarke! Ich hab vielleicht 'nen Brummschädel!»

Rudi verdreht die Augen. «Hättest ja nicht so viel davon trinken müssen. War übrigens kein Fusel, sondern Strohrum. Der hat achtzig Umdrehungen.»

Statt einer Antwort stöhnt Schnepel. Als sie am Internat ankommen, reißt er sich jedoch zusammen. Zu groß ist sein Triumph, Meier das Video unter die Nase reiben zu können. Diesmal treffen sie den Lehrer im Speisesaal der Schule. Er sitzt mit zwei Schülerinnen zusammen, die ihn ganz offensichtlich anhimmeln. Sein hellblaues Hemd ist an den Ärmeln aufgekrempelt, darüber trägt er eine dunkelblaue Daunenweste. Als er Schnepel entdeckt, verschwindet das Lächeln aus seinem Gesicht.

«Sie schon wieder.» Er steht auf. «Entschuldigt mich einen Moment», sagt er zu den Mädchen, die verlegen kichern. Bestimmt sind sie in ihren Lehrer verknallt. Manches ändert sich eben nie, das gab's schon, als Rudi zur Schule ging.

«Lassen Sie uns in den Flur gehen.» Kaum haben sie die Tür hinter sich geschlossen, sieht der Sportlehrer sie mit undurchdringlicher Miene an. «Was führt Sie denn heute zu mir?»

«Wir haben das Video», verkündet Schnepel stolz und zieht sein Handy aus der Manteltasche. Gleich darauf lässt er den kleinen Film ablaufen. Meier beugt sich vor und sieht unbeeindruckt zu.

«Ja, und? Was soll das jetzt beweisen?»

Verwundert blickt Schnepel ihn an. «Schauen Sie noch mal genau hin. Das sieht doch ein Blinder mit 'nem Krückstock, dass Sie viel zu nah bei der Schülerin stehen. Da fehlt der sittliche Abstand.»

Meier lacht auf. «Sittlicher Abstand! In welchem Jahrhundert leben Sie denn? Ich habe Janine gezeigt, wie sie den Schlagstock halten muss, um den Ball anzuschneiden. Nicht mehr und nicht weniger. Außerdem waren wir nicht allein, der ganze Kurs war dabei. Also zehn weitere Schülerinnen und Schüler. Wenn es ihr zu nah gewesen wäre, hätte sie mir eine Szene gemacht.» Er richtet sich auf. «Mehr haben Sie nicht?»

Schnepel räuspert sich. «Ich halte das für ausreichend. Apropos, wo finden wir denn diese Janine?»

Meier blickt sich um. «Keine Ahnung. Vermutlich steckt sie mit ihren Freundinnen zusammen. Sie gehört auch nicht zu meiner Familiengruppe, sondern zu der von Kollege Junghans. Gucken Sie doch einfach in seinem Trakt.» Meier beschreibt ihnen den Weg dorthin. «Sie sollten ...»

«Was sollten wir?»

«Ach, nichts.»

Graue Wolken jagen über den Himmel. Kaum haben die drei Frauen den Weg durch die Dünen verlassen, pfeift ihnen ein eisiger Wind entgegen, dass die Gesichtshaut nur so prickelt und jegliche Unterhaltung unmöglich ist. Schweigend marschieren sie zum Gästehaus. Vor der Tür steht ein Mann in blauer Latzhose über einem dicken Pulli und schraubt an dem Rad eines Bollerwagens.

«Moin! Ich möchte zu Geertje Michelsen. Sie ist hier auf einer Tagung der EGA», sagt Sigrid.

«Da vorne.» Der Mann zeigt mit dem Schraubenzieher auf ein Nebengebäude. «Die sind noch beim Frühstück.»

Im Speisesaal sitzen die jungen Leute an drei großen Tischen. Rosa entdeckt Sven auf Anhieb an einem Vierertisch am Fenster. Er ist in ein Gespräch vertieft.

«Tante Sigrid!» Geertje sitzt direkt an der Tür an einem Fünfertisch. Neben ihr ein junger Mann, der gerade Kaffee einschenkt. Gegenüber eine große, kräftige Frau mit blondem Kurzhaarschnitt, etwas jünger als Rosa.

Geertje steht auf und kommt ihnen entgegen. «Was machst du denn hier?»

«Eigentlich wollten wir uns nur den Wal ansehen. Aber nachdem ich gehört habe, was passiert ist, dachte ich, ich schaue bei dir vorbei. Schließlich bin ich deine Patentante.»

Geertje schießen augenblicklich die Tränen in die Augen, Sigrid nimmt sie in den Arm und streicht ihr über die Wange. «Meine Kleine.»

«Das war brutal», sagt Geertjes Platznachbar. «So brutal.»

Der junge Mann kommt Rosa irgendwie bekannt vor. Aber sie weiß nicht genau, wo sie ihn einsortieren soll. Außerdem sehen sich die jungen Leute alle ein bisschen ähnlich. Gleiche Haarschnitte, gleiche Klamotten. Dabei glauben sie immer, ganz individuell unterwegs zu sein.

«Sie haben den Toten gesehen?», fragt Rosa ihn.

«Sven hat mich gestern Morgen vom Strand aus angerufen, nachdem er Martin gefunden hat. Er war ziemlich fertig und wollte nicht allein mit dem Toten sein. Da hab ich Geertje Bescheid gesagt, und wir sind sofort hin. Das war vielleicht ein Fehler. Der Anblick von Martin ist ein bisschen viel für Geertje gewesen.»

«Felix, das ist für jeden ein bisschen viel gewesen», sagt sein Tischnachbar.

«Ihr seid echte Weicheier», giftet die Frau mit dem blonden Kurzhaarschnitt. «Natürlich ist das kein schöner Anblick, wenn jemand brutal abgeschlachtet wird. Aber wenn Robben und Wale verrecken, weil überall im Meer Plastik schwimmt, ist das genauso brutal.»

«Du kannst doch nicht im Ernst den Mord an Martin mit dem Tod eines Pottwals oder einer Robbe vergleichen», ruft Geertje aufgebracht und löst sich aus den Armen ihrer Tante.

«Und warum nicht?» Mit zusammengekniffenen Augen sieht die Ältere sie an. In ihrem Blick liegt etwas Lauerndes.

«Weil ... das eine Absicht ist und das andere ...» Geertje bricht mitten im Satz ab.

«Das andere auch! Zufällig kommt der Plastikmüll nämlich nicht ins Meer! Wenn der Mensch wollte, könnte er das verhindern. Wo ein Wille ist, ist auch ein Weg.»

Die junge Frau trägt ihr Haar zu einem lockeren Dutt auf dem Kopf zusammengebunden. Ihr Zimmer ist behaglich eingerichtet und überhaupt nicht so spartanisch, wie Rudi sich ein Internatszimmer vorgestellt hat.

«Frau Palkowitsch», beginnt Schnepel erstaunlich rücksichtsvoll, «wir möchten Sie bitten, sich ein Video anzusehen und uns etwas dazu zu sagen. Ist das in Ordnung für Sie?»

«Ein Video?» Janine Palkowitsch schluckt und wird blass.

«Genau.»

«Darf meine Freundin dabei sein?»

«Natürlich.»

Die junge Frau nimmt ihr Handy vom Bett und tippt darauf herum. Eine Sekunde später piept es, und gleich darauf kommt eine andere junge Frau herein. Ihre kurzen blonden Haare stehen wild in alle Richtungen ab. Sie stellt sich neben Janine.

«Das ist Melli. Meine beste Freundin. Ich denke, ich weiß, worum es geht. Deswegen möchte ich sie dabeihaben. Sie wollen mir das Video zeigen, das Melli gemacht und an Martin geschickt hat, nicht?»

Schnepel nickt.

«Das brauchen Sie mir nicht zu zeigen. Ich kenne es.» Janine schlingt die Arme um ihren Körper, als wolle sie sich wärmen, und Melli legt ihr beschützend den Arm um die Schulter. «Ich wusste mir keinen Rat mehr, wie ich Jürgen davon abhalten kann, mir immer so nah zu kommen. Ich mag das nicht und hab ihm das auch gesagt. Aber er macht es trotzdem. Es ekelt mich an. Ich leide schon an Waschzwang, wenn ich nur in seiner Nähe bin. Ich wollte, dass das endlich ein Ende hat!» Sie zieht schniefend die Nase hoch.

«Darum sind wir auf die Idee gekommen, ein Video zu

machen und es Martin zu geben, damit der den Rektor in Kenntnis setzt», mischt sich ihre Freundin nun ein. «Wir dachten, wenn Jürgen Druck von oben kriegt, hört er vielleicht damit auf.»

Janine nickt bekräftigend.

Mitfühlend sieht Rudi die Mädels an. Was für ein Schweinepriester, dieser Meier.

«Danke für die ehrliche Auskunft, auch wenn sie Ihnen schwergefallen ist», sagt Schnepel. «Es kann sein, dass wir noch mal mit Ihnen sprechen müssen, aber für heute war's das.»

«Ist gut.»

Sie verabschieden sich, und beim Hinausgehen sieht Rudi, wie Melli Janine fest in den Arm nimmt.

«Wie diese Frau über Sven und die anderen gesprochen hat, war doch das Allerletzte. Ich würde auch nicht gerne neben einem toten Wal *und* einem ermordeten Mann am Strand hocken», empört sich Rosa und zieht im Gehen die Mütze tief in die Stirn.

«Ich bin vor allem froh, dass Geertje heute mit uns die Fähre nimmt und nicht länger auf der Insel bleibt.» Sigrid hat Mühe, mit den anderen beiden auf dem Dünenpfad Schritt zu halten. Gudrun hat es eilig, sie will schnellstmöglich den Riesenkadaver sehen.

Nach einer Viertelstunde erreichen sie die Strandhalle, von dort führt ein Weg hinab. Endlich haben sie freie Sicht auf den toten Pottwal. Und auf die Nordsee, die heute schäumt und brodelt, als hätte sie schlechte Laune.

Der Wal liegt in einer Wasserlache vor der Sandbank. Er

ist so gewaltig groß, dass die Menschen, die ihn jenseits des Absperrbandes umringen, klitzeklein wirken. Mehrere Männer in dunklen Overalls sind damit beschäftigt, den Kadaver mit Abschleppseilen zu fixieren, die zu einem Bagger führen. Zwei Schleppkähne warten schon darauf, das Tier aufs offene Meer zu ziehen. Schnell gehen die drei Frauen zum Strand hinunter, um nichts zu verpassen. Rosa rümpft die Nase. Trotz des Windes liegt der kräftige Verwesungsgeruch wie eine Giftwolke in der Luft.

«Brr, das stinkt vielleicht», meint Gudrun.

«Ludwig hat gesagt, dass wegen der vielen Verwesungsgase Löcher in den Kadaver geschnitten worden sind, damit der nicht explodiert.»

«Explodiert?» Rosa schüttelt sich bei dem Gedanken. «Igittigitt ... dann sollten wir nicht zu nah rangehen, wenn das jederzeit passieren kann. Sagt mal ... habt ihr gewusst, dass Walkotze richtig viel Geld einbringt?»

«Walkotze?», fragt Gudrun ungläubig. «Nee.»

«Doch. Vor ein paar Jahren wurde ein wachsartiger Klotz in England am Strand gefunden, den ein Pottwal hochgewürgt hatte. Der war hunderttausend Pfund wert.»

«Echt?» Sigrid kichert.

«Man nennt das Zeug Amber. Hört sich ja auch besser an.» Rosa grinst. «Stellt euch vor, es wird bei der Herstellung ganz exklusiver Parfüms eingesetzt. Und es ist so schweineteuer, weil es so selten ist.»

«Walkotze für schweineteure Parfüms?» Sigrid rümpft die Nase. «Was du so alles weißt.»

«Hab ich erst letztens gelesen.»

Inzwischen haben sie die Absperrung erreicht. Direkt vor dem Wal steht ein Kameramann, und ein Journalist im dick gefütterten roten Overall befragt die Schaulustigen. Er hält ihnen ein mit puscheligem Fell überzogenes Mikrofon vor die Nase. Rosa staunt. Der NDR berichtet live vor Ort. Jetzt schwenkt die Kamera zu ihnen.

«Lächeln», ruft Rosa den beiden anderen zu. «Vielleicht können wir uns heute Abend in der Nordschau sehen.»

«Das wäre ja was», sagt Gudrun. Als die Kamera wegdreht, holt Rosa ihr Handy heraus und reckt den Arm in die Höhe, um ein Selfie von sich und den Freundinnen vor dem Wal zu machen. «Rückt mal ein bisschen dichter zusammen, sonst seid ihr nur halb drauf.»

Das ist der Startschuss für Sigrid, die mit ihrem Handy ein Foto nach dem anderen von dem Wal und den Vorbereitungen zum Abschleppen macht. Rosa geht einmal um den Kadaver herum. Auf der anderen Seite sieht sie jede Menge Fußspuren. Hier soll der Tote gelegen haben, hat sie bei Ludwig in der Mitmach-Zeitung gelesen. Ob vielleicht auch noch Blut im Sand zu sehen ist? Sie will dichter heran, doch der Nationalpark-Ranger stoppt sie.

«Treten Sie bitte zurück und behindern Sie die Bergung des Tieres nicht.»

«Lass mich fahren», sagt Schnepel, als sie das Schulgebäude verlassen.

«Nö, das geht nicht, ich hab dem Lüttjohann versprochen, dass ich keinen anderen ans Steuer lasse. Außerdem, wie sieht das denn aus, wenn ich in Uniform auf der Beifahrerseite sitze.»

«Spielverderber.» Beleidigt klettert Schnepel in das Gefährt. Rudi betätigt den Anlasser, und schon geht's los.

«Die Mädels können einem ja richtig leidtun. Sind diesem notgeilen Pauker hilflos ausgesetzt», regt sich Schnepel auf, als sein Handy klingelt.

«Moin, Chef», grüßt er. «Wir hätten uns auch gleich gemeldet. Sind gerade auf dem Weg zurück zur Polizeistation. Moment, ich mach mal den Lautsprecher an, dann kann Bakker mithören.» Er tippt auf das Display.

«Die Obduktion hat einwandfrei die Messerstiche als Todesursache festgestellt», erklärt Haueisen. «Auf Junghans wurde sieben Mal eingestochen. Ein Stich am Hals hat die Hauptschlagader getroffen, er ist verblutet. Bei der Waffe vermutet Emterbäumler eine kurze Klinge mit breitem Schaft. Vielleicht ein Bootsmesser.»

«Das haben wir aber nicht, oder?», fragt Schnepel.

«Leider nicht. Vielleicht hat es der Täter mitgenommen oder ins Meer geschmissen, dann kann das ablaufende Wasser es fortgezogen haben, und wir werden es vermutlich nie finden.»

«Wir haben übrigens auch was Interessantes zu vermelden», sagt Schnepel zufrieden. «Meier, also der Sportlehrer vom Internat, hat eine seiner Schülerinnen sexuell belästigt. Immer ganz stiekum, sodass es anderen nicht auffiel, aber das Mädel hat darunter gelitten. Um diesen Belästigungen endlich ein Ende zu setzen, haben sie und ihre Freundin ein Video gedreht und es Junghans zugespielt, damit der den Vorfall dem Rektor der Schule mitteilt. Es wäre also auf ein Disziplinarverfahren hinausgelaufen. Mindestens. Meier streitet aber alles ab.»

«Es steht also Aussage gegen Aussage», fasst Haueisen zusammen.

«Na ja», mischt sich Rudi ein, «wenn man der jungen

Frau Glauben schenken kann, hätte Meier einen Grund, Junghans zu töten. Er wollte verhindern, dass der das Video dem Rektor weiterleitet.»

«Sie begehen einen Denkfehler», antwortet der Chef. «Erstens: Wäre Meier der Täter, hätte er das Handy von Junghans garantiert mitgenommen. Aber wir haben das Handy sichergestellt. Zweitens gibt es ja das Originalvideo noch auf dem Telefon der Schülerinnen.» Er hält einen Moment inne. «Die Auswertung der Funkzellen zu Meiers Telefon ist noch nicht da, aber Kröver hat eine interessante Unterhaltung zwischen Junghans und einer Geertje gefunden.»

Ach nee, denkt Rudi. Nun kommt auch noch Geertje ins Spiel. «Inwiefern interessant?»

«Die beiden haben sich gestritten. Wäre jetzt zu viel, Ihnen das alles vorzulesen, aber es war durchaus ein ordentlicher Beziehungsstreit.»

«Na, das kennt man in dem Alter doch. Sicherlich hat Geertje rumgezickt, oder?»

«Stimmt. Wie kommen Sie darauf? Kennen Sie die Frau?»

«Sie ist die Nichte einer guten Bekannten, und ich weiß, dass sie durchaus diskussionsfreudig ist. Um es mal gelinde auszudrücken.»

«Die Nichte einer Bekannten?» Schnepel guckt Rudi an. «Das hast du mir ja gar nicht gesagt.»

Noch vollkommen mit den Eindrücken vom Strand beschäftigt, sitzen Rosa, Sigrid und Gudrun mit von der Kälte geröteten Wangen in der Teetied, der alteingesessenen Teestube schräg gegenüber vom Rathaus. Zum Glück hat die geöffnet, wo doch sonst fast alle Restaurants geschlossen haben. Gudrun gießt sich und Sigrid Tee über die Kluntjes, Rosa lehnt diese ostfriesische Tradition immer noch ab. Auf Zucker im Tee kann sie prima verzichten. Nur mit dem Wulkje hat sie sich schnell angefreundet. Deshalb fließt auch bei ihr ein kleiner Schöpflöffel flüssiger Sahne in die Tasse. Sofort bildet sich eine weiße Wolke in der braunen Flüssigkeit.

Sigrid scrollt durch die Fotos auf ihrem Handy. Auf einem stehen die drei Freundinnen vor dem dunklen Wal. «Das ist doch eine schöne Aufnahme. Die schicke ich gleich Ludwig. Und die hier auch. Da sieht man den Wal in voller Länge. Und die mit dem Bagger auch.» Sie drückt auf Senden.

«Ist schon beeindruckend, wie groß das Tier ist», meint Rosa.

«Und auch ganz schön traurig», sagt Sigrid. «Wenn man sich vorstellt, dass es jetzt munter durch die Wellen springen könnte, wenn es nicht falsch abgebogen wäre. Es war übrigens ein Jungbulle auf der Suche nach Weibchen. Ludwig meint, die flache Nordsee wurde ihm zum Verhängnis, weil die Wassertiefe hier für ihre akustische Orientierung zu gering ist.»

«Und woher weiß Ludwig das?», fragt Rosa.

«Steht irgendwo im Internet.»

Rosa erhebt sich. «Kommt, lasst uns los. Wir wollten doch noch bei Rudi vorbeischauen. Vielleicht weiß der mittlerweile was Neues.»

Rudi spült das Frühstücksgeschirr in der Küche der Polizeistation, und Schnepel trocknet ab, als ein Fahrrad mit quietschenden Reifen vorm Haus hält. Die Tür fliegt auf, und eine junge Frau kommt herein, völlig außer Atem.

«Moin», sagt sie und stellt sich als Fabienne Lammer vor. «Ich komme wegen Herrn Meier. Und diesem blöden Video.»

Überrascht sehen Rudi und Schnepel die junge Frau an.

«Ich bin im selben Sportkurs wie Janine und Melli. Ich hab mitgekriegt, was die abgezogen haben, um das Video zu drehen. Aber ich bin nicht damit einverstanden, den Meier für etwas zu belangen, was er nicht getan hat. Ich hab gehört, dass sie gesagt haben, sie wollen es ihm heimzahlen.»

«Was denn heimzahlen?», fragt Rudi.

Fabienne guckt zerknirscht zu Boden. «Herr Meier hat uns letzten Mittwoch beim Kiffen erwischt. Er ist zwar im Prinzip ein cooler Typ, der alles etwas lockerer sieht, aber bei Drogen hört für ihn der Spaß auf. Er hat damit gedroht, uns beim nächsten Mal zu melden. Ich fand es schon großzügig von ihm, uns nicht gleich zu verpfeifen, aber Melli und Janine haben sich tierisch über seine Ansage aufgeregt. Sie wollten sich was ausdenken, um ihm eins auszuwischen. Im Sportunterricht hat Janine sich ihr kurzes Röckchen angezogen, das sie immer beim Tennisspielen trägt, und sich an Jürgen gedrängelt, als der hinter ihr stand. Ich hab gedacht, ich seh nicht richtig, vor allem, weil Melli schon ihr Handy gezogen hatte und alles filmte. Der Meier hat das gar nicht richtig mitgekriegt. Hinterher haben sie sich kräftig amüsiert und gesagt, jetzt hätten sie Dynamit gegen ihn in der Hand. Also, eigentlich wollten sie das Video nur als Pfand haben, damit der Meier sie beim nächsten Mal nicht verpetzt, aber Martin hat das mit dem Film mitgekriegt und sie aufgefordert, ihm das Video zu zeigen. Na, und so hat sich die ganze Sache verselbstständigt.» Fabienne sieht Rudi und Schnepel ratlos an. «Janine hat gesagt, sie konnte Ihnen gegenüber ja schlecht einen Rückzieher machen. Aber das finde ich nicht richtig.»

«Also gab es gar keinen sexuellen Übergriff?» Schnepel klingt enttäuscht.

«Genau.» Die junge Frau blickt ihnen nun direkt ins Gesicht. «Der Meier hat nichts gemacht.»

Rosa nimmt den direkten Weg durchs alte Inseldorf und hält sich hinter der alten Kirche links. Die beiden anderen hatten keine Lust mitzukommen und sind in der Teetied geblieben, aber Rosa möchte Rudi einen kurzen Besuch abstatten, bevor die Fähre zurückgeht.

Die Polizeistation ist in einem Einfamilienhaus aus den Sechzigerjahren untergebracht, das sich in nichts von den anderen Häusern links und rechts unterscheidet. Bis auf das blaue Polizeischild an der Hauswand.

Als Rosa auf den Eingang zustrebt, kommt Rudi mit einem leeren Mülleimer aus weißer Emaille um die Ecke. Bei Rosas Anblick grinst er breit. «Moin.»

«Hallo, Rudi!» Sie eilt auf ihn zu und nimmt ihn in den Arm. «Es ist so schön, dich wiederzusehen.»

«Na, nun übertreib man nicht. So lange bin ich ja nicht hier gewesen. Was machst du denn auf der Insel?»

«Gudrun, Sigrid und ich haben uns den Abtransport des Wals angeschaut. Das war vielleicht spannend! Wie die beiden Schleppkähne den Kadaver an Seilen ins offene Meer gezogen haben.» Rosa ist immer noch ganz fasziniert. «Und jetzt wollte ich mal sehen, wie du es hier so angetroffen hast.» Sie zwickt ihn in den Arm. «Gibt's denn schon was Neues bei den Mordermittlungen?»

«Nö. Darf ich dir außerdem nicht sagen. Weißt du doch.»

Rosa verdreht die Augen. Im Dienst ist Rudi nämlich verschlossen wie eine Juister Auster.

«Na, dann komm rein. Die Polizeistation kann ich dir zumindest zeigen. Ich mach gerade klar Schiff.»

Rosa folgt ihm durch den Büroraum in die Küche. «Wieso kannst du eigentlich hier wegfahren? Es ist schließlich ein Mord passiert. Da muss doch jemand vor Ort sein. Ich bin fest davon ausgegangen, dass du verlängerst.»

«Zum einen ist man in einer knappen Stunde mit der Fähre oder dem Insel-Taxi hier. Außerdem mag Haueisen sich nicht auf Spiekeroog als Einsatzzentrale festlegen. Wir müssen schließlich in alle Richtungen ermitteln. Ein Trophäenjäger könnte der Mörder sein, vielleicht auch ...»

Es klopft an der Tür, die fast im selben Moment geöffnet wird. Ein drahtiger Mann Ende dreißig tritt ein. «Wir sind wieder da», ruft er und zieht einen Rollkoffer herein.

«Moin, Körner, schön, dass ihr zurück seid. Und herzlichen Glückwunsch euch beiden.» Rudi lächelt der Frau zu, die mit einem Kinderwagen hinter seinem Kollegen steht. «War 'ne ruhige Zeit auf der Insel. Bis der Wal auftauchte. Und dann der Tote.»

«Jo, großer Schiet, hab schon gehört.»

«Bin froh, dass du übernimmst. Morgen früh ist in Wittmund Lagebesprechung. Dann sehen wir weiter.»

Körner geht auf Rosa zu und schüttelt ihr die Hand. «Sind Sie eine neue Kollegin aus Wittmund?»

«Nein, das ist eine gute Freundin aus Neuharlingersiel. Der Kollege aus Wittmund ist am Fähranleger und kontrolliert die Papiere der Abreisenden. Haueisen hat gesagt, das sollen wir noch die nächsten drei Tage machen. Also ab der 18-Uhr-Fähre wäre das dann deine Aufgabe.»

Die Personalien der mit der 15-Uhr-Fähre abreisenden Personen nehmen Rudi und Schnepel noch auf, bevor sie selbst an Bord gehen. Das bietet sich förmlich an.

Alles läuft wie am Schnürchen, bis Rosa, Gudrun und Sigrid an der Reihe sind und Rudi ihre Ausweise sehen will.

«Was soll das denn? Du weißt doch ganz genau, wo ich wohne», empört sich Sigrid.

«Ihre Ausweise, bitte. Wir dürfen keine Ausnahme machen», mischt sich Schnepel ein.

Murrend reicht sie Rudi ihre Papiere, Rosa dagegen grinst breit. Ihm ist klar, was sie denkt. Und sie hat ja recht, natürlich weiß er, wo sie wohnen, aber sein Kollege ist nun mal ein Prinzipienreiter. Und das wird sich auch nicht ändern.

Inzwischen ist der letzte Passagier an Bord, und auch sie können aufs Schiff.

«Huhu, Rudi, hier sind wir.» Rosa winkt ihnen von einem Tisch am Fenster zu.

«Wag nicht einmal, daran zu denken, dort hinzugehen», zischt Schnepel. «Wir setzen uns da hinten in die Ecke. Immerhin sind wir im Dienst.»

Rudi nickt Rosa zu und hebt mit bedauerndem Gesichtsausdruck die Hand, obwohl es auch ihm lieber ist, nicht bei den Frauen zu sitzen. Die wollen ihn garantiert nur aushorchen. «Willste 'nen Kaffee?», fragt er. «Ich hol uns einen vom Bordkiosk.»

«Kaffee ist gut. Und 'ne Bockwurst. Mit ordentlich Senf,

bitte.» Schnepel setzt sich an einen freien Tisch, weit von Rosa und den anderen entfernt, und Rudi gibt die Bestellung auf. Die Bockwurst balanciert er auf den beiden Kaffeebechern. Er selbst isst keine, schließlich kocht Henner heute Abend für ihn. Darauf freut er sich schon tüchtig. Henner liebt im Winter deftige Hausmannskost nach den Rezepten seiner Mutter.

«Ich bin mir ziemlich sicher, dass es der Meier war.» Schnepel beißt von der Bockwurst ab, ein wenig Senf bleibt dabei in seinem Mundwinkel hängen.

«Ich weiß nicht», meint Rudi. «Haueisen hat schon recht. Mit Junghans' Tod ist das Video nicht aus der Welt. Er hätte nichts dadurch gewonnen.»

«Vielleicht steckt hinter der Tat mehr als nur dieses Video. Vielleicht gab es einen bitteren Streit, von dem wir bis jetzt nur noch nichts wissen. Den wir aber aufdecken. So wahr ich Helmut Schnepel heiße. Allein schon sein Alibi! Ha! Na, wenn wir erst die Auswertung der Funkzellen haben und von seinem Telefonanbieter die Dauer der Gespräche am Freitagabend, knöpfe ich ihn mir vor. Zwei Stunden! So lang kann man ja gar nicht telefonieren.»

«Na ja», sagt Rudi, «kann man schon.» Er selbst hat nämlich in diesen Inseltagen auch fast jeden Abend lange mit Susanne telefoniert. Aber er wird sich hüten, das ihrem Ex-Mann in spe zu sagen.

«Und diese Mädels ...» Schnepel tunkt die Wurst in den Senf, «meine Herren, die sind ja ganz schön gerissen. Wenn man es mit solchen Damen zu tun hat, muss man höllisch aufpassen. Das haben wir alles dieser komischen Frauenbewegung aus Amerika zu verdanken. Ich sag nur: Me too. Man traut sich heutzutage kaum noch, einer Frau Komplimente zu machen, aus Angst, dass das als sexistischer Übergriff angesehen wird.»

«Kommt drauf an, was und wie man es sagt», sagt Rudi mit einem breiten Grinsen im Gesicht.

Henner legt noch zwei Holzscheite in den Kachelofen. In der Küche ist es mollig warm. Ihm ist das ja nicht so wichtig, er zieht sich an kalten Tagen einfach wärmer an, aber Rosa friert immer so schnell. Dass die bei der Kälte überhaupt rüber auf die Insel ist, hat ihn schon gewundert. Sie hatte eine ganz rot gefrorene Nase, als er sie vorhin im Treppenhaus getroffen hat. Und alles bloß wegen einem toten Wal. Er hat sich den Abtransport von der Insel ganz gemütlich im Fernsehen mit Muddern und Vaddern bei einem kleinen Frühschoppen vorm Mittagessen angeschaut. Der Wintergast war zum Glück nicht da. Muddern war sich einmal sogar ganz sicher, dass sie Gudrun gesehen hat. Aber so dick eingemummelt, wie die alle waren, würde Henner da nicht drauf wetten. Sind ja auch noch genug andere dort gewesen. Wal-Touristen hat der Reporter die genannt. Jetzt ist das Monstrum bestimmt schon beim Jade-Weser-Port in Wilhelmshaven angekommen, wo es zerlegt werden soll. Das muss eine Mordsarbeit sein. Und was das kostet!

Das Wasser in dem großen Topf fängt an zu blubbern. Henner gibt ein paar Knoblauchzehen und Lorbeerblätter zu den köchelnden Linsen, als die Tür aufgeht.

«Moin, Henner.» Rudi tritt neben ihn an den Herd «Sven kommt gleich. Der braucht noch 'nen Moment. Schön, wieder hier zu sein. War langweilig, die Sonntagabende allein auf der Insel zu verbringen.»

«Jo, hier auch.» Henner gibt Rapsöl in die Pfanne und erhitzt es. «Rosa kommt gleich noch zum Essen.»

Rudi guckt ihn verdutzt an. «Warum das denn?»

«Einfach so.»

«Aber der Sonntag ist doch unser Männerabend!»

Vorsichtig verteilt Henner eine Handvoll Kümmel im Öl. «Man kann ja auch mal was ändern.»

Mit langem Gesicht holt Rudi sich eine Flasche Ostfriesenbräu aus dem Kühlschrank. «Wenigstens hast du noch dieselbe Biermarke.»

«Hallihallo!» Rosa steht mit einer Flasche Weißwein in der Küchentür. «Danke für die Einladung. Das riecht ja gut. Was gibt es denn?»

«Linsen und gebratenen Rosenkohl.» Henner dreht sich zu Rosa um. «Es muss ja nicht immer Labskaus sein.»

«Aber das ist mein Leibgericht!», protestiert Rudi.

«Mach ich nächstes Mal.»

«Gibt's wenigstens was Vernünftiges dazu?», will Rudi wissen.

«Karotten und Topinambur.» Henner gibt das klein geschnittene Gemüse in die Pfanne und verrührt es.

«Ich meine, was Richtiges, Kotelett oder so …» Rudi trinkt einen Schluck Bier aus der Flasche.

«Du mit deinem Fleisch! Gab ja früher auch nur den Sonntagsbraten.»

«Aber heut *ist* Sonntag!», mault Rudi. «Ich hab mich so auf was Ordentliches zwischen den Zähnen gefreut. Jetzt fängst du auch noch mit diesem veganen Kram an.»

«Ist vegetarisch. Außerdem krieg dich mal wieder ein. War ein kleiner Scherz. Ich hab noch Pinkelwürste im Kühlschrank. Die kommen jetzt dazu.» In letzter Zeit hat Henner manchmal Spaß daran, Leute ein bisschen zu foppen. Und sein Kumpel müsste eigentlich wissen, dass er ihm niemals ohne Vorankündigung nur Grünzeug serviert.

«Sprecht ihr gerade von Pinkelwürsten?» Sven kommt herein und guckt sie begeistert an.

Im Treppenhaus hört Ludwig Stimmen. Zum Glück ist er gerade mit seinem Artikel über die potenzsteigernde Wirkung der Walzähne fertig. Echt irre, was in diesen Viechern steckt. Das Sperma hat man früher als Schmiermittel für Nähmaschinen und Uhren genutzt. Heute setzt man es sogar in der Raumfahrt ein. Unglaublich.

Er packt sein Tablet zur Seite, fährt den curryfarbenen Ledersessel mit der elektrischen Fernbedienung hoch und schnappt sich die Krücken. Zu spät, die Wohnungstür wird schon aufgerissen. Samt einer Welle eisiger Luft kommen Sigrid und Geertje herein.

«Moin, min Deern», begrüßt Ludwig Sigrids sonst so quicklebendige Nichte. Heute wirkt sie wie geschrumpft. Er nimmt sie in den Arm. «Gut, dass du jetzt bei uns bist. Familie muss zusammenhalten.»

Geertje setzt ihren Rucksack ab. «Bin auch froh, dass ich erst mal von der Insel bin. Vielleicht komm ich hier auf andere Gedanken.» Sie schält sich aus ihrer gelben Daunenjacke und setzt die Mütze ab.

«Ihr wart so glücklich.» Sigrid stößt einen tiefen Seufzer aus.

«Das kann man so nicht sagen», murmelt Geertje zu Ludwigs Überraschung. «Also nicht mehr. Anfangs schon. Ich wollte mich nach diesem Wochenende von Martin trennen.

Nach der Tagung. Die sollte schließlich nicht unter unseren persönlichen Konflikten leiden.»

Ludwig ist platt, und auch Sigrid scheint es für einen Moment die Sprache verschlagen zu haben. Aber nur kurz. Dann holt sie tief Luft: «Davon hat mir deine Mutter am Telefon gestern gar nichts gesagt.»

«Ach, Tante Sigrid, manche Dinge müssen erst einmal in einem selbst reifen, bevor man sie anderen erzählt.» Geertje streicht sich die Haare aus der Stirn. «Irgendwie hat man den großen Altersunterschied doch gemerkt. Martin meinte immer, mir Dinge vorschreiben zu müssen. Allein diese gelbe Jacke. Ich hätte lieber eine in einem knalligen Grün gehabt, aber er hat gemeint, Partner tragen ähnliche Farben. Hat 'ne Weile gedauert, bis ich gemerkt habe, dass er mich gar nicht als eigenständige Person sieht. Das bin ich aber.»

Als Geertje nichts mehr hinzufügt, streicht Sigrid ihr über den Arm. «Pack deine Sachen schon mal ins Gästezimmer. Das Bett beziehe ich gleich frisch.»

«Lass man, Tante Sigrid, das mache ich selbst.» Geertje nimmt Rucksack, Jacke und Mütze.

«Ich hab übrigens die ganze Zeit wegen der Sache mit Martin, dem Wal und den entwendeten Zähnen recherchiert», meldet sich Ludwig zu Wort. «Es wird nicht lange dauern, und wir kriegen die Saubande, die ihn getötet hat.»

Überrascht sieht Geertje ihn an und stellt den Rucksack wieder ab. «Weiß die Polizei denn schon mehr?»

«Da bin ich mir nicht sicher. Aber ich bin im Netz auf Hinweise zu einer internationalen Bande von Walzahndieben gestoßen. Kaum strandet irgendwo ein Wal, tauchen die auf und machen sich heimlich am Kadaver zu schaffen. Nie hat einer was gesehen, bloß die Zähne sind weg. Aber in

Nordfriesland hat es einen Zeugen gegeben. Seitdem gibt es ein Phantombild. Das habe ich im Eintrag der Husumer Polizei bei Facebook entdeckt und natürlich gleich kopiert und in meinem Artikel verwendet. Bin gespannt, wann sich die Ersten mit einem Hinweis dazu melden.»

«Zeig mal.»

Ein paar Strichbewegungen mit dem Zeigefinger über den Bildschirm, und schon erscheint ein markantes Gesicht mit Dreitagebart, dunklen Augen und einer in die Stirn gezogenen dünnen Mütze.

«Ach nee, das ist ja ein Ding», sagt Geertje, nachdem sie das Foto eingehend gemustert hat. «Schickste mir das mal?»

«Sag bloß, du kennst den?» Ludwig sieht sie aufgeregt an.

«Weiß nich. Kann sein.»

«Komm schon, sag. Wer, glaubst du, ist das?»

«Keine Ahnung.» Geertje schnappt sich ihren Rucksack und trägt ihn ins Gästezimmer.

Ludwig sieht ihr enttäuscht hinterher. Da bietet man der Deern immer ein Heim, wenn sie hier ist, und dann rückt sie nicht mal mit so einer kleinen Info raus. Dabei weiß sie doch, dass er journalistisch arbeitet. Er schickt ihr trotzdem das Foto und hört es gleich darauf mehrmals piepen. Auch scheint sie zu telefonieren. Eine Viertelstunde später steht sie im Wohnzimmer.

«Ich muss noch mal weg.» Sie schnappt sich Jacke und Mütze, und raus ist sie.

«Wo willst du denn hin?», ruft Sigrid ihr aus der Küche nach, wo sie gerade den Grünkohl von gestern für das Abendessen aufwärmt. Statt einer Antwort fällt die Tür ins Schloss.

«Henner, du bist immer wieder für eine Überraschung gut», lobt Rosa. «Das schmeckt ausgezeichnet.»

«Echt lecker», murmelt Sven mit vollem Mund.

«Stimmt», muss auch Rudi zugeben, «vor allem in Begleitung der Pinkel!» Er lacht auf und nimmt sich einen Nachschlag. «Eigentlich bin ich ja kein Freund von Rosenkohl, aber so kross angebraten ist er eine Wucht.»

«Das freut mich.» Zufrieden streicht Henner sich über seinen Bauch. «Nun erzähl mal. Mord und Totschlag auf der Insel. Ist ja nicht zu fassen. Und dann noch in der Nebensaison.»

Rudi berichtet, was seit Freitag passiert ist. «Morgen bekommen wir die Phantomzeichnung von einem der Trophäenjäger. Vielleicht bringt die uns weiter.» Das Video mit Jürgen Meier verschweigt er geflissentlich, das sind Interna. Und dass Schnepel Meier für den Hauptverdächtigen hält, heißt ja erst einmal gar nichts.

«Ist alles sehr vage», meint Rosa enttäuscht und wendet sich an Sven. «Sag mal, diese vierschrötige Frau, die Geertje und die anderen heute Morgen am Frühstückstisch so angemacht hat ... Das ging ja gar nicht. Ist der Tonfall zwischen euch immer so rüde? Mit der hätte ich nicht wirklich Lust, Projekte zu planen.»

Sven legt Messer und Gabel auf den leer gekratzten Teller und schaut Rosa an. «Das ist Anna Fangmann. Sie ist Meeresbiologin und hat total viel Ahnung. Sie hält ständig Vorträge über die Plastikvermüllung der Meere. Auch in Schulen und so. Da hat sie echt was drauf.»

«Das war ja auch Thema beim Frühstück. Aber sie kam für meine Verhältnisse mehr aggressiv als wissenschaftlich rüber.»

«Kann sein. Vielleicht liegt das aber auch an ihrer persönlichen Geschichte.»

«Was meinst du damit?», fragt Rudi.

«Sie war früher ...», druckst Sven herum. «Ich weiß gar nicht, ob ich das sagen soll. Ist ja ihre Sache.»

«Nun spuck's schon aus.» Rudi sieht seinen Sohn auffordernd an.

«Anna war bis vor drei Jahren ein Mann. Andreas Fangmann. Sie, ich meine er, ist mit einem Forschungsschiff im Nordmeer unterwegs gewesen. Nach der Geschlechtsumwandlung wurde der Vertrag aber nicht verlängert. Er, ich meine Anna, vermutete Vorurteile gegen sich. Deshalb denkt sie immer, sie müsse sich gegen alles wehren und ihren Standpunkt vehement behaupten. Manchmal schießt sie dabei übers Ziel hinaus.»

MONTAG

Nach dem Duschen cremt sich Rosa sorgfältig ein, dreht sich nach links und rechts und mustert sich in dem beschlagenen Spiegel. Ihre weiblichen Konturen sehen so verschwommen aus, als wäre jemand mit dem Weichzeichner darübergegangen. Rosa hat sich, seit sie denken kann, als Frau gefühlt und kann sich gar nicht vorstellen, wie das ist, im falschen Körper geboren zu sein. Als Mann zu leben und sich als Frau zu fühlen. Sich umoperieren zu lassen und ein Leben lang Hormone zu schlucken. Wie groß muss der Leidensdruck sein, um das alles auf sich zu nehmen?

Rosa greift zur Bürste und kämmt sich die Haare. Die tiefe Stimme von Anna Fangmann ist ihr gestern gleich aufgefallen, aber sie wäre nie darauf gekommen, dass das ein Überbleibsel ihres Lebens als Mann ist. Sie wirft einen Blick auf die Uhr. Oh, sie muss sich sputen. Schnell zieht sie sich an und trinkt im Stehen ihren grünen Tee, als die Melodie ihres Handys ertönt. Wer will denn um diese Uhrzeit etwas von ihr?

«Moin, Rosa, sag mal, ist Geertje bei dir?» Sigrid klingt aufgeregt.

«Geertje? Nee, wie kommst du denn darauf?» Rosa kennt Sigrids Nichte schließlich kaum.

«Sie ist gestern vorm Abendessen noch mal weg und nicht wiedergekommen. Und ihr habt euch gestern so lange auf dem Schiff unterhalten, da habe ich gedacht ...»

«Vielleicht ist sie bei Freunden, und es ist spät geworden.»

«Aber dann hätte sie uns doch angerufen oder eine Nachricht geschickt.»

«Das hat sie sicher vergessen. Sie wirkte gestern ja ein bisschen durcheinander.»

«Du hast recht. Sie ist ein büschen durch den Wind. Vor allem, weil sie sich nach dem Wochenende von Martin trennen wollte.»

«Sie wollte sich von ihm trennen? Warum denn?»

«Sie sagt, er hat immer versucht, ihr Dinge vorzuschreiben. Als sei sie seine Schülerin.»

Hm. Das Gleiche hat Karina auch gesagt. «Du, Sigrid, sei mir nicht böse, aber ich muss los, damit ich pünktlich in der Schule bin. Schick mir 'ne Nachricht, wenn Geertje kommt. Ja?»

«Mach ich.» Sigrid klingt traurig, aber Rosa kann ihr jetzt wirklich nicht helfen.

«So, meine Herren», eröffnet Haueisen die Besprechung. «Ich habe mich hinsichtlich der in den letzten Monaten und Jahren auf den Ostfriesischen Inseln gestrandeten Pottwale kundig gemacht. Die Trophäenjäger waren in den meisten Fällen schneller, als die Polizei erlaubt, ein Großteil der wertvollen Zähne wurde gestohlen. Inzwischen wird sogar darüber gesprochen, eine Soko Pottwal einzurichten. Bislang ist es aber noch nie zu Personenschäden bei diesen Raubzügen gekommen. Und ... es gibt ein Phantombild.» Haueisen greift zum Papierstapel neben der Tastatur seines Computers und hält ein Bild hoch.

«Das ist ja Meier!», ruft Schnepel begeistert.

Rudi sieht seinen Kollegen verwundert an. «Quatsch, das ist einer der Walzahnräuber.»

«Geben Sie mal her, Chef.» Schnepel streckt die Hand nach der elektronischen Zeichnung aus. Mit zusammengekniffenen Augen inspiziert er das Bild ganz genau. «Zugegeben», sagt er, als er sich wieder aufrichtet, «es ist natürlich keine Fotografie von Meier, aber die Ähnlichkeit ist unübersehbar. Vor allem der Bart.» Er reicht Rudi den Ausdruck. «Das kannst du nicht abstreiten.»

Auch Rudi betrachtet das Phantombild nun genau. «Du hast recht. Der Bart könnte zwar auf viele Männer zutreffen, aber eine gewisse Ähnlichkeit ist wirklich vorhanden.»

«Wir werden dieses Porträt auf Spiekeroog verteilen – Kollege Körner hat es schon – und schauen, was sich ergibt», erklärt Haueisen. «Vielleicht meldet sich jemand, der den Mann gesehen hat.»

«Sind aber schon etliche abgereist», gibt Rudi zu bedenken.

Haueisen lächelt nachsichtig. «Gut erkannt, Bakker. Deswegen wird dieses Bild auch mit einem Aufruf in den Zeitungen der Region abgedruckt und an sämtliche Polizeieinrichtungen verschickt.»

«Das wird nichts bringen», sagt Schnepel. «Ist doch ganz eindeutig. Der Mörder von Junghans ist Meier. Wir müssen ihn jetzt nur noch überführen. Liegt inzwischen die Funkzellenauswertung vor?»

«Jo.» Haueisen nimmt zwei weitere Blätter in die Hand. «Meiers Handy war die ganze Nacht in der Funkzelle eingeloggt, die auch das Internat abdeckt. Und er hat von zweiundzwanzig Uhr zwei bis vierundzwanzig Uhr zehn telefoniert. Mit ein und derselben Bremer Nummer.»

«Der ist eben gerissen!», sagt Schnepel. «Und sein Gesprächspartner oder seine Gesprächspartnerin ist mit von der Partie. Die haben so getan, als ob sie telefonierten, aber Meier ist heimlich zum Strand gelaufen und hat Junghans abgestochen. Die halten sich für oberschlau. Doch damit schneidet er sich ins eigene Fleisch. Wenn er vor Gericht steht, wird der Richter auf Vorsatz und somit auf Mord entscheiden und nicht auf Totschlag im Affekt.»

«Nun mal langsam, Helmut», meint Rudi. «Noch können wir überhaupt nicht beweisen, dass er es gewesen ist.»

«Ach was. Er war es. Hundertpro. Ich werde dem auf die Schliche kommen. Und bestimmt finden wir bei ihm auch die Walzähne. Wie ist das denn nun mit dem Durchsuchungsbeschluss?»

«Dafür reicht's leider immer noch nicht. Da müssen wir mehr in der Hand haben als ein Video und das Phantombild.»

Schwungvoll biegt Henner mit seiner Berta am Sieltor ab und parkt das Fahrrad an der Hafenmauer vor Bäcker Hinrichs. Für den hat er heute nichts in der Posttasche, dafür mehrere an Ludwig adressierte Briefe.

«Is offen», ruft der aus dem Fenster, kaum hat Henner auf den Klingelknopf gedrückt. Er scheint schon auf ihn gewartet zu haben.

Henner legt den Kopf in den Nacken und schaut hoch. «Is doch immer offen, aber ich wollte nicht, dass du dich erschreckst, wenn ich plötzlich in der Wohnung stehe.» Zügig steigt er die Treppen nach oben.

«Hier.» Henner hält Ludwig den Briefstapel hin. «Bist ja

ordentlich gefragt.» Eine dampfende Tasse Tee steht auf dem Tisch. Alles klar, Sigrid ist noch nicht im Andenkenlädchen. Er ist heute aber auch extrem früh dran.

«Gut, dass du da bist, Henner.» Sigrid kommt ganz aufgelöst aus der Küche. Die Haare sind nicht so ordentlich gekämmt wie sonst, und unter dem Pullover lugt ihr Unterhemd hervor. «Ich mach mir große Sorgen um Geertje.»

«Was ist denn los?»

«Sie ist gestern Abend noch mal weg und bis jetzt nicht zurück. Ich weiß gar nicht, was das zu bedeuten hat.»

Henner verzieht abwägend den Mund. «Wo könnte sie denn sein?»

«Keine Ahnung. Ihre Eltern sind im Urlaub, darum ist sie nicht nach Dortmund gefahren, sondern hiergeblieben. Sie muss ja auch wieder auf die Insel zurück, das Freiwillige Ökologische Jahr geht noch drei Monate. Ach, ich bin ganz konfus.»

«Vielleicht ist sie bei jemandem aus dieser Umweltgruppe. Sven hat gestern erzählt, dass die alle wieder zurückgefahren sind.»

«Da kenn ich aber niemanden von», sagt Sigrid.

«Ich hab die Facebook-Seite von denen gefunden und gefragt, ob jemand weiß, wo Geertje steckt», sagt Ludwig, «aber bislang hat niemand geantwortet.»

Die beiden machen sich wirklich Sorgen. Da hilft nur eins: «Ruft Rudi an. Der weiß, was zu tun ist.»

«Ich könnte wetten, dass der Meier ein Messer hat, das zu den Wunden von Junghans passt. Braucht man für so ein Bootsmesser eigentlich einen Waffenschein?», fragt Schnepel.

«Ich bitte Sie. Dann müsste meine Frau ja für die vielen scharfen Messer, die sie zum Kochen benötigt, auch einen Waffenschein beantragen.» Haueisen lacht noch, als Rudis Handy trötet.

«Entschuldigung, ich muss mal eben kurz raus.» Er nimmt das Gespräch an und verlässt den Raum. «Ja, Sigrid, was gibt's?» Es muss wichtig sein, sie ruft ihn sonst nie während der Dienstzeit an.

Schon legt Sigrid los und berichtet vom Verschwinden ihrer Nichte. Nachdem sie fertig ist, klingt sie ganz erschöpft. «Was soll ich jetzt nur tun?»

«Ich denke, du solltest dich beruhigen. Sie taucht schon wieder auf. Wahrscheinlich hat Rosa recht, und sie schläft noch tief und fest und hat einfach nur nicht dran gedacht, Bescheid zu sagen. Außerdem können wir bei Erwachsenen erst nach vierundzwanzig Stunden etwas machen. Es sei denn, es besteht Gefahr für Leib und Leben.»

«Aber das ist es ja. Ich mache mir Sorgen, dass ihr was passiert ist.»

«Denkst du, sie könnte sich was antun nach dem Tod ihres Freundes?»

«Nein, das nun nicht, sie wollte mit ihm Schluss machen, aber es kann ihr doch sonst was zugestoßen sein.»

«Nun mal den Teufel nicht an die Wand. Außerdem, wenn etwas passiert wäre, dann hätten wir als Polizei das längst mitgekriegt. Und uns ist kein schwerer Unfall oder dergleichen gemeldet worden. Wirst sehen, sie meldet sich putzmunter bei euch zurück.» Er lächelt. Rührend, was für Sorgen Sigrid sich macht. Aber sie kennt das Verhalten von jungen Leuten eben nicht. Im Unterschied zu ihm. Sven ist auch schon ein paarmal über Nacht weggeblieben, ohne vorher Bescheid zu sagen. «So, nun muss ich aber wieder rein, ich bin gerade mitten in einer Besprechung. Tschüs.»

Er legt auf und geht zurück ins Büro. «Entschuldigung. Das war eine Bekannte. Sie ist ganz aufgelöst, weil ihre Nichte verschwunden ist. Geertje Michelsen. Sie gehört auch zur Umweltgruppe und war mit dem Verstorbenen zusammen.»

«Geertje Michelsen?» Haueisen runzelt die Stirn und öffnet eine Datei auf seinem Computer. «Das war doch die, mit der Junghans auf WhatsApp diesen Streit hatte.»

«Stimmt», sagt Rudi.

«Ob das was mit seinem Tod zu tun hat?», überlegt Schnepel laut. «Und was heißt in diesem Zusammenhang verschwunden?»

Kaum hat Rudi den beiden anderen erklärt, was Sigrid ihm gerade am Telefon gesagt hat, kommt Leben in Schnepels Gesicht. «Ha!», ruft er voller Elan. «Na klar! Sie war's! *Sie* hat ihren Freund umgebracht. Im Affekt! Eine klassische Beziehungstat! Und die Waffe: Umweltschützer haben doch ständig Messer dabei, um Tiere aus irgendwelchen Netzen zu befreien! Sie haben sich am Strand gestritten, sie hat ihn abgestochen, und nun ist sie untergetaucht!»

«Unsinn. Geertje ist ein nettes junges Mädchen», weist Rudi diesen Gedanken zurück. «Und ich hab auch überhaupt nicht gesagt, dass *sie* ihn umgebracht hat. Ich mach mir nur Gedanken, wo sie steckt.» Hätte er bloß nichts gesagt. Schnepel dreht einem ja das Wort im Munde um.

«Stopp!», grätscht Haueisen dazwischen. «Konzentrieren wir uns auf das, was als Nächstes zu tun ist, und versteigen wir uns nicht in wilde Vermutungen über ein Mädchen, das eine Nacht nicht nach Hause gekommen ist. Also: Fakt ist, dass es einen Anfangsverdacht gegen Herrn Meier gibt, und Fakt ist auch, dass wir die Walzahndiebstähle nicht außer Acht lassen dürfen. Vielleicht meldet sich ja jemand wegen des Phantombildes. So lange ist es schließlich noch nicht draußen.»

«Jawoll, Chef.» Schnepel tippt salutierend mit dem rechten Zeigefinger an seine Schläfe. «Vielleicht gehört Meier zu den Gaunern und nutzt seinen Job nur als Tarnung. Man hat doch schon von den seltsamsten Dingen gehört.»

Mit dieser Theorie erntet er allerdings von Haueisen einen skeptischen Blick. «Sein Wohnsitz auf der Insel spricht nicht gerade dafür. Und uns ist nicht bekannt, dass er über ein Motorboot verfügt, mit dem er mal schnell rüber zum Festland flitzen kann. Apropos Wohnsitz.» Er wendet sich an Rudi. «Ich habe Ihren Kollegen Bütefisch gebeten, sich mit der Schwester von Junghans in Verbindung zu setzen. Die wohnt in Esens. Haken Sie mal nach, ob sich daraus was ergeben hat.»

Von seinem Platz am Fenster aus beobachtet Ludwig das Treiben am Hafen. Aber heute schweifen seine Gedanken immer wieder ab. Wo Geertje bloß steckt?

Voller Unruhe wirft er einen Blick auf sein Tablet. Da hat er einen Moment vor sich hin geträumt, und schon gibt es drei neue Mitteilungen auf Facebook. Hoffentlich sind das Nachrichten von diesen ostfriesischen Umweltengeln. Leider nicht. Nur Kommentare zu seinem gestrigen Online-Artikel über den Abtransport des Walkadavers nach Wilhelmshaven. Einer fragt, wo man so einen Zahn kaufen könne. Ein anderer will wissen, ob es stimmt, dass John F. Kennedy von seiner Jackie einen gravierten Walzahn mit in den Sarg bekommen hat. Normalerweise würde er sich gleich ranmachen, dies zu überprüfen und zu antworten. Aber heute steht ihm der Sinn nicht danach. Kann es wirklich sein, dass Geertje einfach nur vergessen hat, ihnen Bescheid zu sagen, wo sie ist? Alt genug ist sie, um zu machen, was sie möchte. Da hat Rudi schon recht. Und wenn die Polizei sich um jeden kümmern würde, der mal eine Nacht nicht in seinem eigenen Bett verbringt, hätte sie viel zu tun. Aber Sigrid und er haben nur diese eine Nichte. Und deshalb kümmert er sich. Jetzt! Die 24-Stunden-Regel ist ihm schnurzpiepegal.

Entschlossen tippt Ludwig einen Aufruf für die Mitmach-Zeitung.

Vermisst! Seit Sonntagabend achtzehn Uhr wird die 22-jährige Geertje Michelsen vermisst. Sie ist ein Meter siebzig groß, hat dunkelblonde Haare.

Ludwig hält inne und ruft: «Sigrid, welche Augenfarbe hat Geertje?»

In der Küche scheppert es, und nur einen Moment später stürzt Sigrid kreidebleich ins Wohnzimmer. «Haben sie sie gefunden?»

«Nein. Ich starte nur eine Vermisstenmeldung im Internet.»

«Mensch, Ludwig, jag mir doch nicht so einen Schrecken ein!»

«Na hör mal, ich sitze doch nicht tatenlos rum, bloß weil Rudi meint, für einen Polizeieinsatz sei es noch zu früh. Wir kennen Geertje genau und wissen, dass sie nicht einfach so wegbleiben würde. Und wenn Geertje in einer Stunde hier mopsfidel reinschneit, dann ist es mir nicht mal peinlich, dass das alles ein Sturm im Wasserglas gewesen ist. Im Gegenteil. Aber dann kriegt sie ordentlich was von mir zu hören.»

Sigrid nickt und trocknet sich die Hände an der geblümten Kittelschürze ab. «Geertje hat blaue Augen. Und eine kleine Narbe am Kinn.»

Hurtig huschen Ludwigs Finger über die Tastatur. «Und was hat sie gestern angehabt?»

«Das ist ja wieder typisch Mann. Du hast sie doch auch gesehen! Eine gelbe Daunenjacke, Jeans und einen dunklen Rollkragenpullover. Und eine schwarze Mütze mit einem Bommel.»

«Das ist schon mal gut.» Ludwigs Finger huschen behände über die virtuelle Tastatur. «Hast du ein aktuelles Foto, das ich dazusetzen kann?»

«Klar.» Schon holt Sigrid ihr Handy aus der Küche. «Danach rufe ich die Polizei in Esens an und gebe eine Vermisstenanzeige auf. Ist mir doch egal, was Rudi sagt.»

Zufrieden verlässt Rudi das Kommissariat und macht sich auf den Weg nach Esens. Sein Kollege Bernie Bütefisch schmeißt den Laden ohnehin jetzt lange genug allein. Dass allerdings bei dem Gespräch mit der Schwester was herausgekommen ist, bezweifelt Rudi. Sonst hätte Bernie sich gemeldet.

Mit Schwung öffnet er die Glastür der kleinen Polizeistation. Bernies Gesicht leuchtet auf, als er ihn sieht. Er legt das mit fein gehackten Zwiebeln garnierte Mettbrötchen beiseite.

«Mensch, Rudi, schön, dass du wieder da bist. Haben die Wittmunder dich endlich ziehen lassen. Alleine ist mir das hier echt ein bisschen viel.» Er deutet auf Rudis Schreibtisch, auf dem sich Zettel und Papiere stapeln. «Gerade kam noch ’ne Vermisstenmeldung aus Neuharlingersiel rein.»

«Etwa von Sigrid Twenge?»

«Genau.» Bernie beißt nun doch von seinem Brötchen ab, kaut genüsslich und sagt mit vollem Mund: «Die war ganz aufgewühlt am Telefon.»

«Ich hab ihr doch gesagt, dass wir da noch nicht tätig werden können.»

«Ja, das weiß sie, aber sie wollte nicht nur rumsitzen, hat sie gesagt. Und sie glaubt, es könnte ein Zusammenhang zu dem Mord bestehen.»

«Darüber habe ich mit Haueisen längst gesprochen, doch der meint, das sei lediglich Zufall. Aber mir kommt das genauso sonderbar vor wie Sigrid.» Rudi setzt sich auf die Kante seines Schreibtisches. «Der Chef sagt, du hast mit der Schwester von Junghans gesprochen? Was hat das denn ergeben?»

Augenblicklich wird Bernie rot. «Äh, ja, also ... es war gestern so viel zu tun ... und außerdem war Sonntag. Du weißt ja, meine Frau ... Also, das wollte ich heute machen.» Er sieht Rudis prüfenden Blick zur Uhr und setzt schnell nach: «Natürlich nicht zu früh. Ich wäre gleich losgefahren, sobald ich mein Brötchen aufgegessen habe. Ehrlich.» Mit einem Dackelblick guckt er Rudi an.

«Na gut. Dann lass uns mal starten.»

Bernie stopft sich den Rest des Brötchens in den Mund, steht auf, schnappt sich das Pappschild mit dem Abwesenheitshinweis und hängt es von innen an die Tür.

Über Nacht sind Eiskristalle an den Netzen der Krabbenkutter gewachsen. Jetzt am Morgen fallen vereinzelt Flocken vom Himmel, dazu bläst ein eisiger Ostwind.

«Heute ist hier echt der Hund verfroren», sagt Adelheid zu sich selbst und füllt den Wasserkocher, schließlich ist es gleich Zeit fürs Elführtje. Das Wasser kocht noch nicht, da klingeln die Glöckchen über der Ladentür. Es ist aber keine Kundschaft, sondern Sigrid, gefolgt von Gudrun, die heute ihren freien Tag hat. «Ist Geertje wieder da?»

«Nein. Ach, Adelheid, mir ist ganz kodderig.» Schniefend lässt Sigrid sich auf den Stuhl in der hintersten Ecke plumpsen, wo sie immer pünktlich um elf zur gemütlichen Plauderstunde sitzen. «Ich mach mir solche Sorgen. Gerade hab ich telefonisch auch schon eine Vermisstenanzeige in Esens aufgegeben.»

«Richtig so.» Adelheid gießt das sprudelnd kochende Wasser über die Teeblätter.

«Was ist denn passiert?» Verblüfft holt Gudrun die Teetassen aus dem Regal und nimmt neben ihr Platz. «Wieso ist Geertje verschwunden? Die ist doch gestern mit uns von Spiekeroog zurückgefahren.»

«Ja, aber sie ist vorm Abendbrot noch mal weggegangen. Seitdem haben wir nichts mehr von ihr gehört. Rudi meint, wir sollen abwarten, aber Geertje würde nicht einfach so wegbleiben. Das passt nicht zu ihr. Deshalb hat Ludwig jetzt die Suche nach ihr mit einem Aufruf in der Mitmach-Zeitung und bei Facebook selbst in die Hand genommen.»

«Also unsere Zwillinge sind früher schon mal einfach so über Nacht weggeblieben. Besonders zu der Zeit, als sie Abi gemacht haben.» Adelheid verteilt die Kluntjes in die Tassen. «Aber verstehen kann ich deine Sorgen.»

«Vielleicht sollten wir eine gemeinsame Suchaktion starten», schlägt Gudrun vor.

«Das ist eine tolle Idee. Wir könnten alle zusammentrommeln und dann ...» Sigrid hält inne. «Aber wo sollen wir denn suchen? Eine Nadel im Heuhaufen ist nichts dagegen.»

«Stimmt», pflichtet Adelheid bei. «Habt ihr sie schon auf dem Handy angerufen?»

«Natürlich. Aber sie geht nicht ran. Das haben wir zigmal versucht.»

«Und was ist mit WhatsApp?», fragt Gudrun.

«Fehlanzeige. Ludwig hat auch schon bei Facebook etwas auf der Seite der EGA gepostet. Aber es hat sich noch niemand gemeldet.»

«Man müsste jeden einzeln anrufen. Haben doch alle Handys», sagt Adelheid.

Sigrid legt den Löffel auf ihre Teetasse – das ostfriesische Zeichen für: Ich möchte nichts mehr. «Im Prinzip eine gute Idee, aber woher bekommen wir die Handynummern?»

«Was ist mit Rudis Sohn? Der ist doch auch in diesem Verein. Hat eine von euch Svens Telefonnummer?»

Alle drei sehen sich an und schütteln gleichzeitig den Kopf.

«Dann gehe ich eben rüber. Vielleicht ist er zu Hause», sagt Sigrid.

Die Buchsbaumhecke der Hofauffahrt ist von einer dünnen Schicht Raureif überzogen. Genau wie die letzten Hagebutten, die noch an dem Wildrosenbusch baumeln, der neben dem Schuppen wächst. Henner stellt Berta ab und holt die

Post für seine Eltern aus der Seitentasche. Von Hofhund Butscher ist nichts zu sehen, der liegt bestimmt vorm Ofen, eisig kalt, wie das ist. Dann sollte Henner besser das Antihistamin nehmen, damit er keine allergischen Reaktionen auf Butschers Haare zu spüren bekommt.

Ach was, er gibt nur schnell die Post ab und ist wieder weg. Da braucht er kein Medikament. In der Diele streift er seine Schuhe ab. Muddern will nicht, dass man ihr das ganze Streusalz ins Haus trägt, das an den Schuhen klebt. In den Filzpantinen, die für ihn am Eingang stehen, schlurft er den Flur entlang und bleibt im Türrahmen der Küche stehen. «Moin.» Er hat sich nicht getäuscht. Butscher liegt dösend zu Vadderns Füßen. Neben ihm sitzt ein älterer Herr, der so aussieht, wie sich Henner einen englischen Landlord vorstellt. Das ist also der Wintergast.

«Moin», grüßen Muddern, Vaddern und der Landlord zurück.

«Das duftet ja mal wieder verdammt gut», lobt Henner. Das wird das gekochte Pökelfleisch sein, das Rosa am Freitag extra aus der Fleischerei in Esens mitgebracht hat.

Seine Mutter dreht kurz den Kopf in seine Richtung, während sie weiter im Kochtopf rührt. «Schön, dass du da bist, Henner. Da kannst du gleich unseren Herrn Timmerbeil kennenlernen.»

«Moin.» Henner reicht dem Mann die Hand.

«Guten Tag.» Der Wintergast steht auf, und sie schütteln sich die Hände. «Sie sind also der Sohn des Hauses.»

«Jo.» Sohn des Hauses. Wie sich das anhört. Henner legt die Post auf den Tisch und fühlt sich im Beisein des Fremden ein wenig unbehaglich in der elterlichen Küche. «Ich geh dann mal wieder.»

«Bist du sicher? Labskaus ist gleich fertig.» Muddern zwinkert ihm zu.

Da kann Henner nun wirklich nicht widerstehen, das Wasser läuft ihm im Mund zusammen. Vorsichtshalber schluckt er schnell das Antihistamin.

Das Klingeln an der Haustür reißt Sven aus dem Tiefschlaf. Irritiert reibt er sich über die Augen. Verdammt, es ist schon nach elf. Er hat völlig verpennt. Aber eigentlich ist das kein Wunder nach diesem anstrengenden Wochenende. Es klingelt erneut. Schnell schlüpft Sven in seine Jeans und hüpft dabei zur Wohnungstür. «Komme ja schon.» Schnell zieht er noch den Reißverschluss hoch, bevor er öffnet.

«Sigrid», sagt er überrascht. «Was willst du denn hier?»

«Ich brauche deine Hilfe», sagt sie ziemlich außer Atem. «Geertje ist verschwunden.»

«Verschwunden?»

«Sie ist heute Nacht nicht nach Hause gekommen. Vielleicht ist sie bei einem von eurer Gruppe. Kannst du die mal fragen?»

«Komm doch erst mal rein.» Sven tritt einen Schritt zurück. «Kann ich mir eigentlich nicht vorstellen, ich wüsste nicht, bei wem sie sein sollte, wir sind ja gestern erst alle von der Insel zurückgekommen. Und nach Martins Tod ... Aber natürlich, wenn es dich beruhigt, frage ich gern in unserer WhatsApp-Gruppe. Das geht schneller, als jeden einzeln abzutelefonieren.»

«Danke, Sven, du bist ein lieber Junge.»

Nachdem Sven eine Nachricht in die EGA-Gruppe gestellt hat, heißt es: Abwarten. Sigrid tigert in der Küche auf und ab. Sie scheint sich echte Sorgen zu machen. Dann trudeln die ersten Antworten ein: Keiner hat Geertje mehr gesehen, seit sie vom Schiff gegangen sind.

«Bis auf Anna Fangmann haben jetzt alle geantwortet. Aber die meldet sich bestimmt auch gleich.»

«Das ist alles so seltsam. Geertje hat gestern Abend mit jemandem Nachrichten geschrieben. Ihr Handy hat mehrmals gepiept. Das hab ich gehört.»

«Sie hat bestimmt noch Schulfreunde aus der Zeit am NIGE. Kennst du da jemanden von?» Sven war einige Klassen unter Geertje im Gymnasium Esens, deshalb hat er keinen blassen Schimmer, wer das sein könnte.

«Nee, leider nicht. Seit meine Schwester mit ihrer Familie nach Dortmund gezogen ist, hat Geertje zwar ab und zu bei uns geschlafen, wenn sie hier war, aber sie hatte nie Besuch.»

Die Wohnung von Martina Junghans befindet sich direkt über der gleichnamigen Fleischerei, in der Rudi und Bernie manchmal zu Mittag essen.

«Das ist ja ein Ding», sagt Rudi verblüfft. «Deshalb kam mir der Name Junghans so bekannt vor. Ich hab nur nicht geschaltet.» Als die Frau ihnen die Wohnungstür öffnet, ist Rudi ein zweites Mal baff. Obwohl er die Frau natürlich im Geschäft schon gesehen hat, hätte er nicht gedacht, dass sie Martins Schwester ist. Gut eins achtzig groß, mit kurzen Haaren und robuster Statur, wirkt sie recht maskulin.

«Moin», beginnt Rudi. «Schön, dass wir Sie antreffen, Frau Junghans. Sie sind heute gar nicht im Geschäft?»

«Montags erledige ich den Bürokram der Fleischerei», erklärt sie knapp. «Das ist zwischen Schweinehälften und Wurstwaren schlecht möglich.» Sie mustert die beiden Polizisten. «Gibt's was Neues?»

Rudi meint, Misstrauen in ihrer Miene zu lesen, aber da mag er sich auch täuschen. «Nein, wir ermitteln noch in sämtliche Richtungen. Dürfen wir reinkommen?»

«Wenn's sein muss. Aber ich wüsste nicht, wie ich Ihnen helfen könnte. Mein Bruder und ich haben uns nicht besonders nahegestanden.» Sie tritt einen Schritt zurück und bleibt in der geräumigen Diele stehen. «Also?», fragt sie und zieht die Stirn kraus.

«Man kann nicht ausschließen, dass der Täter im persönlichen Umfeld zu suchen ist. Deshalb würden wir gerne wissen, ob Ihr Bruder mit jemandem Streit hatte.» Rudi schaut Martina Junghans eindringlich an, aber sie zeigt keinerlei Reaktion. Schüttelt nicht einmal den Kopf. Also muss er weiterbohren. «Unseres Wissens ist er noch gar nicht so lange mit einer jungen Frau namens Geertje Michelsen zusammen. Gab es davor jemanden, von dem Sie wissen?» Rudi stochert zwar gerade ziemlich im Nebel, aber wer weiß, wäre nicht das erste Mal, dass ein Ex-Partner aus Eifersucht zusticht.

«Keine Ahnung», gibt sie schroff zurück. «Da sind Sie bei mir an der falschen Adresse. Wie gesagt, wir haben kein inniges Bruder-Schwester-Verhältnis gehabt.» Sie verschränkt die Arme vor der Brust.

«Vielleicht wissen Ihre Eltern mehr?»

«Das glaube ich kaum. Die sind beide seit einem halben Jahr in einem Pflegeheim. Meine Mutter ist ziemlich tüttelig und mein Vater sehr gebrechlich. Ich denke nicht, dass mein Bruder mit ihnen über seine Probleme gesprochen hat.»

Rudi wundert sich. Sie zeigt überhaupt keine Gefühle, während sie spricht. Im Gegenteil. Sie wirkt seltsam unbeteiligt. So als würde sie das alles nichts angehen.

«Na gut», sagt er enttäuscht. Da hatte er sich ein bisschen mehr an Informationen erhofft. «Wenn Ihnen noch etwas einfällt, rufen Sie doch bitte an.»

«In Ordnung.»

Er reicht ihr die Visitenkarte, die sie auf eine kleine Kommode aus Kiefernholz legt. Darüber hängen gerahmte Fotos, alle zeigen sie an Bord eines schnittigen Motorbootes. Auf manchen in voller Fahrt, da spritzt die Gischt nur so hinter dem Motor hoch.

«Ach», Rudi deutet auf die Aufnahmen, «besitzen Sie etwa ein eigenes Motorboot?»

«Ja, schon seit ich achtzehn bin. Ist das verboten?»

«Natürlich nicht. Entschuldigen Sie, ich wollte nicht indiskret sein. Schönen Tag noch.» Was für eine eigenartige Reaktion.

Ob Geertje wieder zurück ist? Während des Unterrichts kreist diese Frage dauernd in Rosas Kopf, und je länger sie darüber nachdenkt, desto beunruhigter ist sie. Der Tote war Geertjes Freund. Rosa kann verstehen, dass sie nicht im Nationalpark-Haus geblieben, sondern zu ihrer Tante gegangen ist. Aber wo wollte sie am Sonntagabend noch hin? Und warum ist sie nicht wieder zurückgekommen?

Ausnahmsweise hat sie heute früher frei. Zügig macht sie sich auf den Heimweg, und kaum hat sie vor ihrem Haus eingeparkt, marschiert sie los, ohne ihre Sachen nach oben in die Wohnung zu bringen. Sie wird Sigrid und Ludwig direkt fragen. Das ist am einfachsten. Sie hat schon die Bronzefigur der beiden Fischer an der Hafenmauer erreicht, als sie stoppt. Bestimmt ist Sigrid nicht in ihrer Wohnung, sondern im Andenkenlädchen.

Die Glöckchen über der Tür bimmeln, als Rosa eintritt. Von hinten hört sie Stimmengemurmel. Hat sie sich also nicht getäuscht. «Ich bin's», ruft sie und marschiert zur kleinen Sitzgruppe, wo Adelheid, Gudrun und Sigrid in trauter Teerunde sitzen.

«Habt ihr was von Geertje gehört?», fragt Rosa statt einer Begrüßung.

«Noch nichts.»

«Mist. Vielleicht sollten wir eine Suchaktion starten.»

«Haben wir auch schon überlegt. Aber das bringt nichts», sagt Adelheid. «Da rennen wir nur kopflos wie die Hühner rum.»

«Wo die Nordseewellen trekken an den Strand ...» Sigrid zuckt zusammen, als die Melodie einen Anruf auf ihrem Smartphone meldet. «Das ist Sven. Wartet, ich stelle den Lautsprecher an.»

«Hallo, Sigrid, Sven hier. Tut mir leid, ich hab leider noch immer keine neuen Nachrichten. Anna hat sich nicht gemeldet. Von Felix habe ich sechs Namen von ehemaligen Mitschülern bekommen. Drei habe ich erreicht, aber niemand von denen hat Geertje gesehen. Bei den anderen habe ich eine Textnachricht hinterlassen. Ich melde mich, wenn ich etwas Neues höre.»

«Das ist lieb von dir, Sven», bedankt sich Sigrid. Sie legt ihr Handy auf den Tisch. «Rudi hat richtig Glück mit seinem

Jungen, so freundlich und hilfsbereit, wie der ist.» Sie stößt einen tiefen Seufzer aus. «Mädels, wenn Geertje bloß nichts zugestoßen ist!»

«Na, wenn man so eine Schwester hat, braucht man eigentlich keine», sagt Bernie, als sie die Wohnung verlassen haben und die Treppe hinuntergehen.

«Stimmt. Ein büschen eigenartig ist die tatsächlich.» Rudi stoppt direkt vor der Tür. «Ich hab Hunger. Ist ja auch schon Mittagszeit. Was hältst du davon, wenn wir in der Fleischerei was essen?»

«Da bin ich auf jeden Fall dabei.» Bernie strahlt.

Der Gastro-Bereich ist zwar ordentlich besucht, aber es gibt noch einen freien Zweiertisch. Rudi bestellt Kartoffelsalat und zwei selbst gemachte Frikadellen. Mit reichlich Senf.

«Ach, ordentliches Essen hab ich auf Spiekeroog wirklich vermisst», sagt er und wischt sich den Senf aus den Mundwinkeln.

«Wieso? Die haben doch echt gute Restaurants da», meint Bernie verwundert.

«Das stimmt zwar, aber erstens hat der Großteil davon nach der Abreise der Silvestergäste geschlossen, und zweitens ist es mir zu teuer, jeden Abend essen zu gehen.»

«Na, muss ja jeder selbst wissen, was ihm wichtig ist.» Bernie zumindest ist Essen sehr wichtig. Das sieht man ihm auch an.

«Wie gehen wir denn nun mit der Vermisstenanzeige von dieser Frau Twenge um?», will er wissen.

Rudi trinkt einen Schluck Cola. «Wir warten noch ab. Sonst kriegen wir hinterher Ärger, und es heißt, wir würden die Sache bevorzugt behandeln, weil ich Sigrid gut kenne. So leid es mir tut, wir dürfen da noch nix machen. Und wir sind ja mitten in den Ermittlungen im Fall Junghans. Haueisen tippt nach wie vor auf die Walzahn-Diebe. Jetzt erst recht, wo es diese Ähnlichkeit zwischen Meier und dem Phantombild gibt.» Er legt die dünne weiße Papierserviette auf den Teller, trinkt die Cola aus und stellt sie zusammen mit dem Tablett auf den dafür vorgesehenen Servierwagen. Bernie tut es ihm nach und bindet sich anschließend den dicken, blauweißen Schal um, den seine Frau gestrickt hat. «Na dann: Auf in den Kampf!»

Dabei ist kämpfen nun wirklich nicht so Bernies Sache. Rudi setzt gerade die Strickmütze auf, als das Handy in seiner Jackentasche losschmettert.

«Meier flieht!», ruft Schnepel aufgeregt durch die Leitung. «Körner, diese Schnarchnase, hat uns erst vorhin die Passagierliste der Mittags-Fähre durchgegeben, Meier steht drauf. Der ist abgehauen. Du musst jetzt das Telefonat mit dem Rektor der Schule übernehmen und fragen, ob der davon weiß. Eben ist er nicht ans Telefon gegangen. Haueisen und ich sind hier total eingespannt, wir stecken gerade bis über beide Ohren in der Recherche in Sachen Walzahndiebe.»

«Das Essen ist wirklich ein Gedicht, Frau Steffens», lobt der Wintergast. «Was sage ich, eine Offenbarung.»

«Ach, Herr Timmerbeil.» Muddern guckt verlegen.

«Und es ist ganz anders, als ich das kenne. Nicht so eine rote breiige Masse, auf die ein Spiegelei geklatscht wird», säuselt er, nimmt sich zum dritten Mal nach und greift auch bei den Ostfriesischen Ananas ordentlich zu. Hoffentlich lässt er noch was davon übrig. Henner liebt den süßsauer eingelegten Kürbis, den Muddern für seinen Geschmack viel zu selten auf den Tisch stellt.

Überhaupt frisst der Kerl wie ein Scheunendrescher. Das gefällt Henner gar nicht. Dabei sollte es ursprünglich nur Frühstück für die Gäste geben. Von wegen! Jetzt lümmelt der Fremde am Tisch rum. Henner hat schon gewusst, warum er gegen diese Idee mit Fremdenzimmern auf dem Bauernhof war. Das bringt nur Unruhe. Was seiner Mutter aber zu gefallen scheint. Schon wieder lächelt sie ihren Gast an.

«Das ist nach dem Rezept von Ururgroßmutter Steffens. Ihr Mann ist in jungen Jahren oft monatelang auf dem Walfänger gewesen. Er mochte Labskaus allerdings zu Hause nicht wirklich essen, an Bord haben die das so oft bekommen, dass es ihm zu den Ohren wieder rauskam. Aber es ging ja darum, Skorbut vorzubeugen, und Pökelfleisch und Kartoffeln hatten sie reichlich an Bord.»

«Über Wale und die Walfangflotte habe ich vor Jahren eine Ausstellung ins Landesmuseum Hannover geholt, die große Beachtung fand.» Timmerbeil deutet ein Lächeln an.

Henner ist beeindruckt. Muddern wohl auch, denn sie fragt: «Wenn Sie sich da so gut auskennen ... In unserer Zeitung stand, dass die Zähne vom Wal eine aphrodisierende Wirkung haben sollen, so wie das Horn von den Nashörnern. Stimmt das?» Dabei zwinkert sie Vaddern zu, der augenblicklich rot wird.

Bedächtig tupft sich Timmerbeil mit der Serviette den Mund ab. «Meine liebe Frau Steffens. Niemand weiß, woher diese Mär von den potenzsteigernden Mitteln stammt. Aber so viel dazu: Beim Nashorn ist da nichts dran und beim

Wal auch nicht.» Er legt die Serviette zurück auf den Tisch. «Vermutlich ist das Gerücht entstanden, weil Wale auf unserem schönen Planeten in der Kategorie ‹größter Penis› die Rekordhalter sind. Bis zu drei Meter kann er werden und ist so schwer, dass selbst zwei erwachsene Männer ihn kaum tragen können.»

Zurück in der Polizeistation, dreht Bernie als Erstes das Pappschild an der Tür um, auf dem steht, dass vorübergehend niemand da ist. Ordnung muss schließlich sein. Rudi eilt zu seinem Schreibtisch und schnappt sich das Dienstelefon. Zum Glück hat er sich am Samstag die Durchwahl von Doktor Wagenfeld geben lassen. Er holt sein kleines Notizbüchlein aus der Hosentasche, schlägt die letzte beschriebene Seite auf und wählt die Nummer. Besetzt. In der kleinen Küche rauscht derweil das Wasser aus dem Hahn. Bernie kocht den Nachmittagstee. Rudi versucht es erneut, aber der Rektor scheint ein längeres Gespräch zu führen. Als er endlich durchkommt, steht schon eine dampfende Tasse Tee vor ihm. Mit Kluntjes und Wulkje, so wie er es liebt.

«Kommissar Bakker hier. Gut, dass ich Sie erreiche», kommt Rudi ohne Umschweife zur Sache. «Wir haben gerade Nachricht bekommen, dass Ihr Sportlehrer flüchtig ist.»

Nach einem kurzen Moment des Innehaltens entgegnet der Schulleiter: «Meier ist doch nicht auf der Flucht. Wie kommen Sie denn auf so was?»

«Na, weil er die Fähre genommen hat!»

«Meine Güte», sagt Doktor Wagenfeld, und ein kehliges Lachen folgt. «Da liegen Sie völlig falsch. Kollege Meier hat einen Arzttermin auf dem Festland und kommt heute Abend mit der letzten Fähre wieder zurück.»

Für einen Moment ist Rudi sprachlos. Hat es Schnepel tatsächlich mal wieder geschafft, falsche Schlüsse zu ziehen und einen Unschuldigen zu verdächtigen. Oder ist der Arztbesuch nur eine faule Ausrede?

«Bei welchem Arzt ist er denn?», hakt Rudi vorsichtshalber nach.

«Das weiß ich nicht. Außerdem fällt das unter den Datenschutz. Tut mir leid.»

So schnell lässt sich Rudi nicht abwimmeln. «Wenn Sie mir schon nicht sagen können, wo sich Herr Meier in ärztlicher Behandlung befindet, dann geben Sie mir bitte seine Handynummer. Wir müssen ihn dringend sprechen.» Und orten können, fügt Rudi in Gedanken hinzu. Falls er doch auf der Flucht ist. Rudi weiß, worauf es ankommt, er ist schließlich Vollprofi.

«Es tut mir leid, aber auch dafür gilt der Datenschutz, Herr Kommissar. Ich würde Ihnen wirklich gerne helfen, aber mir sind die Hände gebunden.»

Rudi stellt sich das joviale Grinsen des Grauhaarigen mit der Nickelbrille am anderen Ende der Leitung vor, und der Gedanke macht ihn wütend. «Wir ermitteln in einem Mordfall, das wissen Sie ganz genau, Herr Doktor Wagenfeld. Da gelten andere Gesetze.»

«Ich mache Ihnen einen Vorschlag: Ich versuche, Herrn Meier zu erreichen, und sage ihm, dass er Kontakt zu Ihnen aufnehmen soll. Ihre Visitenkarte habe ich ja.»

Das ist zwar nicht ganz das, was Rudi wollte, aber immerhin ein Schritt in die richtige Richtung. Mitten in der Verabschiedung hält der Schulleiter inne. «Etwas anderes ist mir gestern noch eingefallen. Ich wollte mich schon bei Ihnen melden, dachte dann aber, dass es doch nicht so wichtig wäre.»

Mit fröhlichem Bimmeln öffnet sich die Tür des Andenkenlädchens. Sofort wenden sich alle vier Frauen um. Rosa wünscht aus tiefstem Herzen, dass Geertje mit einer Brötchentüte hereinkommt und schuldbewusst grinst. Aber es ist nicht Geertje, sondern Hoyko Manninga, Rudis Vater.

«Moin, Mädels», ruft Hoyko in den Laden hinein.

«Bin gleich da.» Adelheid erhebt sich. «Du bist der erste Kunde heute.»

«Bleib man sitzen.» Hoyko kommt zu ihnen nach hinten. «Ich hab's nicht eilig und trink gerne 'ne Tasse Tee mit euch, bevor ich nach einem Geburtstagsgeschenk für meine Tochter suche.» Da alle Stühle besetzt sind, bleibt er am Regal stehen. «Wie schaut ihr denn aus der Wäsche? Zehn Tage Regenwetter sind ja nichts dagegen.»

«Meine Nichte ist seit gestern Abend verschwunden.» Auf Sigrids Wangen glühen rote Flecken. «Die Polizei sagt, sie kann noch nichts unternehmen, aber Ludwig hat schon einen Suchaufruf nach ihr gestartet.»

«Sapperlot!» Er nimmt die Tasse Tee entgegen, die Adelheid ihm reicht. «Ich wusste gar nicht, dass du eine Nichte hast.»

«Willste mal ein Foto von ihr sehen?» Schon öffnet Rosa auf ihrem Handy die Seite der Mitmach-Zeitung und zeigt Hoyko das Bild, das Ludwig von Geertje gepostet hat.

Der kneift die Augen zusammen. «Kannst du das mal größer machen? Ich hab meine Lesebrille nicht dabei.»

Mit zwei Fingern streicht Rosa über den Bildschirm. Geertje lacht fröhlich in die Kamera. Bei ihrem Anblick ziehen sich Rosas Eingeweide zusammen.

«Hmmm», sagt Hoyko nachdenklich. «Könnte sein, dass ich sie gestern Abend gesehen hab. An diese gelbe Jacke erinnere ich mich. Sie lief am Hafen an mir vorbei und hatte es ziemlich eilig.»

«Das hast du ja toll hingekriegt», faucht Schnepel Rudi am Telefon an, nachdem er dem Chef per Dreier-Telefonkonferenz über sein Gespräch mit Doktor Wagenfeld Bericht erstattet hat. «Meier soll beim Arzt sein. Haha. Dass ich nicht lache. Der kann seinem Schulleiter viel erzählen, wenn der Tag lang ist. Vielleicht ist der schon längst über die Grenze nach Holland oder auf dem Weg nach Polen, wo seine Kumpels von der Walfisch-Gang warten. Wir sollten ihn zur Fahndung ausschreiben. Das sag ich doch schon die ganze Zeit.»

«Das ist eine reine Vermutung von dir», sagt Rudi. «Warten wir lieber ab. Vielleicht meldet er sich in den nächsten Minuten. Aber ich habe noch etwas anderes.»

«Und das wäre?», fragt Haueisen, der Schnepel erstaunlicherweise nicht in die Parade gefahren ist.

«Doktor Wagenfeld ist eingefallen, dass sich Martin Junghans letzte Woche heftig am Telefon gestritten hat. Wagenfeld ist zufällig den Flur entlanggegangen. Er suchte einen Schüler.»

«Und worum ging es in diesem Streit?», will Haueisen wissen.

«Das wusste Wagenfeld nicht genau. Ihm ist nur in Erinnerung geblieben, dass Junghans in den Telefonhörer gebrüllt hat: ‹Du bist ein geldgeiler Geier! Das hätte ich nie von dir gedacht, Martina.›»

«Das kann viel bedeuten oder gar nichts», meint Haueisen. «Zunächst müssen wir herausfinden, wer diese Martina ist.»

«Das wird seine Schwester sein», sagt Rudi.

«Bütefisch war doch gestern bei ihr. Hat sie ihm etwas davon gesagt, dass sie sich mit ihrem Bruder gestritten hat?»

Rudi beißt sich auf die Unterlippe. Was soll er sagen, um Bernie nicht in die Pfanne zu hauen? «Also, gestern hat mein Kollege das leider nicht geschafft, aber wir waren heute zusammen bei ihr. Und nein, sie hat nichts von einem Streit mit ihrem Bruder erwähnt. Das macht die Sache interessant. Zum einen ist sie eine seltsam gefühlskalte Frau, zum anderen will sie von keinerlei Streitereien wissen, die Junghans mit irgendwem hatte.» Rudi rührt mit dem Löffel in der Teetasse, in diesem Moment schmettert die Fanfare seines Smartphones los. Beim Blick aufs Display legt sich ein breites Grinsen auf sein Gesicht. «Das ist Meier.»

Bei Hoykos Worten wird es mucksmäuschenstill im Laden.

«Jetzt noch mal ganz genau», bittet Rosa.

«Nach dem Abendessen wollte ich einen kleinen Verdauungsspaziergang machen und bei Rudi vorbeischauen, aber er war nicht da, deshalb bin ich …»

«So ausführlich nun auch wieder nicht», unterbricht Rosa ihn.

«Also: Gegen halb sieben bin ich zum Hafen, vorbei an

den Krabbenkuttern, Richtung Störmhuus. In Höhe von Bäcker Hinrichs hat mich die junge Frau in der gelben Jacke überholt. Sie hatte es ziemlich eilig, grüßte aber höflich. Deshalb kann ich mich ja auch an ihr Gesicht erinnern.» Hoyko lächelt bei seinem letzten Satz. «Eine hübsche Deern.»

«Und weiter?», fragt Sigrid ungeduldig.

«Sie ist Richtung Fähranleger gegangen. Nach wenigen Metern ist noch jemand dazugekommen.»

Rosas Nase kribbelt. Wie immer, wenn sie in einem Mordfall eine Spur wittert. «Wer denn?»

«Keine Ahnung. Die waren zu weit weg, und ich hab die ja auch nur von hinten gesehen. Aber ich glaub, es war ein junger Mann.»

«Und was hatte der an?»

«Was Dunkles mit Kapuze. Mehr kann ich nicht sagen.»

Schade. Eine genaue Beschreibung wäre hilfreich gewesen. Vielleicht hat Geertje einen alten Klassenkameraden getroffen. Vielleicht haben sie zusammen etwas getrunken. Oder geraucht. Was junge Leute eben machen.

«Immerhin wissen wir nun, dass Geertje noch am Hafen gewesen ist. Um welche Uhrzeit war das denn?»

«So gegen sieben, schätze ich.»

«Gut. Das schreibe ich Ludwig. Dann kann er das gleich online stellen. Vielleicht meldet sich jemand.» Die Flecken in ihrem Gesicht sind noch größer geworden.

«Moin, Herr Meier. Prima, dass Sie sich melden», nimmt Rudi aufgeräumt das Gespräch an und lässt die Telefonkonferenz mit Haueisen und Schnepel weiterlaufen. Jetzt hat er zwar an jedem Ohr ein Telefon, aber das ist egal. «Es ist Ihnen doch sicher recht, wenn ich auf Lautsprecher stelle, sodass mein Chef und mein Kollege mithören können?»

«Klar, machen Sie das, ich hab ja nix zu verbergen.» Meier klingt unaufgeregt, wie Rudi sofort registriert. «Mein Rektor sagte, Sie hätten noch ein paar Fragen an mich.»

«Genau.» Schnepel schaltet sich über den Lautsprecher in das Gespräch ein. «Sie wollen also beim Arzt sein? Sie machten nicht gerade einen kranken Eindruck auf Spiekeroog.»

«Ich bin ja auch nicht krank. Also, ich hab eine Reizung der Achillesferse und bekomme Stoßwellentherapie dagegen.»

«Bei welchem Arzt sind Sie denn?» Schnepel glaubt Meier anscheinend nicht.

«Bei Doktor Hammerloh. In Aurich. Sie haben doch nicht allen Ernstes geglaubt, ich sei abgehauen?» Meier klingt belustigt.

«Wir müssen in alle Richtungen denken», beeilt sich Rudi zu sagen. «Und als unser Kollege meldete, dass Sie auf der Fähre waren, haben wir uns natürlich gefragt, warum Sie am Montag nach dem Mord die Insel verlassen, obwohl Unterricht ist. Dass das Fragen aufwirft, verstehen Sie sicher.»

«Klar.» Meier bleibt locker. «Aber Arztpraxen nehmen auf Lehrer, die auf einer tideabhängigen Insel wie Spiekeroog leben, keine Rücksicht und haben nur zu den normalen Zeiten geöffnet. «Was wollen Sie denn noch von mir wissen?»

«Das sagen wir Ihnen persönlich», übernimmt Schnepel erneut. «Am besten nachher am Hafen. Mit welchem Schiff fahren Sie zurück?»

Nachdenklich packt Rosa ihre Schultasche aus und legt den Stapel Deutschhefte auf ihren Schreibtisch. Im Moment kann sie sich allerdings nicht darauf konzentrieren, die Übungsdiktate ihrer Klasse zu korrigieren. Ihre Gedanken kreisen um Geertjes Verschwinden. Irgendetwas stimmt da nicht. In dem Zustand, in dem Geertje gestern Nachmittag auf dem Schiff gewesen ist, hätte Rosa eher vermutet, dass sie sich ins Bett legt und sich die Decke über den Kopf zieht. Aber nicht, dass die einfach noch mal losmarschiert – und nicht wiederkommt. Es sei denn ... Rosa hält inne. Sigrid hat doch was davon erzählt, dass ihr Handy dauernd gepiept hat. Jemand hat sich bei ihr gemeldet. Jemand, den sie kannte. Aber wer? Sigrid hat keinen blassen Schimmer gehabt. Sven auch nicht. Ach, wenn es doch nicht so kompliziert wäre. Grübelnd geht sie in die Küche und setzt Wasser auf. Vielleicht hilft jetzt ein schöner grüner Tee. Der bringt ihre kleinen grauen Zellen eigentlich immer auf Trab.

Heute leider nicht. Nach der ersten Tasse überlegt sie, ob es vielleicht ein Informant gewesen ist, den Geertje noch hat treffen wollen. Einer, der sie mit Details zum Diebstahl der Walzähne nach draußen gelockt hat. Oder ein Zeuge des Mordes. Diese Überlegungen verwirft Rosa aber schnell wieder. Warum sollte sich derjenige an Geertje und nicht an die Polizei wenden? Das ergibt keinen Sinn. Auch wenn es eine schöne Idee ist.

Hoyko hat gesagt, Geertje sei Sonntagabend allein an ihm vorbeigelaufen, kurz darauf sei sie auf den dunkel gekleideten Mann mit Kapuzenjacke gestoßen. Warum hat sie sich mit ihm am Hafen getroffen? Und wo ist sie danach hingegangen?

Nach der zweiten Tasse hat Rosa das Gefühl, dass sie die

Kuh beim Schwanz packen kann. Angenommen, Geertje hat einen neuen Freund. Angenommen, sie wollte deshalb mit Martin Schluss machen. Und als der Neue mitbekommen hat, dass Martin ermordet worden ist, möchte er Geertje sprechen. Klar, das macht Sinn. Die beiden sind dann zu ihm in die Wohnung gegangen, haben dort geredet, sind sich in die Arme gefallen und haben alles um sich herum vergessen. Wahrscheinlich sind sie in ihre ganz eigene Welt abgetaucht. Genau! So wird es sein! Erleichtert, die Lösung für Geertjes Verschwinden gefunden zu haben, schenkt Rosa sich die dritte Tasse Tee ein.

Sie muss Sven fragen, ob der weiß, wer der neue Freund sein könnte. Oder wer Geertjes Freundin ist. Beste Freundinnen wissen ja immer Bescheid.

Rudi und Schnepel warten bereits im Hafengebäude, als Jürgen Meier leicht humpelnd hereinkommt.

«Der markiert», zischt Schnepel Rudi zu. «Oder ...» Er kann den Satz nicht beenden, weil Meier ihnen mit einer nun nicht mehr belustigt wirkenden Miene gegenübertritt.

«Worum geht es denn noch? Ich habe Ihnen doch schon gesagt, dass ich am Freitagabend erst Klausuren korrigiert und anschließend lange telefoniert habe. Das können Sie alles überprüfen.»

«Ihr Alibi ist mehr als schwammig», sagt Schnepel. «Klausuren korrigiert. Das kann ja jeder behaupten. Wie wollen Sie das beweisen? Oder andersherum: Wie sollen wir das überprüfen? Und das Telefonat ... Sie sind gerissen. Haben das Gespräch begonnen, das Handy liegen gelassen, sind zum Strand gegangen und haben Junghans getötet.»

Bei diesen Worten guckt Meier zunächst ungläubig, dann bricht er in schallendes Gelächter aus. «Herrschaftszeiten, Sie haben vielleicht eine blühende Fantasie! Aber wahrscheinlich ist es richtig, jedem zunächst das Schlimmste zu unterstellen, wenn man Fälle wie diesen aufzuklären hat. Doch um Ihre Arbeit zu erleichtern: Ich kann Ihnen durchaus Beweise geben. Die Noten trage ich nämlich direkt nach der Durchsicht online ein, zusammen mit persönlichen Kommentaren. Und speichere sie direkt danach ab. Man kann also genau nachverfolgen, um welche Uhrzeit ich welche Zensur für welchen Schüler eingetragen habe. Und mit dem Telefonat ...» Nun senkt Meier die Stimme, bevor er selbstbewusst den Kopf hebt. «Ich habe es nicht an die große Glocke gehängt, weil mein Privatleben niemanden etwas angeht.» Er atmet tief durch und spricht dann weiter. «Mein Gesprächspartner in diesem langen Telefonat ist mein Lebensgefährte. Er arbeitet in Bremen, wo wir eine gemeinsame Wohnung haben, in der ich an den freien Wochenenden und in den Ferien bin. Natürlich ist es im Internat gern gesehen, wenn Paare als Familieneltern die Schülergruppen führen, aber es gibt auch Gruppen mit nur einem ‹Schulelternteil›. Ich habe der Schulleitung gegenüber aus dem Grund nichts über mein Privatleben verlauten lassen, weil die Berichte der letzten Jahre über katholische Priester oder die Chorleiter der Knabenchöre kein gutes Bild auf männliche Erzieher in engen Schul- oder Chorgemeinschaften geworfen haben. Vielleicht verstehen Sie jetzt, warum das Video, das Martin Junghans mir gezeigt hat und das er als Beweismittel für sexuelle Übergriffe an unseren Schülerinnen gegen mich verwenden wollte, mir vollkommen egal war. Es war ein nicht gerade Abiturientinnen angemessener Versuch, mich unter

Druck setzen zu wollen, damit ich sie nicht wegen Kiffens verpfeife. Mädchen und Frauen interessieren mich lediglich als Menschen. Sonst nicht.»

Rosa legt das Heft mit dem roten Umschlag auf den Stapel. Die Hälfte der Diktate ist durchgesehen. Da hat sie sich eine kleine Pause verdient. Und ein Stück Kuchen. Sie schlüpft in ihren Daunenmantel und macht sich auf den Weg zu Bäcker Hinrichs. Durchs Sieltor pfeift ein eisiger Wind, der das ansteigende Wasser ins Hafenbecken drückt. Schnee liegt in der Luft, hat Adelheid vorhin gesagt und damit vermutlich recht. Schnellen Schrittes eilt Rosa an der Hafenmauer entlang, bis sie die Schräge zur oberen Promenade erreicht hat.

In der einsetzenden Dämmerung glänzt das warme Licht der Bäckerei wie goldener Bernstein. Drinnen ist es warm, und der Duft von frisch gebackenem Brot, Kuchen, Kaffee und Vanille schlägt ihr entgegen. Rosas Augen wandern sofort zur üppig bestückten Auslage des Glastresens. Käsekuchen und Ostfriesentorte locken, aber auch Windbeutel.

«Was darf's denn sein?», fragt die Bäckersfrau.

«Ein Stück Ostfriesentorte.» Den zusätzlichen Windbeutel verkneift sie sich. Der Weihnachtsspeck ist noch nicht runter.

Gerade als Rosa mit dem eingepackten Kuchen den Laden verlassen will, kommt Sven herein, dick eingemummelt in einen Parka, auf dem Kopf eine Pudelmütze. Das trifft sich gut. Da kann sie gleich ein paar Fragen loswerden.

«Hallo, Rosa», grüßt er und ruft der Verkäuferin zu: «Eine Küstenkruste, bitte.»

Rudis Lieblingsbrot. Rosa wartet, bis er bezahlt hat, dann fragt sie: «Arbeitest du gar nicht mehr an dem Projekt in Emden mit?» Sigrid hat ja erzählt, dass sie Sven heute Morgen aus dem Bett geklingelt hat.

«Doch, natürlich. Ich hatte eine Woche frei, aber morgen geht es weiter. Die ersten Schläuche sind schon im Fluss verlegt. Der Anfang für eine Ems ohne Plastik ist gemacht.»

Svens Augen strahlen vor Begeisterung. Seit er im letzten Sommer in Amsterdam dabei gewesen ist, mithilfe von aufwirbelnden Luftblasen Plastikmüll aus der Flussmündung in Auffangnetze zu treiben, brennt er darauf, am Projekt in der Emsmündung mitzumachen. Rosa hat das Prinzip erst gar nicht verstanden, bis Sven ihr einen Film auf YouTube gezeigt hat. Aber mit Technik hat sie es ja noch nie so gehabt.

«Ich hab da noch eine Frage», wechselt Rosa das Thema. «Kann es sein, dass sich Geertje von Martin Junghans trennen wollte, weil sie einen neuen Freund hat?»

Sven schaut sie überrascht an. «Die wollten sich trennen? Das höre ich zum ersten Mal. Ich dachte eigentlich, dass die perfekt zusammenpassen.»

«Das hat Geertje wohl anders gesehen. Sie hat ihrer Tante gegenüber Andeutungen gemacht.»

«Also mir gegenüber nicht. Kommst du mit raus?» Sven hält ihr die Ladentür auf.

Rosa legt ihm die Hand auf den Arm. «Hast recht, muss nicht jeder mithören. Weißt du, ob Geertje eine beste Freundin hat? Also eine, mit der sie über so etwas reden würde?»

Sven überlegt einen Moment. «Keine Ahnung. Wir waren in zwei unterschiedlichen Arbeitsgruppen, und sonst habe ich auch keinen großen Kontakt zu ihr.» Er stutzt. «An diesem Wochenende hat sie sich allerdings ein paarmal mit Anna unterhalten. Die beiden hockten in der Sitzecke und quatschten lange. Hat mich gewundert.»

«Wieso?»

«Bis vor ein paar Wochen haben die kaum miteinander geredet. Martin und Anna sind sehr oft unterschiedlicher Meinung gewesen. Und Geertje stand immer auf Martins Seite. Dass die beiden sich so lange allein unterhalten, hätte ich nicht für möglich gehalten.»

«Tja, das müssen wir Meier wohl glauben», sagt Rudi. «Der wird kaum erfinden, schwul zu sein und mit einem Partner zusammenzuleben.»

Sie blicken dem Lehrer nach, der auf die Fähre zuläuft, die in zehn Minuten ablegt.

Schnepel verzieht den Mund. «Rudi, du bist so was von naiv! Das könnte eine weitere geschickte Finte von Meier sein. Es ist auch möglich, dass der Typ in Bremen lediglich ein guter Kumpel ist, der das Spiel mitspielt. Schließlich droht dem Meier Knast. Von einer eingetragenen Lebensgemeinschaft oder gar Eheschließung hat er jedenfalls nicht gesprochen.»

«Und wie willst du überprüfen, ob das stimmt?», fragt Rudi, während sie aus dem Abfertigungsgebäude zum Parkplatz laufen. «Einen Durchsuchungsbeschluss für die Wohnung in Bremen wirst du nicht kriegen.»

«Nein, aber ich werde mit dem Herrn telefonieren, sobald wir im Auto sitzen. Die Telefonnummer hat Meier uns ja bereitwillig gegeben. Natürlich müssen wir damit rechnen, dass dieser Herr Gremmling uns Lügenmärchen auftischt, aber das finde ich heraus.» Schnepel wirft Rudi den Autoschlüssel zu. «Fahr du.»

«Na denn …» Rudi entriegelt den Wagen und startet, Schnepel wählt die Nummer von Meiers Lebensgefährten. Der scheint nicht überrascht zu sein, einen Anruf von der Polizei zu bekommen. Schnepel drückt auf die Lautsprechertaste, sodass Rudi mithören kann.

«Jürgen hat mir bereits gesagt, dass Sie sich wahrscheinlich bei mir melden, weil Sie ihm nicht glauben. Ich versichere aber, es ist genau so, wie er es Ihnen geschildert hat. Wir haben am Freitag lange telefoniert. Es ging dabei um den siebzigsten Geburtstag meines Vaters. Jürgen und ich wollen uns um die Feier kümmern, es gibt viel vorzubereiten. Meine drei Geschwister wohnen mit ihren Familien quer in Deutschland und den Niederlanden verstreut. Wir müssen Übernachtungsmöglichkeiten für alle finden, die eigentliche Feier planen, da sind zwei Stunden schnell vorbei.»

«Wie lange leben Sie denn schon zusammen?», fragt Schnepel unbeeindruckt.

«Sechs Jahre.»

«Sind Sie beide im Mietvertrag aufgeführt?»

«Nein, aber …»

«Na, dann können Sie ja viel behaupten.» Rudi hört Schnepels Skepsis deutlich heraus.

«Möchten Sie vielleicht gern in unseren Fotoalben blättern?» Gremmling klingt jetzt ziemlich wütend. «Wenn Sie mir nicht glauben, kommen Sie doch vorbei.»

Schnepel lässt sich Gremmlings Adresse geben und beendet das Gespräch.

«War ja nicht so wirklich erfolgreich.» Rudi bemüht sich,

ein Grinsen zu unterdrücken. «Und nun? Willst du wirklich nach Bremen fahren?»

«Quatsch. Das können die Kollegen dort übernehmen. Jetzt fahren wir erst einmal zu Martina Junghans und fragen, warum sie uns nichts von dem Streit mit ihrem Bruder gesagt hat.»

Alle paar Minuten schaut Ludwig auf sein Tablet. Noch immer kein Durchbruch bei Facebook. Dabei ist es jetzt schon drei Stunden her, seit er die Personenbeschreibung des Mannes, den Geertje am Hafen getroffen hat, online gestellt hat. Wahrscheinlich hat er sich zu viel davon versprochen. Ein Mann von hinten, dunkel gekleidet und auf dem Kopf die Kapuze. Eine großartige Beschreibung ist das wahrlich nicht. Und bei der Kälte waren bestimmt nicht viele unterwegs.

In Ludwigs Bauch grummelt es. Kein Wunder, Sigrid hat nichts zum Mittag gekocht. Weil ihr das alles auf den Magen geschlagen ist. Aber Essen hält Leib und Seele zusammen! Das weiß jedes Kind. Ohne lange zu überlegen, drückt Ludwig die Nummer drei seiner Favoritenliste auf dem Handy.

«Moin, Pietro! Ludwig Twenge hier. Einmal die Salami-Pizza mit extra Salami und doppelt Käse, bitte. Aber schön knusprig und wie immer geschnitten.»

Kaum legt er das Telefon zur Seite, plingt eine eingehende Nachricht bei Facebook auf. Meldet sich jetzt endlich einer mit Infos, die er gebrauchen kann? Schnell überfliegt er die Zeilen. Jemand hat einen Mann in einem schwarzen Mantel mit Hut gesehen, an der Hand ein kleines Kind. Der scheidet schon mal aus. Schade. Von einem Kind hat Hoyko nichts gesagt.

Wieder geht eine Nachricht ein. Die hört sich schon interessanter an. Jemand hat die Frau in der gelben Jacke und eine dunkel gekleidete Person bei den Krabbenkuttern gesehen. Ist zwar nichts Neues, bestätigt aber Hoykos Beobachtung. Immerhin. Es klingelt an der Haustür.

«Is offen», ruft Ludwig aus dem Fenster. Das wird doch noch nicht die Pizza sein!?

«Meine Güte, nun machen Sie doch keinen Elefanten aus der Sache.» Martina Junghans ist sichtlich verärgert über den erneuten Besuch der Polizei. Dass diesmal Schnepel statt des gemütlichen Bernie Bütefisch dabei ist, scheint ihr überhaupt nicht zu gefallen. Vor allem, weil Schnepel Frau Junghans nicht gerade höflich begrüßt hat und gleich danach mit der Tür ins Haus gefallen ist. «Eine Kleinigkeit ist es aber auch nicht, wenn Sie uns verschweigen, dass Sie kurz vor dem Mord einen heftigen Streit mit Ihrem Bruder hatten. Worüber haben Sie sich denn gestritten?» Schnepel stiert sie eisig an, wie immer, wenn er sein Gegenüber einschüchtern möchte.

Bei Martina Junghans gelingt es ihm allerdings nicht, sie schweigt eisern.

«Wir können Sie auch gern mit aufs Kommissariat nehmen», fährt Schnepel fort. «Dann haben Sie sehr viel Zeit zum Nachdenken.»

Missmutig beißt Martina Junghans die Zähne zusammen. «Also gut. Es geht um ein Stück Land am Rand von Norden, das uns gehört. Die Stadt ist daran interessiert. Sie wollen es als Bauland umwidmen. Ich möchte verkaufen, mein Bruder wollte es nicht.»

Ach, die altbekannte Leier. Es geht um Geld. Hätte man sich ja denken können. Irgendwie enttäuscht Rudi das, obwohl Doktor Wagenfeld ja schon sagte, dass Junghans den Begriff geldgierig gebraucht hat.

«Das Grundstück gehört Ihnen zusammen?», fragt Schnepel.

«Nein. Es gehört unseren Eltern.» Martina Junghans bemerkt seinen fragenden Blick und fährt fort: «Aber sie sind nicht mehr in der Lage, solche Entscheidungen zu treffen. Mein Bruder und ich sind gemeinschaftlich generalbevollmächtigt, für unsere Eltern die Geschäfte zu führen.» Nun verschränkt sie die Arme vor der Brust. Das wirkt beinahe trotzig.

«Und wie verhält es sich jetzt, wo Ihr Bruder tot ist?», fragt Rudi leise.

«Jetzt kann ich allein entscheiden.»

«Aha», sagt Schnepel mit Triumph in der Stimme, nun wieder ganz in seinem Element. «Dann verraten Sie uns doch mal, wo Sie am Freitagabend gewesen sind.»

Am Montagabend ist normalerweise nicht viel los im Dattein. Aber heute sind etliche Tische besetzt. Die Krabbenfischer spielen Skat, und der Kirchenverein tagt im hinteren Bereich. Die Einheimischen genießen es, in der touristenarmen Zeit ihre Lieblingskneipe für sich zu haben. Während der Saison kriegt man hier ja kein Bein an Deck. Henner grüßt Berthold, den Wirt, mit einem kurzen Nicken, dann stellt er sich an die Theke, die einem Schiffsbug nachempfunden ist. Wie immer direkt neben die Meerjungfrau. Das ist sein Lieblingsplatz. Henners Bier wird noch gezapft, als

Rudi reinkommt. Er sieht abgehetzt aus, aber zumindest hat er die Uniform gegen seine normale Montur getauscht.

«Puh. Endlich Feierabend. Und endlich eine entspannte Umgebung. War ganz schön stressig die letzten drei Tage», sagt er. «Das bin ich nach der Inselruhe gar nicht mehr gewöhnt. Berthold, für mich auch ein Bier, bitte.»

In diesem Moment wird die Tür mit Schwung geöffnet. Ein Schwall eisiger Luft kommt herein, dann fällt die Tür krachend ins Schloss. Henner ahnt direkt, wer da gekommen ist.

«Huhu!», juchzt Rosa, steuert die Theke an, schnappt sich einen Barhocker und bestellt eine Weinschorle. «Hab ich mir doch gedacht, dass ihr hier seid. Wir müssen dringend reden.»

«Oh nein. Nicht schon wieder. Du weißt doch, dass ich nicht über laufende Ermittlungen reden darf. Ich kann euch nur so viel verraten», sagt Rudi nach der ersten Überraschung, «das mit dem Phantombild war nicht sehr ergiebig. Es gab lediglich ein paar Hinweise auf Spiekeroog. Auch dort hat man die Ähnlichkeit zu dem Lehrer des Internats gesehen. Aber das haben wir selbst gemerkt.»

«Ich will ja auch über *nicht* laufende Ermittlungen reden.»

Henner versteht nur Bahnhof. Rudi scheint es nicht anders zu gehen.

«Über *nicht* laufende? Das musst du mir jetzt mal erklären», meint der und nimmt einen Schluck Bier.

«Nun sei doch nicht so schwer von Begriff.» Rosa schlüpft aus ihrem Mantel, legt ihn über den Barhocker und setzt sich drauf. «Du hast Sigrid abgewimmelt, als sie die Vermisstenanzeige aufgeben wollte.»

«Jo. Wir können da noch nix unternehmen.»

«Aber Sigrid dreht bald durch vor Angst. Könnt ihr wirklich nichts machen?»

«Heute nicht mehr», sagt Rudi. «Aber wenn Geertje morgen früh immer noch nicht da ist, nehme ich die Sache in Angriff. Mir kommt das ja auch spanisch vor, dass sie sich bislang nicht gemeldet hat.»

Am Tisch der Kartenspieler in der hinteren Ecke bricht Jubel aus. Einer der Krabbenfischer hat einen Grand mit Vieren gewonnen und trommelt mit den Handflächen auf dem Tisch herum. «Berthold, noch 'ne Runde», ruft er dem Wirt zu.

Als es wieder ruhiger ist, sagt Rudi: «Ich darf euch das zwar nicht sagen, aber wir haben heute mit der Schwester von Martin Junghans gesprochen. Die hatte ordentlich Zoff mit ihrem Bruder. Außerdem besitzt sie ein Motorboot. Damit hätte sie problemlos rüber nach Spiekeroog sausen können. Ich kann mir allerdings nicht vorstellen, dass sie was mit dem Tod ihres Bruders zu tun hat. Zumal sie den gleichen Namen tragen. So was schweißt doch bestimmt zusammen.»

«Warum sollten sie als Geschwister denn nicht denselben Nachnamen haben?» Rosa verdreht die Augen.

«Das meine ich doch nicht. Ich meine die Vornamen. Er hieß Martin, sie heißt Martina. Fast wie bei Zwillingen.»

«Das ist ja ein bescheuerter Vergleich. Aber irgendwie irre. Wie kommt man auf die Idee, seinen Kindern so ähnliche Namen zu geben? Da sind die Probleme ja vorprogrammiert», sagt Rosa amüsiert.

«Ich finde das praktisch», sagt Henner. «So reagieren gleich beide Kinder, wenn man den Namen ruft.»

Wieder verdreht Rosa die Augen. «Auf so einen Gedanken kann auch nur ein Mann wie du kommen. Vielleicht sollte Martina eigentlich ein Junge werden und Martin heißen. Da wichen die Eltern auf Martina aus. Als das zweite Kind kam und endlich ein Junge war, schritt man zur Tat und nannte ihn Martin.» Rosa mustert Rudi. «Wer von den beiden ist älter?»

«Martina. Zwölf Jahre.» Rudi stiert in sein Bierglas. «Und noch etwas finde ich seltsam. Martin ist, das heißt *war* Lehrer, während sie Schlachtermeisterin ist und den Betrieb der Eltern weiterführt. Ist ja nicht gerade ein frauentypischer Beruf.»

«Vielleicht wollte sie den Eltern beweisen, dass sie der bessere Stammhalter ist», sagt Henner und wundert sich fast selbst über diesen Gedanken, der ihn eben angeflogen hat.

«Du hast ja richtig psychologisches Gespür.» Rosa prostet ihm zu. Da wird er direkt ein bisschen rot.

Berthold macht gerade die Striche für das dritte Bier auf Rudis Bierdeckel, als sein Handy loströtet.

«Tschuldigung. Hab vergessen, es auf lautlos zu stellen.» Er nimmt das Gespräch an und geht vor die Tür. «Körner, was gibt's? Sag bloß, du bist mit Job und Baby überfordert und ich soll dich auf der Insel unterstützen?» Er lacht bei diesem Gedanken.

«Nee, das krieg ich schon hin. Meine Frau übernimmt ja die Lütte. Ich kann schließlich nicht stillen. Aber heut Nachmittag hat die Kleine viel Theater gemacht. Blähungen oder so. Mein lieber Scholli, da stehste ganz schön unsicher da. Da hat meine Frau die Hebamme angerufen und die ...» Körner scheint sich zu besinnen, dass er nicht mit einem Verwandten, sondern mit einem Kollegen spricht. «Egal. Deswegen hab ich nicht angerufen. Vorhin war ein Insulaner da. Der hat gemeint, er habe Freitagnacht was Ungewöhnliches gesehen. Er hat so wie jeden Abend gegen Mitternacht mit seinem Hund noch eine Runde auf dem Deich gedreht. Und im Mondschein gesehen, wie ein kleines weißes Motorboot Richtung Festland gebraust ist. Das hat ihn gewundert, um diese Jahreszeit gibt es kaum Freizeitkapitäne im Wattenmeer, und um diese Uhrzeit schon gar nicht.»

Rudi ist trotz Feierabend sofort alarmiert. «Warum ist der erst heute zu dir gekommen? Junghans wurde doch schon am Samstag gefunden!»

«Der hat sich schlichtweg keine Gedanken darüber gemacht, also keine Verbindung zu dem Toten hergestellt. Er ist am Samstag rüber aufs Festland und erst heute zurückgekehrt. Da ist er dann aber gleich zu mir gekommen.»

«Hat er den Bootsführer erkannt?», fragt Rudi fröstelnd. Er hätte seine Jacke überziehen sollen, als er nach draußen gegangen ist.

«Nee. Hat er nicht. Aber ich hab seine Telefonnummer. Du kannst ihn ja selbst befragen. Hast du was zu schreiben?»

«Nö. Ich steh in der Kälte vorm Dattein. Kannste mir die Nummer per WhatsApp schicken?»

«Mach ich per Mail. Weißt doch ... wegen Datenschutz und so.»

«Auch recht.»

DIENSTAG

Rudi hat schlecht geschlafen. In seinem Traum brauste Martina Junghans mit einem Motorboot auf der stürmischen Nordsee herum und schrie in einer Tour: «Jetzt kann ich allein entscheiden!», während Geertje an ihr herumzerrte und sie zur Umkehr bewegen wollte.

Schweißgebadet ist er aufgewacht. Die ganze Sache nimmt ihn mehr mit, als er gedacht hat. Nach einer ausgiebigen Dusche, einem ordentlichen Ostfriesentee und zwei Scheiben Toastbrot mit Deichsalami und Weidekäse ruft er bei Twenges an. Sigrid wird sicher schon wach sein. Hoffentlich ist Geertje inzwischen aufgetaucht. Wirklich glauben mag er es nicht, sonst hätte Sigrid sich garantiert gemeldet, aber vielleicht ist sie auch noch sauer auf ihn, weil er nicht gleich Suchmannschaften losgeschickt hat.

«Rudi! Du so früh … habt ihr sie gefunden?» Sigrid klingt panisch.

«Nö, ich hatte gehofft, sie ist wieder bei euch.»

«Nein. Immer noch nicht. Es muss ihr etwas zugestoßen sein.» Sigrid beginnt, hemmungslos zu schluchzen.

«Beruhige dich doch.» Rudi fühlt sich hilflos. «Ich fahre gleich nach Wittmund und werde den Chef bitten, dass er nun endlich die Suche startet. Dann finden wir sie. Versprochen!»

«Ach Rudi … Wenn ich deine Zuversicht nur teilen könnte …»

«Ich melde mich.» Er beendet das Telefonat und wählt die Nummer des Hundebesitzers auf Spiekeroog, die gestern Abend noch per Mail gekommen ist.

«Moin, Herr Janssen. Kripo Esens, Bakker am Apparat. Ich hoffe, ich rufe nicht zu früh an? Es geht um das Motorboot, das Sie in der Nacht von Freitag auf Samstag gesehen haben.»

«Nee, ist in Ordnung. Ich war schon mit dem Hund draußen.» Die Stimme klingt sympathisch. «Was wollen Sie denn noch wissen? Ich hab Ihrem Kollegen alles gesagt, was ich gesehen hab. Das war zwar nicht viel, aber ich dachte doch, dass ich es melden sollte. Immerhin ist es um diese Jahreszeit mehr als ungewöhnlich, ein Motorboot mitten in der Nacht zum Festland rasen zu sehen. Meinen Sie, das hängt mit dem Mord an dem Walbewacher zusammen?»

«Das ist durchaus möglich. Denken Sie, Sie würden das Boot wiedererkennen, wenn ich Ihnen Fotos schicke?»

«Keine Ahnung. Es war ja schon weiter draußen, also ein Stück vor der Insel. Ich hab es nur deshalb bemerkt, weil ich das Motorgeräusch hörte und der Mond gerade so grandios aufs Wasser schien. Da stach das weiße kleine Boot irgendwie raus. Der Anblick war fast ein bisschen magisch.»

«Versuchen können wir es zumindest. Ich sehe zu, dass ich bald Fotos von dem Boot bekomme. Kann ich die Ihnen übers Handy schicken?»

«Gern. Das hab ich ja eigentlich immer dabei.»

«Prima. Dann verbleiben wir so. Schönen Tag noch.»

«Ihnen auch.»

Zufrieden beendet Rudi das Gespräch und stellt gerade das Geschirr in die Spülmaschine, als Sven angeschlurft kommt. Er muss erst um zehn in Emden sein.

«Ist Geertje inzwischen wieder da?», fragt er verschlafen.

«Leider nicht.» Rudi zieht seine dicke Jacke über. «Ich muss los. Tschüs, Junior.» Er fährt seinem Sohn beim Hinausgehen kurz mit der Hand über den Kopf. Gleich darauf hört er die kleine Kaffeemaschine Bohnen mahlen.

Heute Morgen ist Henner nur schwer aus den Federn gekommen. Nicht, weil er so lange mit Rudi und Rosa im Dattein gewesen ist, sondern weil er danach nicht hat einschlafen können. Martina und Martin. Wenn Rosa mit ihrer Vermutung recht hat, kann er froh sein, dass seine Eltern ihn nicht Adalbert genannt haben. Adelheid und Adalbert – das hätte ihm gerade noch gefehlt. Acht Schwestern sind schon Strafe genug. Mit einem Lächeln auf den Lippen tritt Henner in die Pedale. Zum Glück hat sich der Sturm gelegt, der heute Nacht vom Meer her über Ostfriesland gezogen ist, da schafft er den Weg zum Versicherungsgebäude in Bestzeit.

Wie immer bringt Henner den Stapel Briefe direkt zum Empfangstresen, hinter dem – auch wie immer – Dörte sitzt. Heute in schwarz-weiß geringelt.

«Moin, Henner, gibt's was Neues von Geertje?», fragt sie sofort.

«Nee, die ist immer noch verschwunden.» Fast jeder, den er heute getroffen hat, hat ihn darauf angesprochen. Lesen doch mehr Leute die Mitmach-Zeitung oder daddeln bei Facebook rum, als man so denkt.

«Wo die bloß steckt? Sigrid ist ganz verzweifelt. Gestern hat sie lange mit ihrer Schwester telefoniert, die will morgen den Flieger zurück nehmen. Sie ...»

«Du, tut mir leid, ich hab echt keine Zeit. Ich muss wieder

los», unterbricht Henner sie. So wie er Dörte kennt, erzählt die ihm gleich alle Überlegungen, die der Häkelbüdel-Club gestern Nachmittag angestellt hat. Die kennt er aber schon. Nach dem Mädels-Treffen ist Rosa ja ins Dattein gekommen und hat Rudi und ihm alles lang und breit dargelegt. Damit die Polizei in die Puschen kommt. Sein Kumpel hatte nachher ganz rote Ohren.

In Wittmund hat Schnepel den Chef bereits über das Gespräch mit Martina Junghans in Kenntnis gesetzt und Rudi erzählt, was er gestern Abend noch von Körner erfahren hat. Haueisen scheint die gleichen Gedanken zu haben wie Rudi heute Nacht im Traum, denn auch er schließt nicht aus, dass Martina Junghans mit ihrem Boot rüber nach Spiekeroog gefahren ist. Schnepel ist inzwischen vollkommen von der Schuld der Schwester überzeugt, zumal die Bremer Kollegen sich die Fotobücher von Jürgen Meiers Lebensgefährten angesehen und dessen Aussagen bestätigt haben. Je mehr Rudi darüber nachdenkt, umso größer werden jedoch seine Zweifel.

«Ich gebe zu, ich habe auch zunächst gedacht, sie könnte das in dem Boot gewesen sein», sagt er, «aber, mal ehrlich, dafür hätte sie im Spiekerooger Hafen festmachen müssen, um dann zum Beispiel mit einem Klapprad quer über die Insel zum Strand zu radeln. Oder sie hätte mit dem Boot ums Westende der Insel schippern müssen, um beim gestrandeten Pottwal ihren Bruder zu ermorden. Das kann ich mir nicht vorstellen. Woher sollte sie auch wissen, dass er da alleine Wache schiebt?» Rudi blickt auf sein Notizbuch. «Überhaupt müssen wir gucken, ob ihr Boot noch im Neuharlingersieler Hafen liegt und nicht, wie eigentlich alle anderen, im Winterquartier an Land ist. Dem Chef von der Marina hab ich gestern Abend von zu Hause aus noch auf Band gesprochen. Warten wir also, bis der sich meldet.»

Haueisen sieht ihn nachdenklich an. «Was ist denn mit dem Alibi der Junghans?»

«Sie behauptet, sie hätte sich Gedanken um ein neues Catering-Angebot gemacht und das durchkalkuliert. Es würde jetzt deutlich weniger Fleisch und mehr vegetarisch und vegan gegessen und auch bei Büfetts nachgefragt werden. Dementsprechend müsste sie die Fleischersatzprodukte teuer hinzukaufen, will aber nicht auf diese Angebotsmöglichkeit verzichten. Und darüber hat sie gegrübelt und gerechnet. Sagt sie.» Rudi zuckt mit den Schultern.

«Auch wieder so 'ne Sache, die man schlecht überprüfen kann», giftet Schnepel. «Behaupten kann die viel. Sie kann ja die Kalkulationsdatei mit einer kleinen Änderung neu abgespeichert haben, dann sieht es so aus, als ob sie den ganzen Abend daran rumgetüftelt hätte.»

Rudi spürt, dass sie sich mit Martina Junghans als Verdächtige im Kreis drehen. Deshalb ist jetzt die beste Gelegenheit, das Verschwinden von Sigrids Nichte ins Spiel zu bringen. «Was mich viel mehr beschäftigt, ist die Tatsache, dass Geertje Michelsen noch immer verschwunden ist. Das passt nicht zu ihr. Ich möchte eindringlich darum bitten, dass wir in ihrem Fall eine groß angelegte Suchaktion starten. Chef, geben Sie bitte den Startschuss dafür. Dann können wir wegen der Junghans weiterüberlegen.»

Haueisen fährt sich grübelnd mit dem Zeigefinger über die Oberlippe. «In Ordnung», sagt er. «Schließlich hängt sie irgendwie in diesem Fall mit drin.» Er greift zum Telefonhörer und beauftragt die zuständigen Kollegen. Eine Vermisstenanzeige liegt ja schon vor. Nachdem das erledigt ist, wendet er sich wieder an Rudi und Schnepel. «So, und nun lassen Sie uns wieder an den Fall Junghans gehen.»

Auf dieses Stichwort hat Schnepel gewartet. «Wie ich schon sagte: Wir sollten Martina Junghans auf den Zahn fühlen.»

«Nicht zu vergessen der Walzahnbande», sagt Haueisen.

Auf dem Rückweg in den Ort reißt die Wolkendecke auf. Als Henner sein Fahrrad an der Hafenmauer abstellt, blinzelt sogar die Sonne hie und da durch. Er fischt die Post für Bäcker Hinrichs aus der Satteltasche und legt sie Augenblicke später auf den Tresen. Kaffeeduft steigt ihm in die Nase und der Geruch frisch gebackener Hefeteilchen. Sofort inspiziert er die Auslage, und seine Laune steigt merklich.

«Moin. Ich hätt gern einen Becher Kakao und eine Zimtschnecke.»

Bevor er auch von der Bäckersfrau noch gefragt wird, ob es was Neues von Geertje gibt, schnappt er sich Becher und Teller und verpieselt sich trotz der Kälte nach draußen an die Hafenmauer. Voller Genuss beißt er in das Gebäck, und sofort stellt sich ein vertrauter Kindheitsgeschmack ein. Samstags nach dem Baden gab es Zimtschnecken und heißen Kakao in der guten Stube. Das ist eine Erinnerung, die er nie vergessen wird. Rudi, er und die Schwestern, einträchtig auf dem Sofa, die Kapuzen der Frottee-Bademäntel über den nassen Haaren, tief in die Stirn gezogen. Eine richtige Rasselbande sind sie gewesen. Gemeinsam durch dick und dünn gegangen. Mit einem Hauch von Wehmut lässt er den Blick übers Hafenbecken streifen. Der Krabbenkutter von Onkel Arnold liegt fest vertäut an der Kaimauer gegenüber. Bei dem Sturm gestern Nacht ist er wohl lieber nicht rausgefahren. Recht hat er, schließlich geht er langsam auf die achtzig zu, da sollte man die Knochen schonen. Außerdem sind die Krabben von November bis März sowieso weiter draußen im Meer als im Sommer.

Henner beißt erneut in die Zimtschnecke, als sein Blick am Bug des Schiffs hängen bleibt. Da schwimmt was Gelbes. Er stutzt. Was Gelbes vorm Bug? Eine dumpfe Ahnung macht sich in ihm breit. Nein. Das kann nicht sein. Er täuscht sich. Das ist bestimmt eine gelbe Einkaufstasche von IKEA. Er beugt sich vor. Besser sehen kann er trotzdem nicht. Er lässt die Zimtschnecke auf den Teller fallen und rennt hinüber auf die andere Hafenseite. Das gelbe Etwas ist hinter dem metallenen Poller verschwunden. Erst als Henner direkt an Onkel Arnolds Krabbenkutter steht und sich vorbeugt, kann er es wieder sehen. Sein Herz stockt.

Das ist keine Tasche.

Sondern eine Jacke. Und in der steckt ein Mensch, der mit dem Gesicht im Wasser im Hafenbecken treibt. Auf dem Kopf eine dunkle Mütze.

«Hallo!», ruft er, ohne große Hoffnung, dass die Gestalt im eisigen Wasser antwortet. Zeitgleich zieht er sein Handy aus der Tasche und wählt die 112. Nachdem er alle wichtigen Informationen durchgegeben hat, ruft er Rudi an. Dann weiß er nicht mehr weiter. Also springt er auf den Kutter, reißt den Rettungsring aus der Halterung am Steuerhaus und wirft ihn hinab. Man weiß ja nie.

Gefühlvoll massiert Gudrun ihrer Mutter die Kopfhaut, bevor sie das Shampoo sorgfältig ausspült und ihr ein Handtuch umwickelt.

«So, du kannst den Kopf jetzt wieder heben. Wir gehen rüber.»

Mudder Steffens folgt Gudrun zu den Bedienplätzen mit Spiegeln. Wie jeden Dienstag kommt sie pünktlich um neun Uhr zur wöchentlichen Wasserwelle. Das gönnt sie sich, seit Gudrun hier den Salon leitet.

«Heute ist ja nicht viel los», stellt sie fest und nimmt Platz. Es klingt beinahe vorwurfsvoll.

«Ach Muddern.» Gudrun schüttelt den Kopf. «Ist Anfang Januar oft so. Vor den Feiertagen wollen alle die Frisur auf Vordermann bringen, und das reicht dann für die nächsten sechs Wochen. Außer bei einigen der Färbekandidatinnen.» So wie Gisela Frerichs, die auf dem Stuhl neben Muddern sitzt. Sie braucht alle drei Wochen eine Auffrischung am Ansatz. Susanne Schnepel ist gerade dabei, ihr die Tönung aufzupinseln, und Gisela nutzt die Gelegenheit, um sie nach Rudi auszufragen. Sie kann es nicht lassen. Aber Susanne weicht ihren Fragen geschickt aus. Schließlich weiß sie, dass Gisela die größte Tratschtante von Neuharlingersiel ist.

Vorsichtig kämmt Gudrun ihrer Mutter die Haare, redlich bemüht, dass es nicht ziept. Als sie damit fertig ist, zieht sie den Rollcontainer mit Scheren, Bürsten und anderem Zubehör heran. Sie greift nach dem ersten Lockenwickler, als ihre Mutter sie stoppt.

«Warte. Ich dachte, wir machen heute mal was anderes.»

Gudrun glaubt, nicht richtig zu hören. «Wie, was anderes? Solange ich denken kann, kriegst du doch diese Wasserwelle.»

«Eben. Da wird es Zeit für eine Veränderung.»

Veränderung? Das sind ja ganz neue Töne. «Und an was hast du gedacht?»

«An einen flotten Kurzhaarschnitt. So einen, wie ihn Barbara Rütting immer hatte. Du weißt schon, die Schauspielerin. Die, die Kochbücher geschrieben hat.»

Der Name sagt Gudrun was. Aber den Haarschnitt hat sie nun wirklich nicht vor Augen. Sie zieht ihr Handy aus der Kitteltasche und gibt den Namen ein. Eine Reihe von Fotos erscheinen. «Das ist eher ein sehr kurzer Pagenschnitt.»

«Aber passen würde es – oder?»

«Sicher.» Gudrun greift nach der Schere und kürzt die erste Strähne. Nach und nach arbeitet sie sich vom Hinterkopf nach vorne vor. «Erzähl, wie ist das denn nun? Ist ja das erste Mal, dass du praktisch einen Vollpensionsgast hast.»

Augenblicklich zieht ein warmes Lächeln über Mudderns Gesicht. «Von meinem Essen ist er völlig begeistert.»

Gudrun blickt ihre Mutter im Spiegel an. Täuscht sie sich, oder ist die eben ein bisschen rot geworden?

«Ein feiner Mann ist das. Und enorm gebildet. Vaddern hat ihm Freitag seine geerbte Walzahnsammlung gezeigt. Sogar einen eigenen Namen hat diese Schnitzkunst.»

«Einen eigenen Namen?»

«Scrimshaw heißt das. Hab ich extra ein paarmal geübt, damit ich es richtig aussprechen kann.» Stolz schwingt in ihrer Stimme mit.

«Na denn …» Gudrun ist mit dem Schneiden fertig und öffnet den Frisierumhang ihrer Mutter. Als sie ihn ausschüttelt, hört sie ein Martinshorn. Mit Blaulicht fährt ein Feuerwehrauto durchs Sieltor, gefolgt von einem Krankenwagen. Auch ihre Mutter reckt neugierig den Kopf.

«Scheibenkleister! Hoffentlich ist nichts Schlimmes passiert», orakelt sie. «Wenn die Feuerwehr zum Hafen rast, steht entweder ein Kutter in Flammen, oder jemand ist ins Hafenbecken gefallen.»

«Kann auch nur eine Übung sein. Weil um diese Zeit nichts los ist und die sich nicht durch die Touristenströme arbeiten müssen.» Gudrun nimmt die Bürste und beginnt zu föhnen. Ist ganz ungewohnt, die Haare ihrer Mutter nicht auf Wickler zu rollen. Aber sie muss zugeben, dass ihr die neue Frisur steht. Damit sieht sie glatt zehn Jahre jünger aus. Was Vaddern wohl dazu sagen wird?

Eine weitere Sirene übertönt das Geräusch des Föhns.

«Da wird wohl doch was passiert sein», sagt Muddern.

«Hoffentlich nicht.» Allerdings glaubt Gudrun inzwischen auch nicht mehr an eine Übung. Davon lässt sie sich jedoch nicht aus dem Konzept bringen. Sie greift zum Handspiegel und zeigt ihrer Mutter den Hinterkopf. «Fertig. Ich finde, die neue Frisur sieht klasse aus.» Dabei lugt sie durchs Fenster und sieht einen Streifenwagen und einen zivilen VW-Bus vorbeirasen.

«Da muss wirklich was passiert zu sein.» Muddern dreht sich mit dem Frisierstuhl zu Gudrun um. «Lauf schnell rüber und schau nach.»

Gudrun tippt sich mit dem Zeigefinger an die Stirn. «Ich renn doch nicht während der Ladenöffnungszeiten draußen rum, um zu gaffen.»

«Nun stell dich nicht so an. Deine Beine sind flinker als meine. Und wie sähe es aus, wenn ich losrennen würde? Außerdem ist doch sowieso grad keine Kundschaft da. Und ich möcht wissen, was da los ist. Bei so vielen Einsatzfahrzeugen …»

«Na gut», gibt Gudrun nach.

«Ich komm mit!» Gisela springt vom Stuhl auf. «Die Farbe kann auch draußen einziehen. Mach mir einfach ein Handtuch drüber», sagt sie zu Susanne.

Anfangs hat sich Heinrich Steffens ja ein bisschen schwer damit getan, die Milchkühe abzuschaffen. Bald vierzig Jahre haben sie sein Leben bestimmt. Aufstehen vor dem Morgengrauen. Melken. Füttern. Misten. Füttern. Kalben. Schlachten. Vor dreißig Jahren ist Betsy zur schönsten Milchkuh Ostfrieslands gekürt worden. Da ist er mächtig stolz gewesen. Aber damals war auch schon klar, dass Henner nie in seine Fußstapfen treten würde. Seine Allergie gegen Tierhaare ... alles haben sie versucht. Desensibilisierung, Antihistamine, doch auf dem Hof sind einfach zu viele Tiere. Die Kühe. Die Katzen, die sie allein schon halten müssen, um Ratten und Mäuse zu vertreiben. Selbst auf die Hofhunde hat Henner allergisch reagiert. Der Arzt hat damals gesagt, bei dieser Tierhaarinvasion gibt es kaum Hoffnung, dass Henner die Allergie je loswird.

Insgeheim muss Heinrich nun aber Gerdas Weitblick loben, auch wenn er das natürlich nie zugeben würde und anfangs strikt gegen die Idee mit der Ferienpension war. Ohne die Kühe lebt es sich einfach bequemer. Geld ist mit denen seit der Abschaffung der Milchquote sowieso nicht mehr zu verdienen. Wurde ja überall viel zu viel Milch produziert. Nee, ist schon vernünftig, dass sie die Milchwirtschaft aufgegeben haben. Dafür haben sie nun acht Alpakas. Das war die Idee seiner zweitältesten Tochter Bärbel. Diesen Viechern muss er nur zwei Mal am Tag etwas Kraftfutter geben. Das ist ja keine Arbeit. Und mittlerweile sind ihm die Alpakas richtig ans Herz gewachsen. Besonders Bruno mit seiner frechen Haartolle.

Gemächlichen Schrittes schlurft Heinrich hinüber zum Schuppen, wo er den Korb aus Weidengeflecht mit getrockneten Kräutern vom letzten Sommer füllt, bevor er sich auf den Weg zur Weide macht, auf der die Alpakas seit einem halben Jahr stehen. Die Kräuter soll er dem Futter der Alpakas untermischen. Zur natürlichen Stärkung des Immunsystems, hat Bärbels Freundin Caro ihm erklärt. Die muss es wissen. Schließlich ist sie Tierärztin.

Sorgfältig verschließt Heinrich die Schuppentür und nimmt den Weg an der Rückseite des Hauses entlang. Das ist der kürzeste. Früher lagen hier die fünf Kinderzimmer. Die Mädchen haben sich jeweils zu zweit ein Zimmer geteilt, nur Henner als einziger Junge hatte ein eigenes. Mittlerweile sind sie für die Pensionsgäste frisch renoviert. Alle haben Ausblick auf die Koppel mit den Alpakas. Das kommt bei den Gästen sehr gut an.

«Du Idiot, wie konntest du nur!»

Heinrich zuckt zusammen. Wer redet so mit ihm? Er sieht sich um. Doch da ist keiner. «Du gefährdest die ganze Aktion.» Das kommt aus dem hintersten Zimmer. Da, wo das Fenster auf Kipp steht.

Überrascht bleibt Heinrich stehen. Das ist die Stimme von Timmerbeil. Besuch hat der aber nicht. Seit dem Frühstück ist niemand gekommen. Vermutlich telefoniert er. Jetzt ist es wieder still. Heinrich überlegt, ob er weitergehen soll, da hört er den Wintergast mit wütender Stimme sagen: «Du hältst die Füße still und reagierst auf keine Angebote. Es geht um viel Geld. Auch für dich. Ist das klar, Thomas?»

Was ist das denn? Heinrich ist mehr als verblüfft, den schnieken Wintergast so reden zu hören. Hat ihn sein Gefühl also nicht getrogen: Mit diesem vornehmen Pinkel stimmt etwas nicht. Und wie der sich bei Gerda einschleimt, stinkt Heinrich ohnehin. Er bleibt stehen und spitzt die Ohren.

«Ich kann dich nur warnen ...» Das Fenster wird geschlossen, und Timmerbeils Stimme ist nicht mehr zu verstehen. Nur der Schrei einer wehklagenden Möwe dringt an Heinrichs Ohr. Und das Tatütata von Sirenen. Ärgerlich. Zu gern würde Heinrich wissen, was dieser Kerl im Schilde führt.

Nanu? Was ist denn da drüben los? Wie immer lässt sich Ludwig auf seinen Logenplatz am Fenster fallen. Da war er mal eben für ein paar Minuten auf dem Klo, und schon ist am Hafen die Hölle los. Henner steht auf dem Kutter von Arnold Steffens und blickt stur hinab ins Hafenbecken. Jetzt fahren ein Feuerwehrfahrzeug und ein Krankenwagen mit Blaulicht und Tatütata durchs Sieltor. Über den Hafen kommt ein rotes DLRG-Motorboot angebraust. Der Notarzt und sein Assistent springen aus dem Auto, reden mit Henner, blicken ebenfalls ins Hafenbecken, und im gleichen Augenblick klettert Feuerwehr-Dieter auf den Kutter. Was um Himmels willen hat das zu bedeuten? Unentschlossen rutscht Ludwig auf dem Sessel hin und her. Soll er sich die Krücken schnappen und zum Kutter humpeln? Sollte er. Immerhin ist er der rasende Onlinereporter des Ortes. Und hat einen Ruf zu verlieren. Andererseits dauert es zu lange, bis er dort ist.

Eine verstörende Angst beschleicht ihn. Was, wenn der ganze Auflauf mit Geertje zu tun hat? Nein, er geht da nicht hin. Er bleibt auf seinem Posten. Von hier aus hat er einen guten Überblick. Schnell greift er zum Telefon. Es hat noch keine dreimal geklingelt, als seine Frau rangeht.

«Sigrid, am Hafen ist ein großes Aufgebot. Notarzt, Feuerwehr, DLRG und Polizei. Vielleicht haben sie Geertje gefunden.»

Gleich nach Henners Anruf hat Rudi dem Chef in ziemlichem Aufruhr Bericht erstattet. Schnepel hat sich nicht weiter für Henners Meldung interessiert. «Im Hafen treibt ja öfter was rum», hat er gemeint. Doch Haueisen hat Rudi losgeschickt. «Fahren Sie da besser sofort dorthin. Ist immer gut, wenn einer von uns vor Ort ist. Wir drehen uns hier im Moment sowieso im Kreis.»

Und nun steht Rudi stumm neben Henner und Dieter auf Onkel Arnolds Kutter und blickt aufs Wasser hinab. Bis auf das Motorgeräusch des herannahenden Rettungsbootes ist es gespenstisch still, obwohl inzwischen einige Passanten stehen geblieben sind und zuschauen.

Die Person in der gelben Jacke treibt immer noch am Bug, der Rettungsring schwimmt daneben. Rudi ist ganz mulmig im Bauch. Die Sanitäter haben ihre Koffer bereits zurück ins Fahrzeug geladen, nur pro forma warten sie noch. Es sieht alles danach aus, als ob der Arzt nur gebraucht würde, um den Totenschein auszustellen.

Jetzt befindet sich das Boot direkt vor ihnen. Feuerwehr-Dieter nimmt einen der langen Bootshaken und hält ihn am Ende fest, während er den Haken nach unten sinken lässt, damit die Kollegen von der DLRG das Boot damit auf der Stelle fixieren und die Rettungsaktion in Ruhe durchführen können.

Einer der Kollegen greift nach dem Arm der im Wasser treibenden Person. Dreht sie um.

Rudi wird schlecht. Es ist Geertje.

Behutsam ziehen die DLRG-Sanitäter den leblosen Körper ins Boot auf eine graue Plane, die an den Seiten Metallösen hat. Einer gibt Dieter ein Zeichen, der kurz darauf die Hebevorrichtung des Einsatzwagens in Gang setzt.

Vorsichtig lässt Dieter die Plane mit dem Körper auf den Hafenkai hinunter. Niemand spricht ein Wort. Der Notarzt kniet sich neben Geertje und fühlt ihren Puls.

Genau in diesem Moment kommen zwei Frauen angerannt und bleiben völlig außer Atem neben dem Rettungswagen stehen. Rudi glaubt, seinen Augen nicht zu trauen. Über Giselas Neugierde wundert er sich ja nicht, die ist ortsbekannt, nur darüber, dass sie mit einem Handtuch auf dem Kopf dasteht. Aber nie und nimmer hätte er gedacht, dass auch Gudrun sensationsgeil ist.

Die scheint seine Gedanken erraten zu haben und blickt ihn unglücklich an. «Muddern schickt mich», sagt sie. Na, das erklärt natürlich alles.

So schnell, wie ihre Füße sie tragen und ohne sich eine Jacke überzuziehen, rennt Sigrid aus dem Andenkenlädchen und biegt direkt in den Hafenbereich ein. Ihr Herz rast wie wild, als sie die Rettungsfahrzeuge und die Ansammlung schweigender Menschen beim Kutter von Arnold Steffens stehen sieht. Auf dem Boden liegt eine reglose Gestalt.

Keuchend läuft sie die letzten Meter.

«Da ist nichts mehr zu machen», schnappt sie beim Erreichen der Hafenkante auf. «Die Frau ist tot.»

Sigrid schiebt sich nach vorne durch, um besser sehen zu können. «Nein», schreit sie auf, als sie die gelbe Jacke sieht. «Nein! Nicht Geertje!»

Rudi tritt auf sie zu und legt den Arm um sie. «Es tut mir so leid.»

Wie von Sinnen trommelt Sigrid mit ihren Fäusten auf Rudis Brust ein. «Das ist alles deine Schuld! Wegen dir ist sie jetzt tot! Hätten wir gleich gestern Morgen gesucht, würde sie vielleicht noch leben. Du bist schuld! Du bist schuld!» Dann beginnt sie zu schluchzen und spürt, wie Rudi sie in den Arm nimmt.

«Hat mal jemand 'ne Decke oder 'ne Jacke oder so was für Sigrid?», hört sie ihn fragen. Irgendwer legt ihr eine der knisternden Rettungsdecken um.

«Die Mutter?», fragt der Arzt.

«Die Tante», erklärt Rudi. «Frau Twenge.»

«Frau Twenge, ich kann Ihnen ein Medikament zur Beruhigung geben.»

Vehement schüttelt Sigrid den Kopf. «Ich will kein Medikament. Ich will meine Nichte!», brüllt sie.

«Sigrid, bitte.» Rudi sieht sie hilflos an. «Kannst du mir sagen, wo ich ihre Eltern erreiche? Ich muss sie von Geertjes Tod unterrichten.»

«Nein, das mache ich, ich bin schließlich Roswithas Schwester.»

«Das ist Vorschrift, Sigrid, das muss ich von offizieller Seite aus tun.»

«Du bist schuld an ihrem Tod!», wiederholt sie, holt trotzdem ihr Handy aus der Hosentasche und gibt ihm die Nummer.

Mittlerweile hat der Bestatter Geertjes Leiche abgeholt und bringt sie nach Oldenburg zur Rechtsmedizin, damit man sie dort genauer untersucht. Die arme Sigrid war nur am Schlottern, gut, dass Rudi sich um sie gekümmert und nach Hause gebracht hat. Mann, Mann, Mann, wer hätte damit gerechnet, dass Geertje tot im Hafenbecken treibt. Alle haben doch geglaubt, sie ist bei einem Freund oder einer Freundin, und Sigrids Sorgen als übertrieben empfunden.

Und dann ist sie wohl gar nicht ertrunken, sondern erwürgt worden. Der Notarzt hatte noch am Fundort Würgemale bemerkt. Nach der Obduktion wird man Klarheit haben. Die arme Geertje. Henner muss das erst mal verarbeiten. Wer hat das bloß gemacht? Niemand hat das Recht, ein anderes Leben einfach so auszulöschen. Immer noch mitgenommen von den Ereignissen, schiebt Henner sein Postfahrrad durchs Sieltor. Seltsam ist, dass ihr Freund am Samstagmorgen erstochen auf Spiekeroog gefunden worden ist.

Ganz schön verzwickt, die Sache. Henner ist nicht zum ersten Mal froh, dass er damals auf Rudis Idee, gemeinsam zur Polizei zu gehen, nicht eingegangen ist. Sich den ganzen Tag mit solchen vertrackten Fällen zu beschäftigen und verwickelte Fäden zu entwirren, das ist nun wirklich nichts für ihn. Viel zu anstrengend. Da lobt er seinen Job, bei dem nachmittags alles erledigt ist, was er morgens angefangen hat. Zugegeben, es ist etwas eintönig, und bei Schmuddelwetter wird er nass, aber er kriegt stets mit, was im Ort passiert, und kann immer mal ein kleines Päuschen einlegen, wenn er Lust dazu hat. Und vor allem schreibt ihm niemand vor, wie schnell er sein muss.

Mittlerweile verteilt er die Post in den Straßen vorm Campingplatz. Nützt ja alles nichts. Die Briefe müssen in die Kästen. Auch wenn er sich nach dem grausigen Fund am liebsten zu Hause in die heiße Badewanne legen würde. Nicht nur, weil seine Füße inzwischen die reinsten Eisklötze sind, die Kälte ist bis in sein Innerstes gekrochen, als er erkannt hat, dass es sich um Geertje handelt. Die hatte das ganze Leben doch noch vor sich.

Mit einem für ihn seltenen schweren Seufzer radelt Henner die Erhöhung zum Hof seiner Eltern hinauf, und wie immer springen die Hühner zur Seite. Bis auf Hühni. Das schwarze Huhn legt keck den Kopf zur Seite und kakelt. Manchmal hat Henner den Eindruck, Hühni möchte ihm was sagen. Bloß versteht er nicht, was. Aber das geht ihm bei manchen Menschen ja genauso. Bei Rosa zum Beispiel. Wenn die redet, kommt es ihm manchmal vor, als spräche sie Chinesisch.

In Haueisens Büro herrscht betretenes Schweigen, als Rudi hereinkommt.

«Vielleicht hätte ich auf Sie hören sollen, Bakker», gibt Haueisen zu, «doch ich muss gestehen, ich habe mich so auf die Spuren der Walzahnbande gestürzt, dass ich den Kopf überhaupt nicht frei hatte.» Der Chef zeigt tatsächlich ein schlechtes Gewissen, dass er die Vermisstensache nicht von Anfang an ernst genommen hat. Das kennt Rudi gar nicht von ihm.

«Und das war auch richtig so», widerspricht Schnepel dem Chef. «Es kann schließlich gut sein, dass Geertje Michelsen den Täter auf Spiekeroog gesehen hat. Vielleicht ist sie bei ihrem Freund gewesen und war auf dem Rückweg ins Gästehaus, als sie Geräusche gehört hat. Wer weiß schon, mit wie viel Mann die angerückt sind, um die Trophäen zu ergattern. Da hat Geertje erkannt, dass sie Martin Junghans nicht hätte helfen können, und sich selbst in Sicherheit gebracht.»

«Nett, dass Sie mich unterstützen wollen, Schnepel.» Haueisen lächelt milde. «Aber Ihre Überlegung hinkt leider. Hätte Geertje Michelsen den Mord mitbekommen, hätte sie spätestens vom Jugend-Gästehaus aus die Polizei informiert. Dann hätten wir die Walzahndiebe vielleicht noch vor Ort geschnappt.»

«Vor Ort?» Rudi schluckt. «Wie hätte ich das denn machen sollen? Ganz allein und in tiefster Nacht? Gegen eine bewaffnete Bande?» Nö, also, bei aller Liebe zur Polizei und seinen Amtspflichten – nie und nimmer hätte er sich sehenden Auges in tödliche Gefahr begeben.

«Ist ja auch müßig, im Nachhinein darüber zu spekulieren», lenkt der Chef ein. «Zumindest kann Jürgen Meier nichts mit dem Tod von Frau Michelsen zu tun haben, denn der war ja Sonntag auf der Insel. Er ist erst Montag aufs Festland gefahren.»

«Stimmt», gibt Schnepel widerwillig zu, um gleich darauf zu einer neuen Idee auszuholen. «Vielleicht war es Martina Junghans.»

Rudi und Haueisen sehen Schnepel verständnislos an.

«Ist doch ganz klar. Sie hat Geertje Michelsen im Gegenzug für Meiers Mord an ihrem Bruder getötet! Ha! Das ist es! Die beiden halten sich für besonders schlau! Die haben sich zusammengetan! Nach dem Motto: Ich erledige was für dich, und du erledigst was für mich.» Beifall heischend blickt er Haueisen und Rudi an.

«Warum sollte Jürgen Meier die Ermordung von Geertje Michelsen gewollt haben? Was für einen Vorteil hätte er davon? Das halte ich für ziemlich weit hergeholt», schmettert Haueisen diesen Gedanken ab. «Dazu müssten Martina Junghans und Jürgen Meier sich kennen. Und vertrauen. Ein Liebespaar werden sie nicht gewesen sein, immerhin ist Meier schwul. Nein, das glaube ich nicht. Zumal es bei Meier lediglich um seinen Ruf geht. Und – zugegebenermaßen – auch um seinen Job. Alles, was wir inzwischen wissen, deutet darauf hin, dass ein guter Anwalt Meier rausgeboxt hätte, wenn es zu einer Anklage gekommen wäre. Und vielleicht hätte er den nicht mal gebraucht, wenn die Schülerinnen bestätigen, was ihre Kameradin ausgesagt hat.» Haueisen trommelt mit dem Kugelschreiber auf seiner Schreibtischunterlage herum. «Nein, das Einzige, was Herrn Meier zunächst verdächtig gemacht hat, war seine Ähnlichkeit mit dem Phantombild. Und auch da ist es vor allem der Dreitagebart gewesen. Durch das Alibi von Meiers Lebensgefährten und die minutiös nachzuvollziehenden Eintragungen der Noten im Internet in jener Nacht ist er sowohl bei seinem Kollegen als auch bei Geertje Michelsen aus dem Schneider. Aber in einem stimme ich Ihnen zu: Wir sollten uns auf Martina Junghans konzentrieren. Sie verfügt über ein Motorboot, technisches Know-how und durch ihren Beruf als Schlachterin auch über die notwendige Ausstattung. Für sie geht es um sehr viel Geld. Durch die Berichte der letzten Monate über Trophäenjäger muss ihr der gestrandete Pottwal auf Spiekeroog wie ein Geschenk des Himmels vorgekommen sein. Das Entfernen der Zähne könnte sie als Ablenkungsmanöver initiiert haben.»

«Sie haben recht!», stimmt Schnepel mit begeistertem Funkeln in den Augen zu.

Rudi ist allerdings skeptisch. «Dann hätte sie wissen müssen, dass ihr Bruder an dem Abend Wache schiebt.»

«Ja, und?», fragt Schnepel kiebig. «Die beiden werden telefoniert haben. Wahrscheinlich wollte sie ihn beknien, dem Verkauf des Grundstücks doch zuzustimmen. In diesem Gespräch wird er ihr erzählt haben, dass er den Wal bewacht.»

«Taucht denn die Nummer seiner Schwester in seinen Verbindungen auf?», fragt Rudi.

«Moment, das haben wir gleich.» Haueisen greift zur Computermaus und scrollt durch die Datei. «Jo. Die beiden haben am Freitagabend telefoniert.»

«Siehste!» Selbstzufrieden grinst Schnepel Rudi an. «Sie hat's gewusst. Und ganz nach dem Motto ‹Selbst ist die Frau› hat sie dafür gesorgt, dass sie nun allein über den Verkauf des Grundstücks entscheiden kann.»

Rudi muss zugeben, ganz abwegig ist der Gedanke nicht. Dennoch. «Ich bin trotzdem der Meinung, dass wir herausfinden müssen, wer der Mann war, mit dem Geertje sich am Sonntagabend noch getroffen hat», sagt er. «Schließlich gibt es Zeugen, die Geertje mit ihm gesehen haben. Er wird der Schlüssel zumindest in diesem Fall sein.»

«Und wie soll das gehen?», fragt Schnepel von oben herab. «Ihr Handy war die ganze Zeit in der Tasche ihrer Daunenjacke. Das ist nach zwei Tagen im Wasser hin.»

«Ach was», meldet sich Haueisen zu Wort. «Haben Sie Vertrauen in unsere IT-Spezialisten! Die schaffen es im Nullkommanichts, die Chat-Verläufe zu rekonstruieren. Und an die Telefonlisten kommen wir auch so heran. Ich kümmere mich drum. Fahren Sie jetzt erst einmal zu Martina Junghans. Es kann nicht schaden, auch ihr Alibi für Sonntagabend zu überprüfen.»

Schon im Flur des alten Bauernhauses duftet es verlockend. Ein Lichtblick an diesem düsteren Tag. Voller Vorfreude öffnet Henner die Küchentür. «Mahlzeit! Rieche ich da etwa Snirtjebraa?»

Zu seiner Überraschung sitzt sein Vater allein am Tisch und löst Kreuzworträtsel. Das macht er im Winter gern.

«Nee. Rintjebraa. Ist bloß kaum was von übrig geblieben. Wirste nich satt von. Unser Wintergast hat sich mal wieder nicht zurückgehalten. Ich sag dir, mit dem Kerl stimmt was nicht.»

«Wie kommst du denn darauf?»

«Ich hab den vorhin telefonieren hören. Der hat geflucht wie ein Kesselflicker. Da war nix mehr von wegen feiner Herr und so. Stell dir vor, er hat gesagt, der andere soll die Schnauze halten, und er würde ihm einen Anwalt besorgen, wenn's drauf ankommt.»

Verblüfft guckt Henner seinen Vater an. «Is nich wahr!»

«Na, wenn ich's doch sag. Hätten wir den Kram mit dieser Pension bloß nicht angefangen. Man weiß ja gar nicht, wen man sich da ins Haus holt!»

Henner kann ihm nur recht geben. Aber was soll er jetzt dazu sagen? Er war schließlich der Einzige, der von Anfang an dagegen gewesen ist. Und zu dem Zeitpunkt war noch von einer *Frühstückspension* die Rede gewesen. Nicht von Halb- oder gar Vollpension. Hoffentlich stellt Muddern dem Gast das auch extra in Rechnung. Henner sieht sich in der Küche um. Auf der Spüle steht ein Stapel schmutziges Geschirr. Was sind das denn für neue Moden? Nach dem Essen wird doch sonst sofort der Abwasch gemacht. Das ist ehernes Gesetz bei Muddern.

Er deutet auf die Spüle. «Ist Muddern krank?» Augenblicklich beginnt er, sich Sorgen zu machen. Was für ein verkorkster Tag.

«Nee. Krank ist sie nicht. Zumindest nicht erkältet. Aber vielleicht ist sie ’n büschen wirr im Kopp. Sie war heute Morgen bei Gudrun. Wollte unbedingt ’ne neue Frisur. Du erkennst sie gar nicht wieder. Und jetzt gerade zeigt sie dem Wintergast die Bienenstöcke.»

Henner merkt, dass seinem Vater diese Veränderung nicht gefällt. «Sie zeigt ihm die Bienenstöcke? Da ist doch im Winter nichts zu sehen.»

«Eben.»

In diesem Moment geht die Küchentür auf. Herein kommt der Timmerbeil in einem grün-braun karierten Tweed-Sakko mit orangefarbenem Einstecktuch. Sieht elegant aus, passt aber nicht auf einen Bauernhof. Und überhaupt darf er nicht einfach den ganzen Rintjebraa auffuttern. Muddern kocht schließlich immer so viel, dass für Henner eine ordentliche Portion übrig bleibt. Jetzt steht Muddern in der Tür. Henner fällt vor Staunen beinahe die Kinnlade herunter. Mit der neuen Frisur hätte er sie auf der Straße tatsächlich nicht erkannt. Und wo ist ihre Kittelschürze geblieben?

Martina Junghans trägt ein weißes gestärktes Oberteil, rote Hosen, eine rot-weiß karierte Schürze und ein rotes Schiffchen auf dem Kopf, als Rudi und Schnepel die Schlachterei betreten. Gemeinsam mit drei anderen Verkäuferinnen bedient sie die Kundschaft. Rudi freut sich, dass so gut zu tun ist. Zeigt es doch, dass die Menschen in Esens den Wert von vernünftigem Fleisch zu schätzen wissen und nicht nur abgepackte Ware im Discounter kaufen.

Als Martina Junghans ihn und Schnepel bemerkt, verschwindet ihr zuvorkommendes Lächeln.

«Sie schon wieder.» Sie tritt durch die hüfthohe Schwingtür zu ihnen in den Verkaufsraum, weist mit dem Kopf nach links, wo sich der Warmhaltetresen für Mittagsgerichte, Frikadellen und Haxen befindet, und steuert den Bistrotisch direkt davor an. «Was gibt's?»

«Wir würden gern wissen, was Sie am Sonntag ab, sagen wir, achtzehn Uhr gemacht haben», antwortet Schnepel.

«Was soll denn diese Frage?» Sie verschränkt die Arme vor ihrer Brust.

Schnepel grinst schräg. «Wir haben eben einen Narren an Ihnen gefressen», sagt er. «Also?»

Martina Junghans kneift die Augen zusammen und malmt die Zähne aufeinander. Rudi spürt, dass sie sie am liebsten achtkantig rauswerfen würde. Er lässt den Blick durch den Verkaufsraum schweifen. Sieht alles appetitlich und ansprechend aus. Selbst die Würste an der weiß gefliesten Wand. Nicht umsonst kauft Mudder Steffens hier ein.

«Ich war nachmittags bei meinen Eltern im Heim. In Norden», erklärt die Fleischerin. «Sie können nicht fassen, dass Martin tot ist. Da muss ich ihnen Beistand leisten. Außerdem gab's noch ein paar Dinge zu besprechen. Wegen der Beerdigung und so. Auf dem Weg nach Hause hab ich versucht, Martins Freundin anzurufen, ich wollte sie in die Planungen zur Trauerfeier einbeziehen. Allein schon wegen meiner Eltern. Die mögen Geertje nämlich sehr. Aber sie ist nicht ans Telefon gegangen. Also hab ich ihr 'ne WhatsApp geschickt und um Rückruf gebeten.»

«Ach! Das ist ja interessant!» Schnepels Augen funkeln, als er Rudi einen zufriedenen Blick zuwirft.

«Hat sie aber nicht gemacht», fährt Martina Junghans fort. «Zu Hause bin in die Wanne, habe mir anschließend eine Linsensuppe warm gemacht und mir den Tatort angesehen. Danach habe ich im NDR die Quizshow geguckt und lag um halb elf im Bett. Auch wenn Sie es mir nicht glauben, der Tod meines Bruders lässt mich nicht kalt. Trotz der Differenzen, die wir in jüngster Zeit hatten.»

«Sie lügen!», behauptet Schnepel. «Sie haben sich sehr wohl mit Geertje Michelsen getroffen. Am Hafen. Dafür gibt es Zeugen.»

Verwundert blickt Rudi ihn an. Das stimmt ja so nun nicht. Hoyko hat davon gesprochen, dass Geertje sich mit einem Mann getroffen hat.

Martina Junghans blickt Schnepel an, als sei er nicht ganz bei Trost. «Wie kommen Sie denn auf diesen Schwachsinn? Geertje hat sich nicht gemeldet. Und ich hab nach der WhatsApp auch nicht weiter nachgehakt. Letztlich war es mir nämlich schnurzegal, ob sie bei der Beerdigung dabei ist. Sie war Martins Freundin. Mehr nicht. Er hatte so viele von diesen Mädels ... dass ausgerechnet sie nun seine große Liebe war, kann ich mir nicht vorstellen. Aber fragen Sie sie doch selbst.» Martina lockert die Arme. «Wenn das dann alles war ... Ich habe zu tun.» Schon dreht sie sich um.

«Stopp! So einfach kommen Sie mir nicht davon!», ruft Schnepel und erntet damit die Aufmerksamkeit nicht nur der anderen Verkäuferinnen, sondern auch die der vier Kunden. «Sie haben nicht nur Ihren Bruder, sondern auch Geertje Michelsen auf dem Gewissen! Die hat Sie nämlich dabei beobachtet, wie Sie sich am Strand von Spiekeroog mit Ihrem Bruder gestritten und ihn dort erstochen haben!»

Martina Junghans wird kreidebleich, und den anderen

Anwesenden bleibt das Wort im Mund stecken. Rudi spürt eine gewisse Art von Sensationsgier, die plötzlich im Raum liegt. Alle warten auf die Antwort von Martina Junghans.

«Sie haben ja eine Macke», sagt die Schlachterin und stemmt die Arme in die Hüften. «Eine ausgewachsene Macke.» Verärgert guckt sie Rudi an. «Der gehört eingesperrt! Was fällt dem ein, in aller Öffentlichkeit und vor meinen Kunden solche Lügen zu behaupten! Mein Anwalt wird sich mit Ihnen in Verbindung setzen. Und nun verlassen Sie mein Geschäft!»

Ein Notfall-Treffen des Häkelbüdel-Clubs hat es in dieser Form noch nie gegeben. Jedenfalls nicht, seit Rosa in Neuharlingersiel lebt. In Sigrids Wohnzimmer wird es eng. Fast alle Schwestern von Henner sind da, dazu seine Tante Hildegard, Dörte und Gisela. Es geht um Sigrids Nichte, da kommt es auf jede an. Ludwig hat bei ihrem Erscheinen die Flucht ergriffen. Das kann Rosa sogar verstehen. So viele Powerfrauen sind einfach zu viel für einen einzelnen Mann.

Mit einer Pappschachtel Kleenex in der Hand hockt Sigrid in Ludwigs curryfarbenem Sessel. Neben ihr türmen sich zerknüllte Papiertücher.

«Hätten wir sie bloß schon eher gesucht. Ich hatte doch gleich so ein komisches Gefühl.» Sigrid schnieft. «Aber die Polizei hat mir ja nicht geglaubt.»

«Der Arzt hat gesagt, dass Geertje eh nicht mehr zu helfen gewesen wäre, selbst wenn wir sie gleich am Montag gesucht hätten. Sie scheint am Sonntag ins Hafenbecken gefallen zu sein. Vielleicht sogar kurz nachdem Hoyko sie gesehen hat», erklärt Gudrun pragmatisch.

«Also stellt sich die Frage: Wer hat Geertje gewürgt und ins Wasser geschubst?» Rosa spricht aus, was wohl alle denken.

Es ist so leise im Zimmer, dass man eine Stecknadel fallen hören könnte. Rosa sieht förmlich, wie die Köpfe der Anwesenden rauchen. Sie selbst schiebt ihre Gedanken wie bei einem Puzzle hin und her. Aber so richtig passen sie nicht ineinander.

«Fassen wir doch mal zusammen, was wir wissen», sagt sie, um Ordnung in das gedankliche Durcheinander zu bringen. «Geertje wollte Martin verlassen. Bevor sie es Martin sagen kann, wird er bei der nächtlichen Walwache erstochen. Anschließend fehlen dem Tier wertvolle Zähne.» Rosa hält einen Moment inne, bevor sie fortfährt. «Geertje nimmt am Sonntag die Fähre zurück und will, wie üblich, bei Sigrid übernachten. Sie bekommt noch vor dem Abendessen Nachrichten – von wem, wissen wir nicht. Vielleicht gab es jemand anderen in ihrem Leben. Kurz darauf verlässt sie das Haus. Von Hoyko wird sie am Hafen gesehen. In Begleitung eines dunkel gekleideten Mannes, der wegen der Kapuze nicht zu erkennen ist.» Rosa sieht Sigrid an. «Haben sich bei Ludwig in der Zwischenzeit noch andere Zeugen gemeldet?»

Sigrid schüttelt den Kopf und tupft sich mit dem Kleenex die Tränen ab. «Nein, bislang nicht.»

«Dann sieht es so aus, als wäre Hoyko der Letzte gewesen, der Geertje lebend gesehen hat. Irgendwann nach dieser Begegnung wurde sie gewürgt und fiel ins Hafenbecken. Oder sie wurde hineingestoßen.» Die anderen Frauen nicken, schweigen aber betreten und rühren weder den Tee noch die Schnittchen mit Gänserilette an, die Tante Hildegard mitgebracht hat. «Ich hab allerdings keine Idee, worin der Zusammenhang mit Martin Junghans' Tod besteht», gibt Rosa zu. «Rudi ist gestern Abend nicht mit den bisherigen Ermittlungsergebnissen rausgerückt. Nur über die seltsame Namensgleichheit zwischen den Geschwistern Junghans hat er sich gewundert.»

«Bei den beiden gab es außer dem Namen auch nichts, was die gemeinsam hatten», sagt Sigrid. «Geertje hat erzählt, die wären wie Feuer und Wasser. Martina hat die elterliche Fleischerei in dritter Generation übernommen; ihr Bruder wollte damit nichts zu tun haben. Er war Vegetarier aus Überzeugung.»

Fleischerei Junghans? Natürlich! Jetzt fällt es Rosa wie Schuppen von den Augen. Erst Freitag hat sie doch für Mudder Steffens dort eingekauft. Aber dass die Fleischermeisterin und der smarte Martin Geschwister sind, auf diese Idee wäre sie nie gekommen.

Nicht einmal in der eigenen Wohnung hat man seine Ruhe, ärgert sich Ludwig. Er kann ja verstehen, dass Sigrid um ihre Nichte trauert. Das tut er ja auch. Aber deshalb muss nicht gleich die ganze Weiberhorde angetrabt kommen, um sie mit Schnittchen zu füttern und ihr Papiertaschentücher zu reichen. Noch dazu sitzt sie in *seinem* Sessel!

Langsam geht Ludwig die Treppe hinunter, lässt sich auf den Sitz seines Elektro-Scooters fallen und gibt Gas. Eisiger Wind bläst vom Meer in den Hafen und trifft sein Gesicht mit tausend kleinen Nadeln. Gut, dass er Handschuhe trägt und die Mütze mit den Ohrenklappen.

Er hält am Stand mit den Kibbelingen unterhalb vom Störmhuus und bestellt sich eine Portion mit Remoulade.

Schließlich muss er sehen, wo er bleibt, wo schon in der Wohnung vor lauter Weibergetue kein Platz mehr für ihn ist. Überhaupt: Wenn Sigrids Schwester morgen aus Gran Canaria angeflogen kommt, soll sie bloß nicht glauben, dass er das Ehebett räumt. Das kann sie vergessen. *Er* geht nicht auf die Klappcouch im Gästezimmer.

Nach der zweiten Portion Kibbelinge geht es ihm besser, und seine Lebensgeister erwachen. Er setzt seinen Elektro-Scooter in Gang und kurvt auf die andere Seite des Hafens. Da ist mehr los. Neben den Krabbenkuttern liegen seit dem Herbst zwei kleine, weiße Motorboote. In einem sitzt der Vorsitzende des Jachtclubs. Ludwig fährt so dicht an die Hafenkante, wie es geht.

«Moin, Wilhelm, was machste denn da? Für den Kutterhafen bist du doch gar nicht zuständig.»

Der Mann mit der Fischermütze dreht sich zu Ludwig um. «Moin, Ludwig. Die Polizei hat mich angerufen. Ich soll gucken, ob das Schiff von Martina Junghans noch in der Marina liegt. Ich hab denen gesagt, dass da seit Oktober alle Stege abgebaut sind, aber Martinas und Maltes Boote dürfen hier im Hafen liegen. Sind ja beide Gewerbler. Manchmal bringt Martina Catering rüber auf die Insel, und Malte ist als Tischler in der Nebensaison dort sehr gefragt. Der ärgert sich allerdings gerade fürchterlich, weil er ausgerechnet jetzt mit Grippe das Bett hüten muss.»

«Und warum will die Polizei das wissen?» Ludwigs Puls beschleunigt sich. Hat das etwa was mit Geertjes Tod zu tun?

«Keine Ahnung. Mit Martinas Boot ist jedenfalls alles in Ordnung. Bloß das von Malte ist kurzgeschlossen. Sieht so aus, als hätte jemand eine Spritztour damit gemacht. Diese saufrechen Bengels heutzutage. Denen ist nix heilig.»

«Kurzgeschlossen. Oha.» Bei Ludwig rattern die Gedanken wie D-Züge in alle Richtungen durch seinen Kopf. Hat Geertje mit diesem Unbekannten am Sonntagabend einen kleinen Ausflug mit dem Boot gemacht, wurde sie vielleicht dort erwürgt und später über Bord geworfen? «Jo, Wilhelm, ich muss dann wieder los. Schönen Tach noch», verabschiedet er sich und braust zurück nach Hause. Dabei überlegt er schon, was er für die Mitmach-Zeitung und Facebook schreibt. Schließlich gilt es einen Mord aufzuklären. Einen? Quatsch, zwei!

Rosa nennt Ludwig zwar im stillen Kämmerlein den «rasenden Reporter», aber eigentlich ist er eher eine lahme Ente. Jedenfalls wenn er zu Fuß unterwegs ist. Als er vorhin allerdings von seinem Ausflug zurückgekommen ist, hat sie ihn kaum wiedererkannt. Nicht nur, dass er behände durchs Wohnzimmer gekrückt ist, er hat auch im Nullkommanichts den gesamten Häkelbüdel-Club vor die Tür gesetzt. Er müsse in Ruhe arbeiten, weil es neue Erkenntnisse in Bezug auf Geertjes Tod gebe. Und da die Polizei nicht in die Hufe komme, sehe er es als seine Pflicht an, an der Aufklärung der Todesumstände mitzuhelfen. Wie lästige Insekten hat er sie hinausgescheucht, und niemand hat gewagt, ihm zu widersprechen. Nicht einmal Tante Hildegard, die sich sonst nichts gefallen lässt.

Unentschlossen steht Rosa nun mit den anderen vorm Haus.

«Wollen wir noch einen Steh-Kaffee bei Bäcker Hinrichs trinken?», fragt Rosa. «Wir können uns doch jetzt nicht so einfach auflösen.»

«Ich hab keine Zeit mehr, ich muss ja gleich den Laden wieder öffnen.» Adelheid verabschiedet sich. Auch Gudrun verschwindet in Richtung Friseursalon. Gisela will noch einkaufen gehen, und Tante Hildegard möchte sich hinlegen. Mit den Worten: «Das war mir heute entschieden zu viel Aufregung», marschiert sie von dannen.

Rosa stimmt ihr zwar zu, aber einfach nach Hause gehen und sich an den Schreibtisch setzen, kann sie nicht. Sie fühlt eine innere Unruhe in sich wie schon lange nicht mehr. Hoffentlich ist Henner daheim, dann kann sie sich von ihm noch einmal haarklein erzählen lassen, wie das heute Morgen gewesen ist, als er Geertje im Hafen entdeckt hat.

Zweimal kurz hintereinander klingelt sie an seiner Tür, aber er öffnet nicht. Mist. Dabei müsste er seine Postrunde längst beendet haben. Rudi ist um diese Uhrzeit noch bei der Arbeit, und Sven dürfte in Emden sein.

In ihrer Wohnung tigert Rosa von einem Zimmer zum anderen. Pepe folgt ihr – kreischend seine Kreise ziehend – von einer Gardinenstange zur nächsten. Nein, in dieser Stimmung kann sie die Aufsätze der vierten Klasse nicht korrigieren. Sie muss irgendetwas tun. Bloß was? Sie greift nach ihrem Handy. Eine neue Nachricht von Ludwig auf Facebook.

Zusammen finden wir Geertjes Mörder! In der Nacht von Sonntag zu Montag muss ein kleines, weißes Motorboot mit zwei Personen den Hafen verlassen haben. Vielleicht sind sie einfach auch nur im Hafen umhergekurvt. Wer hat was gesehen? Jeder noch so kleine Hinweis ist wichtig! Bitte melden!

Es folgt eine erneute Beschreibung von Geertje und ihrem männlichen Begleiter. Ob sich endlich jemand meldet? Rosa bezweifelt es. Schließlich postet Ludwig die Beschreibung der beiden schon seit Montagnachmittag, ohne auch nur einen einzigen hilfreichen Hinweis bekommen zu haben.

Rosa gießt sich ein Glas Wasser ein und nippt nachdenklich daran. Wer zum Henker ist dieser Unbekannte? Er muss der Täter sein, sonst hätte er sich längst gemeldet. Wenn die Polizei nur schon die Handydaten hätte! Dann wäre das schnell geklärt. Vielleicht weiß Rudi ja heute Abend mehr.

Mit Sven ist sie gestern alle Bekannten von Geertje durchgegangen. Er hatte keine Idee, wer etwas über einen neuen Freund wissen könnte. So gut haben sie sich nicht gekannt. Bleibt nur das Gespräch zwischen Anna Fangmann und Geertje im Jugend-Gästehaus. Das hat Sven überrascht. Vielleicht hat Geertje sich ihr gegenüber geöffnet und wollte einen Rat. Oder hat ihr ein Geheimnis anvertraut.

Kurz entschlossen sperrt Rosa Pepe in seinen Käfig, greift nach dem Autoschlüssel und schlüpft in ihren Mantel. Bis nach Norddeich ist es nicht weit, und Fragen kostet nichts. Einen Versuch ist es wert.

Nach dem Gespräch mit Martina Junghans lässt sich Rudi von Schnepel in der Polizeistation Esens absetzen. Das Protokoll der Befragung kann er auch hier schreiben.

«Moin, Bernie.»

Sein Kollege nickt ihm zu. Reden kann er nicht. Er hat wieder einmal ein Mettbrötchen mit Zwiebeln am Wickel und liest nebenbei irgendwas auf seinem Handy.

«Das glaubst du nicht», sagt Bernie plötzlich.

Rudi zuckt zusammen. «Was denn?»

«Ludwig schreibt in der Mitmach-Zeitung, dass Geertje

eine Spritztour mit einem Motorboot gemacht hat und dabei auf ihren Mörder gestoßen ist. Er bittet um sachdienliche Hinweise, wer am Sonntagabend ein weißes Motorboot gesehen hat.»

Entgeistert schaut Rudi seinen Kollegen an. «Wie kommt Ludwig denn auf so was?»

«Das steht da nicht. Wird von einem seiner ominösen Informanten sein.»

«Das macht die Sache nicht besser.» Rudi sollte sich Ludwig schleunigst zur Brust nehmen. Bevor er ihn jedoch anrufen kann, schmettert die Fanfare seines Handys los.

«Moin, Wilhelm, schön, dass du zurückrufst», begrüßt Rudi den Vorsitzenden des Neuharlingersieler Bootclubs.

«Hätt ich ja gern schon direkt vom Hafen aus gemacht, aber der Akku von meinem Handy war leer. Ich musste erst nach Hause. Also: Das Boot von Martina Junghans liegt im Hafen bei den Kuttern. Da ist alles normal. Das von Malte Eden liegt da auch, aber bei dem wurde der Motor kurzgeschlossen. Könnte durchaus sein, dass jemand damit eine Spritztour unternommen hat.»

«Ach nee. Hast du schon mit jemandem darüber geredet?» Rudi schwant Böses.

«Nee, das heißt, Ludwig kam gerade vorbei, als ich auf Maltes Boot hockte. Kennst ihn ja, der hat mir sofort Löcher in den Bauch gefragt.»

Rosa folgt der Küstenstraße in Richtung Norddeich. Im Frühjahr freut sie sich über den Anblick der grasenden Schafe auf dem grünen Damm, die das Gras kurz halten. Doch im Januar und bei diesem Schmuddelwetter sehen selbst die Deiche trostlos aus. Vorbei an den vom stetigen Wind gebeugt wachsenden Bäumen, den Windloopern, findet der Fiat 500 fast von alleine seinen Weg. Die ganze Fahrt überlegt Rosa krampfhaft, was sie Anna Fangmann eigentlich fragen will, und je länger sie nachdenkt, umso unsicherer wird sie. Als sie schließlich am Empfangstresen der Seehundaufzucht-Station in Norddeich nach der Meeresbiologin fragt, breitet sich grenzenlose Leere in ihrem Kopf aus, und sie ist drauf und dran, wieder kehrtzumachen. Zu spät. Eine Frau im dunkelblauen T-Shirt mit dem Logo der Einrichtung kommt auf sie zu und streckt ihr die Hand zum Gruß entgegen.

«Moin, Anna Fangmann, Sie wollten mich sprechen?»

«Genau. Es geht um Geertje Michelsen. Sie wurde heute Morgen tot im Hafenbecken von Neuharlingersiel gefunden.» Fast wie eine automatische Ansage rattert Rosa das herunter, ärgert sich im selben Moment über ihren gefühllosen Ton und kann doch nicht anders. Ihre Nerven sind gespannt wie ein Flitzebogen, ihr Gehirn hat sich allerdings in den Stand-by-Modus verabschiedet. Rosa erkennt sich selbst nicht wieder. Was ist bloß los mit ihr, sie ist doch sonst die Spürnase schlechthin?

«Tot?»

Rosa registriert, wie das Kinn von Anna Fangmann für einen winzigen Moment absackt. Doch schnell hat sie sich wieder gefangen. «Wie ist das denn passiert?» Anna Fangmann kneift die Augen zusammen und mustert Rosa. «Wer sind Sie überhaupt? Moment, Sie waren doch Sonntagmorgen auch im Jugend-Gästehaus. Was wollen Sie von mir?» Ihr Ton wird schärfer.

«Können wir uns irgendwo ungestört unterhalten?» Rosa

wählt eine gedämpfte, aber warme Stimmlage, um Anna Fangmanns Misstrauen zu besänftigen. Gleichzeitig wummert ihr Herz wie verrückt, und ihre Nase kribbelt. Hoffentlich hat sie es nicht schon bei den ersten Worten vermasselt. Sven hat doch gesagt, dass die Meeresbiologin sehr empfindlich ist.

«Kommen Sie mit, wir gehen in unsere Teeküche.»

Rosa bemüht sich, dem Stechschritt von Anna Fangmann zu folgen. Der kleine Eckraum in der oberen Etage ist funktional eingerichtet: Küchenzeile, Tisch und Stühle. Wasserkocher. Kaffeemaschine. Mikrowelle. Die Meeresbiologin bietet Rosa einen Platz an, aber weder Kaffee noch Tee.

«Was wollen Sie von mir wissen?», schießt sie stattdessen los, als würde sie ein Verhör führen.

«Also …» Rosa ringt nach Worten. Es ist eben kein anonymer Fall, keine unbekannte Tote, sondern Sigrids Nichte. «Sie haben recht, ich war am Sonntag mit Geertjes Tante auf Spiekeroog. Wir sind befreundet. Geertje hat am Sonntagabend von jemandem Nachrichten bekommen und daraufhin noch einmal das Haus verlassen. Seitdem war sie verschwunden. Heute Morgen wurde sie tot aufgefunden.» Dass sie ermordet wurde, muss sie Anna Fangmann ja nicht gleich auf die Nase binden. «Wir …», den Häkelbüdel-Club lässt Rosa an dieser Stelle lieber weg, «suchen nach Erklärungen. Nach jemandem, dem sich Geertje vielleicht in ihren letzten Stunden anvertraut hat. Wir möchten wissen, ob es jemand anderen in ihrem Leben gibt. Einen neuen Freund vielleicht. Sie hat ihrer Tante noch kurz vor ihrem Verschwinden anvertraut, dass sie sich von Martin Junghans trennen will.»

Anna Fangmann hört Rosa mit unbeweglichem Gesichtsausdruck zu und starrt auf ihre gefalteten Hände, die vor ihr auf dem Tisch liegen. Aber sie sagt keinen Ton.

«Frau Fangmann.» Rosa fühlt, dass sie wieder auf der Spur ist. «Sie haben sich doch am Freitagabend lange mit Geertje unterhalten. Verraten Sie mir, worum es ging?»

Durch den muskulösen Körper der Frau geht ein Ruck. Anscheinend hat Rosa den richtigen Ton getroffen.

«Stimmt, sie kam auf mich zu, und wir haben lange miteinander gesprochen. Ich war auch überrascht, dass Geertje sich zu mir gesetzt hat. Sie war durcheinander. Monatelang hat sie Martin bei allem zugestimmt, was er sagte, meinte und wollte. Nur seine Meinung zählte für sie.» Anna presst die Lippen aufeinander. «Doch an diesem Abend kam es mir vor, als hätte jemand ein Rollo vor Geertjes Augen hochgezogen, sodass sie nun alles bei Licht sehen konnte.»

«Konnten Sie sich das erklären?»

Anna Fangmann schüttelt den Kopf. «Nicht so richtig. Geertje hat nur gesagt, dass sie sich nicht länger von Martin gängeln lässt. Auf keinen Fall wollte sie aber aus der EGA austreten. Schon gar nicht, solange das Freiwillige Ökologische Jahr noch lief.» Sie hält inne und schaut Rosa an. «Sie hat mich gefragt, ob sie in meine Arbeitsgruppe wechseln kann. Um Konflikten mit Martin aus dem Weg zu gehen. Irgendwie hatte sie Angst vor ihm.»

«Und am nächsten Tag war Martin tot.»

«Genau.»

So schnell er kann, tippt Rudi das Protokoll im Zwei-Finger-Suchsystem in seinen Computer und schickt es an Haueisen. Dann schnappt er sich seine Jacke und eilt zur Tür.

«Ich muss noch mal nach Neuharlingersiel», erklärt er Bernie.

«Wieso?», fragt sein Kollege mit vollem Mund.

«Fotos von den beiden Motorbooten machen und die nach Spiekeroog rüberschicken. Wahrscheinlich bringt das nix, aber manchmal geschehen ja Zeichen und Wunder.»

Der Wind bläst eisig, als Rudi auf dem Parkplatz unweit des kleinen DLRG-Museums aus dem Streifenwagen steigt. Er schlägt den Kragen seiner Dienstjacke hoch und zieht die Strickmütze tiefer in die Stirn. Es herrscht wenig Betrieb, nur am Verkaufswagen der Fischräucherei stehen ein paar Leute Schlange. Augenblicklich läuft ihm das Wasser im Mund zusammen. Der mit schottischem Whisky geräucherte Stremel-Lachs schmeckt sensationell auf Schwarzbrot. Vielleicht sollte er sich gleich zwei Stückchen besorgen, dann hat er was zum Abendessen. Wer weiß schon, was Hauseisen heute noch einfällt und wo der ihn noch hinjagt.

Aber erst mal schießt er die Fotos. Dafür steigt er auf den Ponton runter, an dem die Boote festgemacht sind. Jetzt, bei Niedrigwasser, gibt es doch einen beträchtlichen Höhenunterschied zwischen dem Meeresspiegel und der Hafenkante. Das Schiff von Malte Eden erkennt er zweifelsfrei an dem stilisierten Hobel, der an der Seite prangt. Neugierig wirft er einen Blick zum Motor. Tatsächlich, da hängen ein paar bunte Kabel. Sicherheitshalber macht er davon mehrere Aufnahmen, vom Boot als solches natürlich auch, ebenso wie von dem der Junghans. Schnell schickt er die Fotos an den Hundebesitzer und auch an Haueisen und Schnepel. Erst gestern Abend hat Schnepel eine WhatsApp-Gruppe für sie drei eingerichtet. Damit sie alle jederzeit auf dem gleichen Stand sind, hat er gemeint. Haueisen hatte zwar zunächst Bedenken wegen des Datenschutzes, aber solange keine Namen genannt werden, geht das für ihn in Ordnung. Ist ja auch nur die Nummer seines Diensthandys, hat er gesagt, privat sollen Schnepel und Rudi ihn mit Nachrichten verschonen.

Kaum hat er die Bilder abgeschickt, schmettert die Fanfare seines Handys los.

Schnepel. «Was gibt's denn, Helmut?»

«Was treibst du dich denn jetzt am Hafen von Neuharlingersiel rum? Du sollst das Protokoll schreiben», faucht sein Kollege. «Der Chef wartet darauf.»

Schnepels Befehlston geht Rudi gewaltig auf den Senkel. «Wenn der Chef das Protokoll haben will, soll er in seinen Posteingang gucken. Ich hab es ihm vor einer halben Stunde gemailt. Sonst noch was?»

«Wir haben eben das Obduktionsergebnis bekommen. Emterbäumler hat wohl heute nicht viel zu tun gehabt und sich Geertje Michelsen gleich vorgenommen. Sie wurde zwar heftig gewürgt, aber das war nicht die Todesursache. Diesen Angriff hätte sie überlebt. Vermutlich ist sie ohnmächtig ins Wasser gefallen und dann ertrunken. Sie hatte Wasser in der Lunge.»

Geertje ist also ertrunken. Das arme Mädchen. Rudi kommt jedoch nicht dazu, etwas zu sagen, Schnepel redet schon weiter. «Die Kollegen der Wasserschutzpolizei gehen davon aus, dass sie auf der anderen Seite des Hafenbeckens ins Wasser gefallen ist, durch Wind und Tidebewegungen zu den Kuttern rübergetrieben wurde und dort hängen geblieben ist.»

Als Rosa vor ihrem Haus einparkt, sieht sie Licht in Henners Küche brennen. Sofort klingelt sie Sturm.

«Nu ma sinnig», ruft er. Schlurfende Schritte nähern sich der Tür.

«Wie schön, dass du da bist», sagt Rosa, als er öffnet. «Ich muss dringend mit dir reden.»

«Na denn.» Henner tritt zur Seite und marschiert zurück in die Küche, aus der es verlockend nach Buletten und Bratkartoffeln duftet. Rudi sitzt in seiner Dienstuniform auf dem Sofa, in der Hand eine Flasche Ostfriesenbräu. Vor ihm auf dem Tisch ein Teller mit zwei Portionen Stremellachs.

«Das passt ja ausgezeichnet! Dann sind wir alle zusammen», freut sich Rosa und hat das Gefühl, zur rechten Zeit am rechten Ort zu sein. Sie setzt sich auf den Stuhl vor dem bullernden Kachelofen, lässt sich auch ein Bier geben und nimmt einen Schluck. «Das tut gut nach diesem Tag.»

«Stimmt», pflichten ihr Henner und Rudi bei. Mehr muss nicht gesagt werden. Weiß ja jeder, was heute passiert ist.

Eine Weile ist es still. Nur das Knistern der Holzscheite und das Gluckern der Flaschen ist zu hören. Bis Rosa es nach einer Weile nicht länger aushält. «Habt ihr inzwischen Fortschritte bei den Ermittlungen gemacht?» Sie wirft Rudi einen spitzen Blick zu.

Der schüttelt matt den Kopf. «Wie man's nimmt. Weißt ja, so schnell geht das nicht. Fakt ist allerdings, dass Geertje nicht erwürgt wurde, sondern ertrunken ist.»

«Stimmt es, dass sie von einem Boot geworfen wurde?», will Rosa wissen und reibt ihre Hände vor den warmen Kacheln.

«Hast du auch Ludwigs Facebook-Eintrag gelesen? Das ist mal wieder typisch für ihn, ohne jeden Beweis wilde Behauptungen aufzustellen. Allerdings liegt Martina Junghans' Boot tatsächlich im Hafen. Und das vom Tischler ist sogar kurzgeschlossen worden.»

«Ach nee. Das ist ja interessant.» Rosa holt sich nun doch ein Glas aus dem Küchenschrank. Sie weiß ja, wo die stehen. «Vielleicht liegt Ludwig mit seinen Vermutungen doch nicht so verkehrt.»

«Keine Ahnung. Ein weißes Boot wurde jedenfalls in der Nacht auf Samstag von einem Zeugen gesehen, als es von Spiekeroog aus Kurs auf Neuharlingersiel genommen hat. Das könnte sowohl das von Martina Junghans als auch das vom Tischler sein, der seit Dienstag mit Grippe im Bett liegt. Seitdem hat er sein Boot nicht mehr benutzt. Und kann uns darum nicht sagen, wann es entwendet wurde.»

Rosas Rücken spannt sich. «Hat der Zeuge den Bootsführer erkannt?»

«Nö, war zu dunkel.»

«Aber es könnte der Mörder von Martin Junghans gewesen sein», sagt Rosa und gießt sich das Bier ins Glas.

«So sieht es aus.»

Enttäuscht klickt sich Ludwig durch die Beiträge in der Mitmach-Zeitung und auf Facebook. Er freut sich zwar über Beileidsbekundungen von Leuten, die er überhaupt nicht kennt. Ein brauchbarer Zeugenhinweis wäre ihm aber lieber, damit er endlich den Kerl zu fassen kriegt, der Geertje auf dem Gewissen hat. Soll er noch einen Aufruf starten? Entmutigt lehnt er sich in seinem Sessel zurück.

Seiner Frau hat Geertjes Tod den Boden unter den Füßen weggezogen. So konfus hat Ludwig sie noch nie erlebt. Im

Moment lenkt sie sich durch Kochen ab. Zumindest hört er es in der Küche klappern.

Als hätte sie seine Gedanken gelesen, ruft sie: «Magst du 'ne Tasse Tee?»

«Nee, ein Bier wär mir lieber.»

«Du immer mit deinem Feierabendbier. Trink ich den Tee eben allein.» Schon kommt Sigrid mit einem Tablett herein, stellt Stövchen und Teekanne neben ihr Handy auf die weiße Häkeldecke des Couchtisches und drückt ihm die grüne Flasche in die Hand. Dann gießt sie sich Tee ein. «Roswitha und Rolf nehmen morgen früh den ersten Flieger von Gran Canaria. Sie landen gegen neun Uhr in Bremen. Rosi ist völlig fertig.»

Schweigend trinken die beiden. Eine WhatsApp-Nachricht plingt auf Sigrids Handy auf. Neugierig linst Ludwig rüber, als sie die Nachricht öffnet.

«Wer schreibt dir denn?»

«Adelheid. Ich kann ihr Auto haben. Unseres ist ja noch bis morgen in der Werkstatt.»

«Wozu das denn?»

«Um Rosi und Rolf vom Flughafen abzuholen. Oder sollen die sich etwa ein Taxi nehmen?»

Ludwig schüttelt den Kopf. «Ich weiß nicht. Du mit dem Auto bis nach Bremen. Da ist mächtig viel Verkehr. Weiter als Esens kommst du doch sonst nie.»

«Jetzt hör mal auf und mach mich nicht kleiner, als ich bin. Im Unterschied zu dir komme ich noch ziemlich viel rum», wettert Sigrid empört. «Außerdem hat Adelheids Wagen ein Navi. Das sagt mir genau, wie ich fahren muss.»

Mit seiner Bemerkung hat er sich wohl in die Nesseln gesetzt. Ludwig trinkt einen Schluck Bier. Also Themenwechsel. «Wo schlafen die beiden eigentlich? In meinem Bett jedenfalls nicht. Trauerfall hin oder her. Auf der Gästecouch kann ich nicht liegen. Mit dem Gedanken brauchst du gar nicht erst zu spielen.»

«Aber ich dachte ...», druckst Sigrid herum.

«Nee, das kommt nicht infrage.» Ludwig sieht, wie Sigrid zusammenzuckt, er hat wohl unfreundlicher geklungen, als er wollte. «Ich hab aber 'ne andere Idee», setzt er beschwichtigend hinterher.

Henner, der die ganze Zeit, ohne ein Wort zu sagen, am Herd gestanden hat, nickt nachdenklich. Das mit dem Boot und dem Mord auf Spiekeroog könnte passen. Andererseits ... «Vielleicht hat einer einfach nur einen Ausflug machen wollen.» Er wendet die Buletten.

«Ausflug! Mitten im Januar bei dieser Arschkälte! Nix da», widerspricht Rudi. «Wir gehen davon aus, dass das Boot in Zusammenhang mit den Ereignissen am Strand steht. Haueisen ist sich ziemlich sicher. Was zur Folge hat, dass in dem Fall alle unschuldig sind, die von Freitag auf Samstag auf der Insel waren. Schnepels bisheriger Hauptverdächtiger, Sportlehrer Meier, ist damit aus dem Schneider.»

«Und wen hat er jetzt auf dem Kieker?» Rosa verzieht den Mund zu einem Flunsch. So gut kennt sie Schnepel mittlerweile, um zu wissen, dass er schnell den Nächsten aus dem Hut zaubert, kaum ist ihm ein Verdächtiger abhandengekommen.

«Martina Junghans. Sie hat ein Motiv, die Möglichkeit und das Know-how.»

«Das glaub ich ja den ganzen Tag nicht.» Henner nimmt

einen Schluck Bier. «Martina Junghans eine Mörderin – nie und nimmer. Ich mein, ich kenn die zwar nicht wirklich, also nur so aus dem Laden, aber nee. Wer so gute Büfetts wie sie anrichten kann, der mordet doch nicht!»

«Wenn du dich da man nicht täuschst. Für die geht es um sehr viel Geld.» Rudi erzählt von dem Grundstück, das Martina verkaufen, ihr Bruder aber behalten wollte, und den heftigen Streitigkeiten unter den Geschwistern. «Außerdem hat sie Geertje am Sonntag angerufen. Angeblich, um mit ihr über die Beerdigung von Martin zu reden.»

«Häng das mit dem Boot nicht zu hoch. Damit bringt sie doch die Sachen vom Partyservice der Fleischerei auf die Insel. Dieses Jahr Silvester war das heiß begehrt.» Henner hebt die Bratkartoffeln vorsichtig an. Einen Moment brauchen sie noch. Er hat mordsmäßigen Hunger. Schließlich hat er von Mudderns Rintjebraa nichts mehr abbekommen. Apropos. «Mit dem Wintergast auf dem Hof stimmt was nicht, sagt Vaddern.»

«Wie? Was ist denn mit dem?» Rosa blickt ihn fragend an.

«Der scheint in zwielichtige Dinge verstrickt zu sein. Vaddern hat ihn telefonieren hören. Irgendjemand soll die Schnauze halten und nichts mehr sagen, bis der Anwalt da ist. Ist doch eigenartig, oder?»

«Stimmt», gibt Rudi ihm recht. «Ich denk, der ist pensionierter Museumsdirektor aus Hannover.»

«Eben. Vaddern hat nun ein ganz schlechtes Gefühl.» Henner stellt die Pfanne auf die Holzplatte in der Mitte des Tisches. «Mir wär's lieb, wenn du dir den mal anschauen würdest. So ganz unauffällig.»

«Und wie soll unauffällig bei Rudi gehen?» Rosa sieht

Henner verwundert an. «Wäre das nicht eher was für mich?»

«Lass mich nur machen.» Rudi grinst Henner an. «Ich kümmere mich morgen drum.»

MITTWOCH

Auf dem Weg nach Wittmund hält Rudi kurz am Steffens-Hof. Henner bittet ihn nicht oft um ein Gefallen. Da ist es Ehrensache, seiner Bitte, ein wenig über den Wintergast herauszufinden, nachzukommen. Den Namen hat er sich merken können, weil der so schräg ist. Timmerbeil. Aber selbst falls er den vergessen hätte, das Autokennzeichen verrät eine Menge über den Halter, wenn man es durch die behördlichen Mühlen laufen lässt. Und zwar nicht nur Namen, Geburtstag und aktuelle Anschrift, sondern auch die Punkte in der Verkehrssünderdatei in Flensburg oder andere Straffälligkeiten.

Zum Glück steht der silbergraue Kombi seitlich auf dem neu angelegten Besucherparkplatz. Rudi braucht nicht mal aussteigen. Für einen Klönschnack in der gemütlichen Bauernküche hat er heute ohnehin keine Zeit. Denn unter einer halben Stunde lässt ihn Mudder Steffens niemals gehen.

Er notiert das Kennzeichen in seinem abgegriffenen Notizbuch und steckt es gerade zurück in die Uniformtasche, als sein Handy piept. Schnell wirft er einen Blick aufs Display. Susanne!

Hallo, Rudi! Wann sehen wir uns denn endlich? Du bist nun schon seit Sonntag zurück und hast dich noch gar nicht gemeldet. Alles in Ordnung bei dir? Liebe Grüße, Susi.

Mist. Das hat er tatsächlich verschwitzt. Aber er hat tagsüber so viel um die Ohren, dass er abends todmüde ins Bett fällt. Trotzdem gilt das nicht als Entschuldigung. Er hätte sie zumindest anrufen können. Das hat er von Spiekeroog aus ja auch jeden Tag gemacht. Allerdings hat er sich da abends immer so gelangweilt. Schnell wählt er ihre Nummer, sie muss ja erst um halb neun im Friseursalon sein.

«Entschuldige, Susi», beginnt er, als sie sich meldet. «Es ist echt viel los im Moment. Hast du bestimmt schon gehört. Was hältst du von einem Treffen am Wochenende? Wollen wir Freitagabend einen gemütlichen Filmabend auf der Couch bei mir machen?»

«Gerne. Ich bring Popcorn mit. Und Nachos mit Käsesoße. Hab schon gedacht, du magst mich gar nicht mehr.»

«Unsinn. Bis Freitag also! Neunzehn Uhr?»

«Perfekt!»

Zufrieden mit sich, beendet er das Gespräch und fährt fröhlich vor sich hin pfeifend nach Wittmund.

Dort hat Haueisen bereits die Auswertung von Geertjes Handy auf dem Computerbildschirm.

«Erstaunlich, dass die Kollegen an diese Daten rangekommen sind», sagt Schnepel beeindruckt. «Das Ding hat doch von Sonntagabend bis Dienstag im Salzwasser gelegen.»

Rudi grinst. Schnepel hat ja noch weniger Ahnung von Technik als er. «Ist gar nicht so schwierig», erklärt er, froh, auch mal etwas besser zu wissen als sein neunmalkluger Kollege. «Du musst nur die SIM-Karte rausnehmen und in ein anderes Handy stecken. Ist doch heutzutage über die Cloud alles gespeichert. Egal, ob über Apple oder Android … da hast du ruckzuck alle Anruflisten, Chat-Verläufe und so … das kann ja inzwischen selbst ein Grundschüler.»

«Angeber», mault Schnepel.

«Wenn Sie mit Ihrer kleinen Privatunterredung fertig sind, könnten wir anfangen», sagt Haueisen. «Also: Von dem Streit zwischen Geertje Michelsen und Martin Junghans haben wir ja bereits durch die Analyse der Handydaten von Herrn Junghans erfahren. Konzentrieren wir uns auf die Telefonate und Nachrichten, die Frau Michelsen am Sonntag erhalten hat. Da gab es zwei Anrufe von Martina Junghans. Deren Nummer ist zwar nicht eingespeichert, aber die konnten wir zurückverfolgen.»

«Martina Junghans hat ja auch gesagt, dass sie vergeblich versucht hat, Geertje zu erreichen», bestätigt Rudi.

«Dann gibt es noch das Phantombild, das Ludwig Twenge seiner Nichte geschickt hat.» Haueisen legt die Stirn in Falten. «Wir haben es allerdings erst Montag bekommen. Würde mich schon interessieren, woher dieser Mitmach-Reporter das hatte.» Er wirft Rudi einen fragenden Blick zu, doch der schüttelt den Kopf.

«Keine Ahnung, Chef. Aber wie ich Ludwig kenne, kommt es aus den Tiefen des Internets.»

«Wäre schön, wenn wir da auch ein bisschen tiefer fischen könnten», meint Haueisen und wendet sich wieder seiner Liste zu. «Mehrere Nachrichten stammen von einer Prepaidnummer, die vor zwölf Jahren unter einem Namen angemeldet wurde, der nicht existiert. Auch hat an der angegebenen Anschrift niemand mit diesem Namen gewohnt.»

«Haben die Kollegen versucht, die Nummer zu orten?», fragt Schnepel.

«Selbstverständlich. Doch das Handy ist aus.»

«Was sind das denn für Nachrichten?», fragt Rudi. «Könnten sie mit Geertjes Tod in Verbindung stehen?»

«Das kann man zum jetzigen Zeitpunkt nicht zweifelsfrei sagen, aber es deutet alles darauf hin. Erst hat Geertje das Phantombild an diese Nummer geschickt, dann folgte ein Telefongespräch von zehn Minuten. Fünf Minuten später hat dieser Jemand dringend um ein Treffen noch am Sonntagabend gebeten. Die beiden scheinen sich gut zu kennen, sie wird mit ‹Stups› angeredet, und sie nennt den Kontakt ‹Stoppel›.»

«Ach nee», sagt Rudi verwundert. «Dann könnte Rosa doch recht haben mit ihrer Vermutung, dass Geertje einen neuen Freund hatte. Liebende untereinander betiteln sich ja gern mit Kosenamen. Ich könnte ja mal meinen Sohn fragen, ob dem der Spitzname was sagt.»

«Versuchen Sie das. Könnte ein Ansatz sein. Interessant ist, dass der Typ einen Asbach uralten Prepaidvertrag besitzt. Vielleicht hat er zwischendurch die Handys immer mal gewechselt, die Nummer aber behalten», sagt Haueisen. «Ich hab auch noch einen Vertrag mit der Telekom, den kriegt man heute gar nicht mehr. Da ist das Datenvolumen zwar niedrig, aber für mich reicht's.» Haueisen grinst. «Egal, machen wir weiter mit der Liste. Als Letztes gab es drei Telefonversuche mit Anna Fangmann.»

Rudi ist überrascht. «Mit Anna Fangmann? Davon hat Rosa gar nichts gesagt.»

«Frau Moll?» Haueisen reagiert verschnupft. «Schnüffelt die etwa wieder in unserem Fall herum?»

Uuups, hätte Rudi lieber nichts gesagt. Nun denn: «Rosa ist wegen der Terminabsprache für einen Klassenausflug in der Seehundaufzucht-Station gewesen.»

«Das macht sie ja immer gern. Glaubt, sie ist die Miss Marple von Neuharlingersiel», wirft Schnepel gehässig ein. Kann der seine Spitzen nicht mal unterlassen? Dabei ist er der Erste, der sich Rosas Ermittlungserfolge zu eigen macht.

«In Norddeich hat sie jedenfalls Frau Fangmann getroffen», fährt Rudi fort, ohne auf Schnepels Einwurf einzugehen. «Die beiden haben sich auf Spiekeroog kennengelernt, da war Rosa am Sonntag mit zwei Freundinnen wegen des gestrandeten Wals. Und weil eine davon die Tante von Geertje Michelsen ist, haben sie einen Abstecher ins Jugend-Gästehaus gemacht, wo die Gruppe der EGA ja untergebracht war.»

«Ach so.» Haueisen scheint besänftigt zu sein. «Zurück zum Sachverhalt. Geertje Michelsen hat bei Anna Fangmann angerufen. Die hat das Gespräch jedoch nicht angenommen. Frau Michelsen muss Frau Fangmann auf die Mailbox gesprochen haben. Die Fangmann hat zurückgerufen, ihrerseits aber Frau Michelsen nicht erreicht, allerdings ebenfalls eine Nachricht hinterlassen.» Haueisen beugt sich vor, damit er den Text auf dem Bildschirm lesen kann.

Hallo, Geertje, hier ist Anna. War bei meiner Mutter, und mein Telefon lag im Auto. Nun erreiche ich dich nicht. Was gibt's denn so Wichtiges?

Darauf hat Geertje nicht mehr reagiert. Ich würde vorschlagen, Sie fahren hin und reden noch mal mit Frau Fangmann.»

Frost mit leichtem Schneefall. Das gefällt Heinrich Steffens. Alles sieht so gepudert aus. In seiner Kindheit ist das den ganzen Winter über so gewesen. Die Schloote waren zugefroren, gemeinsam mit seinen Geschwistern und den anderen Kindern des Dorfes ist er stundenlang Schlittschuh gelaufen. An den Fenstern der Kinderzimmer wuchsen Eisblumen. Wenn man direkt auf die Scheibe gehaucht hat, sind sie getaut, aber fast genauso schnell wieder zugefroren. Ja, das waren noch Winter. So etwas gibt es heute gar nicht mehr.

Er streift sich die schmutzigen Stiefel vorm Haus ab. Gerda mag es nicht, wenn man mit dem Schuhwerk vom Feld nach drinnen kommt. Insgeheim genießt Heinrich es, sich um das Füttern der Alpakas zu kümmern. Das würde er natürlich nicht zugeben, aber ein wenig hat er sich in die Tiere verliebt. Sie erkennen ihn schon von Weitem und kommen angetrabt, wenn er sich mit dem Futtereimer nähert. Bruno stupst ihn sogar an.

In Socken tapst Heinrich durch die Diele zur Küche. Er hört Geschirr klappern und Stimmen. Gerda scheint nicht allein zu sein, wahrscheinlich schleimt sich der Wintergast wieder bei ihr ein. Gestern hat sie ihm sogar ein pochiertes Ei zum Frühstück gemacht. Er hat bis dahin gar nicht gewusst, was das ist. Aber für den Pensionsgast macht sie ja einiges. Selbst ein Ei ohne Schale in Wasser zu kochen. Tatsächlich sitzt der Mann bereits am Tisch, vor sich eine dampfende Tasse Kaffee. Noch so eine Unsitte: Kaffee am Morgen.

«Moin», grüßt er knapp, schlüpft in seine Filzpantoffel, die vorm Kachelofen stehen, und schnappt sich die Zeitung. Morgens ist ihm nicht so nach Reden. In Gesellschaft von Fremden schon gar nicht.

«Und Sie müssen wirklich heute schon abreisen?» Gerda stellt einen Teller mit heißem Rührei in die Mitte des Tischs. «Sie wollten doch bis Sonntag bleiben.»

Heinrich hört leichte Enttäuschung aus ihren Worten. Das kann er nun gar nicht verstehen. Für Heinrich ist das die beste Nachricht des Tages. Endlich hat er die Küche und Gerda wieder für sich allein!

«Ich wäre auch wirklich gerne geblieben. Es ist so gemütlich bei Ihnen, und Sie kochen so wunderbar. Das vermisse ich schon jetzt.» Timmerbeil zieht den Teller zu sich heran. «Aber leider gibt es dringende Familienangelegenheiten, die keinen Aufschub dulden.»

Sofort spitzt Heinrich die Ohren, in der Hoffnung, noch mehr zu erfahren. Aber da kommt nichts. Der Mann verleibt sich die riesige Portion Rührei ein, ohne auf die Idee zu kommen, dass Heinrich auch etwas davon abhaben möchte. Auf den Appetit hat sich der Streit am Telefon gestern offensichtlich nicht ausgewirkt. Dabei hörte sich das nach waschechtem Ärger mit diesem Thomas an. Ob sein Sohn Mist gebaut hat? Heinrich wird es nie erfahren. Und das ist vielleicht auch besser so.

In der Diele klingelt das Telefon. Wer ruft denn um diese Uhrzeit an?

Gerda geht hinaus und nimmt den Hörer ab. «Ludwig. Du so früh am Morgen? Das ist ja eine Überraschung. Was gibt's denn?»

Erneut spitzt Heinrich die Ohren. Doch es dauert eine Weile, bis Gerda wieder spricht. «Ja, gerne. So machen wir das. Roswitha und Rolf sind herzlich willkommen in unserer Pension. Ich richte gleich das Zimmer her. Wann kommen sie denn an?» Erneut antwortet Ludwig ausführlich, und endlich sagt Gerda: «Ist ja auch egal, ich freue mich, die beiden zu sehen, auch wenn es so ein trauriger Anlass ist.»

Hinter seiner Zeitung verzieht Heinrich missmutig das

Gesicht. Kaum reist der eine ab, kommt der Nächste. Das geht hier ja zu wie im Taubenschlag. So hat er sich das nicht vorgestellt.

In der großen Pause hat Rosa Aufsicht. Die Kinder spielen Fangen auf dem Schulhof. Manche Spiele vererben sich von Generation zu Generation weiter, auch in ihrer Grundschulzeit haben sie sich schon gegenseitig gejagt. Heute treiben sie es aber besonders wild. Das gefällt Rosa gar nicht. Sie beschleunigt ihren Schritt und tippt einem Jungen in dicker schwarzer Steppjacke über einem Kapuzenpullover auf die Schulter, der ein deutlich kleineres Mädchen aus der dritten Klasse im Schwitzkasten hat.

«Nicht so doll. Das tut doch weh.»

«Die hat mich die ganze Zeit gepiesackt.» Das Kind dreht sich um, und Rosa blickt überrascht in das Gesicht von Eva, ebenfalls eine Schülerin der dritten Klasse. Wie hat sie sich so täuschen können?

In der nächsten Stunde hat sie Sachunterricht in der vierten Klasse. Sören, der Klassenprimus, hält ein sehr ausführliches Referat über die Pottwale. «Er ist das größte räuberisch lebende Tier der Welt», beginnt er und berichtet über deren Leben im Meer.

Anschließend hält Maria einen kurzen Vortrag darüber, warum Wale stranden. Die Mitschüler lauschen andächtig und klatschen zum Schluss.

«Es ist beeindruckend, was ihr beiden zusammengetragen habt. Dafür notiere ich euch ein Sehr gut», lobt Rosa in den Gong zum Ende der Stunde hinein. «Ich kenne übrigens jemanden, der echte Walzähne besitzt, die richtig kunstvoll verziert sind. Die kann ich mir bestimmt ausleihen und euch morgen zeigen.»

Die Schüler sind begeistert.

Als Rosa den Klassenraum verlässt, denkt sie wieder an die Pausensituation. Der vermeintliche Junge war ein Mädchen. Ohne lange zu überlegen, ruft Rosa Rudi an.

«Rosa! Ich bin im Dienst! Ich sitze mit Schnepel im Auto», weist der sie zurecht. «Es muss schon dringend sein, wenn du mich anrufst.»

«Ist es auch. Und dein Kollege kann ruhig mithören.» Rosa erzählt von ihrem Erlebnis in der Pause. «Da kam mir ein Gedanke, der einiges in einem anderen Licht erscheinen lässt. Dein Vater hat eine groß gewachsene Person beschrieben. Mit schwarzer Hose, Kapuzenpulli und Jacke. Hoyko hat automatisch vermutet, es wäre ein junger Mann. Vielleicht ist Geertje ja gar nicht mit einem Mann am Hafen gewesen, sondern mit einer Frau.»

Mit einem zufriedenen Seufzer verschränkt Schnepel die Arme vor der Brust. «Tja, den Gedanken hatte ich auch schon, wenn du dich erinnerst. Dementsprechend könnte deine Freundin ausnahmsweise mal recht haben.» Er linst zu Rudi rüber. «Dein Vater hat sich getäuscht. Geertje Michelsen war nicht mit einem Mann unterwegs. Du solltest ihn zum Augenarzt schicken, wenn er den Unterschied zwischen Mann und Frau nicht mehr erkennt.»

Erbost blickt Rudi ihn an. «Erstens hat Rosa schon oft recht gehabt und uns mit ihren Hinweisen weitergebracht, und zweitens hat mein Vater gesagt, was er gesehen hat: eine große, männlich wirkende Person.»

«Nee, nee», widerspricht Schnepel. «Er hat nicht von ‹männlich wirkend› gesprochen, sondern von einem Mann.»

«Ja, gut, dann hat er sich vielleicht getäuscht. Aber das steht ja noch gar nicht fest.»

«Siehste, aber meinen Gedanken hast du erst abgeschmettert. Es gibt viele Frauen, die man auf die Entfernung für einen Mann halten könnte. Erst recht, wenn sie einen Kapuzenpulli tragen. Martina Junghans zum Beispiel. Darum hatte ich sie auch im Verdacht. Oder Anna Fangmann.»

Rudi nickt. «Die war bis vor ein paar Jahren sogar ein Mann.»

Verblüfft guckt Schnepel ihn an. «Is nicht dein Ernst.»

«Doch. Hat Sven mir erzählt. Und es ist auch kein Geheimnis.» Trotzig reckt Rudi das Kinn vor, bevor er den Blinker setzt und rechts abbiegt. In weiser Voraussicht hat er Anna Fangmann angerufen, bevor sie losgefahren sind, nicht, dass sie den Weg umsonst machen. Und wie es der Zufall will, arbeitet sie heute im Waloseum, das zwar der Seehundstation angeschlossen ist, aber außerhalb von Norddeich liegt. Rudi war vor Jahren mal mit Sven hier, den am meisten das riesige Pottwalskelett beeindruckt hat, das hier ausgestellt ist.

«Ja, Mensch, dann haben wir es doch!» Schnepel ist ganz hin und weg, als Rudi parkt. «Warum haste das denn nicht gleich gesagt, da hätten wir direkt einen Haftbefehl beantragen und den gleich mitnehmen können, du Depp! Die Fangmann war's. Logisch.» Voller Elan steigt er aus, schmeißt mit Schmackes die Autotür zu und stapft zum Eingang des Museums.

An der Kasse zückt er seinen Ausweis. «Kripo Wittmund, wir möchten mit Frau Fangmann sprechen. Oder soll ich besser sagen, *der Person* Fangmann?» Er lässt einen kurzen hässlichen Lacher folgen.

«Schnepel!» Rudi könnte sich in den Hintern treten, Anna Fangmanns Vergangenheit überhaupt erwähnt zu haben. «Wir sind angemeldet, ich habe mit Frau Fangmann telefoniert», beeilt er sich zu sagen, um den blöden Spruch seines Kollegen nicht so stehen zu lassen.

«Anna ist beim Walskelett.» Der junge Mann, der augenscheinlich hier sein Freiwilliges Ökologisches Jahr absolviert, deutet auf die Wand. «Folgen Sie einfach den Hinweisschildern.»

«Ich warne dich», wispert Rudi, «wehe, wenn du dich ihr gegenüber im Ton vergreifst. Das ist nicht nur zum Fremdschämen, dafür kann sie dich auch belangen. Wegen Diskriminierung. Und dann hast du ein Disziplinarverfahren am Hals.»

Ausnahmsweise gibt Schnepel mal kein Kontra.

Gleich darauf betreten sie den großen Raum, in dem das präparierte Skelett ausgestellt ist. Rudi fällt sofort auf, dass dieser Wal noch alle Zähne im Unterkiefer hat. Und die sind wahrlich beeindruckend groß.

«Moin, Frau Fangmann», grüßt er, bevor Schnepel wieder einen seiner blöden Witze machen kann. «Wir müssen noch einmal mit Ihnen über Geertje Michelsen sprechen. Und über Ihr Alibi am Sonntag. Warum haben Sie uns bislang nicht gesagt, dass Sie Geertje am Sonntagabend angerufen haben?»

Anna Fangmann legt die Mappe, die sie in der Hand hat, auf das linke der beiden Infobretter, die schräg vor dem Kopf des Wales stehen.

«Ich hab sie ja auch nicht angerufen, ich ...»

«Sie lügen!», fällt ihr Schnepel ins Wort. «Natürlich haben Sie sie angerufen! Das geht aus den Telefondaten von Michelsens Handy hervor.»

So leicht lässt sich die Meeresbiologin aber nicht aus der Ruhe bringen. Ein müdes Lächeln gleitet über ihr Gesicht. «Sehen Sie, es kommt immer auf die Perspektive an. Sie behaupten, ich hätte Geertje *angerufen*, ich hingegen sage, ich habe sie *zurückgerufen*. Darin besteht ein himmelweiter Unterschied. Sie wollte etwas von mir und hat mir aufs Band gesprochen. Sie sagte, es gehe um etwas sehr Wichtiges. Als ich zurückgerufen habe, hat sie das Gespräch nicht angenommen. Für mich war die Sache damit erledigt, ich hab gedacht, wenn es wirklich wichtig ist, wird sie sich schon wieder melden.»

«Was haben Sie denn Sonntagabend gemacht?», fragt Rudi.

«Da ich nicht wusste, dass ich ein Alibi brauchen würde, habe ich es mir nach dem Besuch bei meiner Mutter auf der Couch gemütlich gemacht und ferngesehen. Nebenbei habe ich in den sozialen Netzwerken gestöbert. Auf Instagram und Facebook. Habe etwas zu der Strandung des Wals auf Spiekeroog geschrieben, einige Fotos davon eingestellt und in den entsprechenden Gruppen geschaut, was die anderen so gepostet haben. Und bevor Sie fragen: Nein, Zeugen dafür gibt es nicht. Ich war früh im Bett, die Tage auf Spiekeroog sind lang gewesen.»

Sofort leuchten Schnepels Augen auf. «Lange Tage, kurze Nächte. Soso. Besonders kurz war dann wohl die Nacht von Freitag auf Samstag, als Sie zu Martin Junghans gegangen sind und sich mit ihm gestritten haben. Bis aufs Messer, im wahrsten Sinn des Wortes.»

«Sie können es einfach nicht lassen, oder?» Anna Fangmann blinzelt ihn wütend an. «Aber ich muss Sie enttäuschen. Martin und ich waren oft anderer Meinung. Das stimmt. Wir haben häufig sehr kontrovers diskutiert. Ich bin mehr für harte Aktionen, die die Gesellschaft aufrütteln, lege gern den Finger in offensichtliche Wunden. So wollte ich zum Beispiel eine Aktion gegen ein Unternehmen vorbereiten, das seit 1959 Heringsnetze für den Fischereibedarf herstellt. Viele Fische und Vögel krepieren elendig durch diese Kunststoffnetze. Einige verheddern sich darin, andere fressen sie und verhungern bei mit Plastik gefüllten Mägen. Martin hat die Idee nicht gefallen, er wollte sich nicht mit der Firma anlegen. Lieber kratzte er sachte an der Oberfläche und sammelte Müll am Strand.»

Hat Anna Fangmann bislang direkt zu Schnepel gesprochen, wendet sie sich nun Rudi zu.

«Martin hat das Fähnlein nach dem Wind gerichtet, ohne selbst was zu riskieren, und setzte sich dazu gern einen Heiligenschein auf. Wenn es ihm in den Kram passte, denunzierte er auch andere. Wie seinen Lehrer-Kollegen. Aber das alles wären für mich doch keine Gründe, ihn zu töten. Dazu war er ein zu kleines und unbedeutendes Licht.»

So ruhig, wie sie spricht, glaubt Rudi ihr aufs Wort.

«Ja, dann», sagt nun auch Schnepel, dem anscheinend erst einmal der Wind aus den Segeln genommen ist. Von ihm kommt kein weiterer Angriff. Nur ein müdes Schulterzucken.

Rudi ist jedoch noch nicht fertig. «Eine Frage hätten wir noch. Sagt Ihnen der Namen ‹Stoppel› etwas?»

Anna Fangmann runzelt die Stirn. «Stoppel? Wie kommen Sie denn darauf?» Für einen Moment zieht ein Ausdruck über ihr Gesicht, den Rudi nicht richtig deuten kann. Ein bisschen belustigt, aber auch ein bisschen irritiert. Dann hat sie sich wieder im Griff. «Nein. Tut mir leid. Ich habe keine Ahnung, wer oder was das sein könnte.»

Eine halbe Stunde bevor das Flugzeug aus Gran Canaria landet, fährt Sigrid in das Parkhaus. Das ging ja schneller als gedacht. Und mit dem Navi war es kinderleicht. Sie stellt Adelheids Opel Corsa auf einem Frauenparkplatz ab. Er hat zwar schon etliche Jahre auf dem Buckel, aber wenig Kilometer und läuft wie geschmiert. Adelheid benutzt ihn nur zum wöchentlichen Großeinkauf, in Neuharlingersiel selbst erreicht man ja fast alles zu Fuß.

Als Sigrid die Flughafenhalle betritt, schmunzelt sie, denn im Vergleich zu den Flughäfen, die sie aus Filmen kennt, geht es hier direkt familiär zu. Sie sucht den Flug auf der großen Ankunftstafel. Die Maschine befindet sich im Landeanflug. Augenblicklich wird Sigrid ein bisschen bange ums Herz. Sie hat in der Nacht kaum schlafen können. Was, wenn Roswitha ihr Vorwürfe macht, dass sie nicht richtig auf Geertje aufgepasst hat? Immerhin hat sie bei ihnen am Sonntag schlafen wollen. Hätte sie doch nur nachgefragt, mit wem sie sich am Abend treffen wollte. Und wo. Sigrid setzt sich auf eine Bank. Angespannt knetet sie ihre Hände. Muss sie sich überhaupt Vorwürfe machen? Geertje ist – war – zweiundzwanzig. Ein selbstständiges Mädel. Es ist alles so schrecklich. Sigrid kann die Tränen nicht zurückhalten, doch gleich darauf reißt sie sich zusammen. So kann sie ihrer Schwester und dem Schwager nicht gegenübertreten. Sie holt sich einen Milchkaffee und eine Zeitung. Das lenkt ab.

Die Maschine landet fünf Minuten eher als geplant, und kurz darauf kommt Roswitha aus dem Zollbereich heraus. Sigrid eilt ihr entgegen, und die Schwestern fallen sich in die Arme.

«Ich kann es immer noch nicht fassen», stammelt Roswitha. Fest drückt sie Sigrid an sich, und ein Beben geht durch ihren Körper. Die beiden stehen ineinander verschlungen zwischen den vorbeieilenden Reisenden, als wollten sie sich gegenseitig Festung in wilder Brandung sein. Kaum tritt ihr Schwager mit dem Gepäck neben sie, lässt Sigrid ihre Schwester los.

«Ach, Rolf.» Sie schließt nun auch ihn in die Arme. Er windet sich jedoch schnell heraus. Körperliche Berührungen hat er noch nie gemocht. Das hat Sigrid ganz vergessen.

«Ich möchte zu Geertje», sagt er in festem Ton. «Ich muss sie mit eigenen Augen sehen, um das alles zu begreifen.»

Damit hat Sigrid nun nicht gerechnet. Sie hat gedacht, sie setzen sich zusammen bei ihr in die Stube und reden, gucken alte Fotos an, planen zusammen die Traueranzeige und die Beerdigung. Pöppelmeyer, der Bestattungsunternehmer, weiß Bescheid. Geertje soll im Familiengrab in Esens beigesetzt werden, das hat Roswitha schon am Telefon gesagt. Schließlich wollen sie zurück nach Esens ziehen, wenn Rolf in Rente ist.

«Das ist aber nicht so einfach. Geertje liegt in Oldenburg.» Und Sigrid ist sich nicht sicher, ob man da einfach ohne Voranmeldung auflaufen kann. Emterbäumler ist schließlich nicht Professor Börne aus dem Münsteraner Tatort.

«Wieso ist sie in Oldenburg?», fragt Rolf.

«Sie wurde gestern in der Rechtsmedizin obduziert.»

«Dann möchte ich da erst recht hin. Ich will wissen, was

passiert ist. Außerdem liegt es auf dem Weg.» Rolf lässt sich nicht stoppen, und Sigrid verzichtet auf weitere Einwände, obwohl sie bezweifelt, dass das eine gute Idee ist. Ob sie Ludwig wegen der Adresse anrufen soll? Nee, lieber nicht. Das bekommt sie auch übers Handy raus.

Auf der Fahrt von Oldenburg nach Neuharlingersiel herrscht Schweigen im Auto. Es wäre besser gewesen, Roswitha und Rolf hätten ihre Tochter nicht mehr gesehen. Diese kalte Umgebung aus Fliesen und Edelstahl und Geertjes bleiches Gesicht haben ihnen viel Selbstbeherrschung abverlangt. Zum Glück war der restliche Körper mit einem grünen Tuch abgedeckt, sodass ihnen wenigstens der Anblick des aufgeschnittenen und wieder zugenähten Brustkorbs erspart geblieben ist. Dazu dieser Geruch. Sigrid hat ihn jetzt noch in der Nase. Süßlicher Verwesungsgeruch. Trotz Kühlkammern. Den wird sie so schnell nicht wieder aus der Nase bekommen.

Als sie die Autobahn in Richtung Jever verlassen, sagt Roswitha: «Ich möchte mich erst einmal hinlegen. Das ist mir alles zu viel. Ich hab die ganze Zeit Geertjes Anblick vor Augen und fühle mich wie ausgelaugt. Du bist mir doch nicht böse, Sigrid?»

«Iwo. Das kann ich gut verstehen. Wir haben euch auf dem Steffens-Hof einquartiert. Du kannst dich sicher an Adelheids Eltern erinnern? Die vermieten seit letztem Sommer Zimmer. Ich hole euch heute Nachmittag dort wieder ab. Dann trinken wir bei uns Tee und besprechen alles.»

«Gar nicht so abwegig, der Gedanke», gibt Haueisen zu. «Die groß gewachsene Person könnte tatsächlich auch eine Frau gewesen sein. Dass wir da nicht von allein drauf gekommen sind.»

Schnepel wirft Rudi einen triumphierenden Seitenblick zu, hält aber den Mund.

Haueisen hat das nicht bemerkt und fährt fort: «Vor allem, weil mit Martina Junghans und Anna Fangmann zwei Frauen in den Fall verstrickt sind, auf die diese Beschreibung passt. Und halten wir zudem fest: Jürgen Meier hat ein Alibi, und eine andere männliche Person ist aktuell nicht verdächtig.» Er steht von seinem Schreibtischstuhl auf und tritt ans Whiteboard, wo Fotos der Frauen hängen. «Frau Junghans hat zugegeben, Geertje Michelsen am Sonntagabend angerufen zu haben. Genau wie Anna Fangmann. Eine der beiden könnte sich mit ihr am Hafen verabredet und sie dort getötet haben.»

«Einspruch.» Rudi meldet sich zu Wort. «Die beiden Frauen haben Geertje von ihrem eigenen Handy aus angerufen. Warum sollten sie zusätzlich ein altes Prepaidhandy benutzen, um die Verabredung zu treffen? Das macht keinen Sinn. Wenn eine der beiden wirklich den Vorsatz hatte, Geertje an die Gurgel zu gehen, hätte sie von Anfang an das Prepaidhandy benutzt.»

«Stimmt auch wieder», gibt Haueisen zu und wiegt seinen Kopf hin und her. Ihm scheint keine neue Idee zu kommen. Schnepel dagegen schnalzt mit der Zunge und wirkt wie ein aufgeregter kleiner Junge, der endlich sein Modellauto zum Laufen bekommen hat.

«Ts, ts. Herrschaften, das ist doch ganz einfach. Man muss nur mal um die Ecke denken. Anna Fangmann war's.

Sie hat zuerst Martin Junghans auf Spiekeroog getötet und dann Geertje Michelsen in Neuharlingersiel.»

«Aber die hat bei Geertje doch überhaupt kein Motiv», widerspricht Rudi.

«Auf den ersten Blick vielleicht nicht. Das hat sie sehr geschickt angestellt. An der Oberfläche geht es um den Umweltschutz, aber eigentlich um Gefühle. Um Beziehungen. Und um emotionale Verletzungen.»

«Hä?» Rudi versteht nur Bahnhof, und auch Haueisen kneift skeptisch die Augenbrauen zusammen.

«Das müssen Sie uns genauer erklären.»

«Wenn wir ausschließen, dass Geertje Michelsen etwas gegen Anna Fangmann in der Hand gehabt hat – was wir zum jetzigen Zeitpunkt nicht können, denn wir wissen ja nicht, weswegen Frau Michelsen die Fangmann so dringend sprechen wollte –, bleibt ein zweites Motiv übrig: Eifersucht.»

«Eifersucht?», fragen Rudi und Haueisen im Chor.

«Genau.» Schnepel nickt zufrieden. «Die beiden waren ein Paar. Vielleicht ist sie der neue Freund, nach dem wir gesucht haben.»

«Warum hätte sie Geertje dann umbringen sollen?», fragt Rudi. «Schließlich wollte die mit Martin Junghans Schluss machen. In diesem Fall hätte eher Anna Fangmann die erste Tote sein müssen, wenn Martin Junghans vor Eifersucht durchgedreht wäre.»

«Stimmt natürlich. Da wäre ja auch noch die Variante zwei.» So leicht gibt Schnepel nicht auf. «Vielleicht waren sie und Geertje Michelsen zusammen, *bevor* aus Andreas Fangmann Anna Fangmann wurde.»

«Aber das bräuchte man doch nicht zu verheimlichen», zweifelt Rudi.

«Na ja», sagt Haueisen nachdenklich und schaut auf das Whiteboard, vor dem er immer noch steht. «Wenn Geertje Michelsen noch nicht so lange bei der EGA war und keine Ahnung davon hatte, dass ihr Ex-Freund inzwischen als Anna Fangmann dominierendes Mitglied dieser Gruppe ist, kann das zu allerlei emotionalen Turbulenzen zwischen den dreien geführt haben. Anna Fangmann könnte noch das alte Prepaidhandy besitzen, das sie als Andreas besaß. Vielleicht hat Geertje Michelsen die Rufnummer erkannt. Vielleicht wollte Anna Fangmann noch einmal ganz in Ruhe mit Geertje reden, weil ihre alten Gefühle wieder aufgeflammt sind. Und aus Sentimentalität heraus hat Geertje Michelsen dem Treffen zugestimmt, das dann tödlich endete.»

Für einige Minuten herrscht Schweigen. Jeder der drei Männer hängt diesem Gedankengang nach.

«Wie könnten wir dem bloß auf die Spur kommen?», überlegt der Chef laut und nimmt wieder am Schreibtisch Platz.

«Indem wir die Eltern von Michelsen fragen. Ganz einfach», sagt Schnepel selbstsicher.

«Mit den Eltern müssen wir auf jeden Fall reden», bestätigt Haueisen. «Aber bevor wir uns auf diese Schiene versteifen, schlage ich vor, wir bestellen Martina Junghans und Anna Fangmann für morgen früh um neun Uhr ein und machen eine Gegenüberstellung mit Ihrem Vater, Bakker. Das lässt sich doch machen, oder?»

Rudi nickt. «Bestimmt, ich sage ihm Bescheid.»

«Die beiden Damen werde ich informieren», sagt Schnepel triumphierend. «Und nach der Gegenüberstellung verhören wir die Fangmann nach allen Regeln der Kunst.»

Als Rosa das Schulgebäude verlässt, sieht sie, dass es in der letzten Stunde geschneit hat. Alles ist mit einer feinen Puderzuckerschicht überzogen, der Himmel hat diese helle Farbe, die er nur zeigt, wenn noch mehr Schnee in der Luft liegt. Sieht schön aus. Bei diesem Anblick bekommt sie direkt Lust, mal wieder in den Skiurlaub zu fahren. Vielleicht in den Osterferien.

Mit dem kleinen Handbesen aus dem Kofferraum bürstet Rosa den Schnee von der Windschutzscheibe und dem Außenspiegel, dann legt sie den feuchten Feger in den Fußraum des Beifahrersitzes. Bevor sie dem Steffens-Hof einen Besuch abstattet, um dem Wintergast auf den Zahn zu fühlen, könnte sie eigentlich noch in der Schlachterei Junghans vorbeifahren. In ihrem Kühlschrank herrscht gähnende Leere. Doch das ist nicht der einzige Grund. Irgendwie hat sie das Jagdfieber gepackt. Rudi und seine Kollegen drömeln schon viel zu lange in dieser Sache herum, ohne dass sich etwas bewegt.

In Esens stellt sie ihr Auto in der Nähe der Fußgängerzone ab, dreht die Parkscheibe auf 12 Uhr und nimmt die faltbare Einkaufstüte aus dem Handschuhfach.

Rosa hat Glück, beim Schlachter ist nicht viel los. Des Öfteren hat sie schon bis raus auf den Fußweg angestanden.

«Was darf's denn sein?» Die Verkäuferin mit der rot-weiß karierten Schürze und dem farblich passenden Schiffchen auf dem Kopf lächelt sie über die Theke an.

«Hundert Gramm vom Katenschinken, wenn der gut abgehangen ist. Und bitte ganz dünne Scheiben.» Während der Schinken geschnitten wird, sieht Rosa sich um. Ihr Blick bleibt beim Schild vom Partyservice hängen. Genau! Das ist die Idee!

«Was darf es noch sein?»

«Zwei Scheiben gekochten Schinken. Und außerdem würde ich gerne mit Frau Junghans sprechen. Wegen einer Geburtstagsfeier.» Es ist zwar noch ein paar Jahre hin, bis sie vierzig wird, aber man kann ja nicht früh genug mit der Planung beginnen.

«Einen Moment.» Die Verkäuferin wiegt die beiden Scheiben ab und packt sie ein, dann öffnet sie die Tür hinter sich. «Martina, kannst du mal kommen? Geht um Partyservice.» Schon ist sie wieder bei Rosa. «Und sonst noch?»

«Danke, das wäre es.»

Rosa hat bereits bezahlt, als Martina Junghans in aufgekrempelter Fleischerjacke mit aufgesticktem Firmenemblem durch die Tür kommt. In der Hand hält sie einen roten DIN-A4-Ordner.

«Moin», grüßt sie und lotst Rosa an drei Bistrotischen vorbei zu einem ruhigen Sitzplatz in der Ecke.

«Um was für eine Feier geht es denn, und wie viele Personen erwarten Sie?»

Rosa erfindet aus dem Stegreif eine pompöse Feier mit vierzig Personen. Schon zu ihren Kindergeburtstagen wurden immer so viele Mädels eingeladen, wie sie alt wurde. Martina Junghans macht sich Notizen, zeigt ihr die Liste mit unterschiedlichsten Angeboten und legt Rosa einen Prospekt hin. «Den können Sie gern mit nach Hause nehmen und sich alles noch einmal in Ruhe anschauen. Von Kanapees, Fingerfood, Braten bis hin zu vegetarischen Angeboten ist alles da drin. Nur die veganen Angebote noch nicht.» Letztere lässt sich Rosa ganz ausführlich erklären.

«Wissen Sie, ich persönlich esse ja nach wie vor gern Fleisch, aber mehrere meiner Freunde sind seit einiger Zeit

Veganer. Dem muss ich natürlich Rechnung tragen.» Ganz geflunkert ist das nicht. «Ein guter Freund von mir wollte mich noch letzten Monat davon überzeugen, auf alles zu verzichten, wofür ein Tier gestorben ist.» Rosa schnieft. «Und jetzt ist er am Freitag auf Spiekeroog selbst ums Leben gekommen.» Sie hält inne und tut im nächsten Augenblick überrascht. «Um Gottes willen, Martin trug denselben Nachnamen wie Sie. Hoffentlich sind Sie nicht miteinander verwandt?» Unbewusst hält Rosa den Atem an. Sie ist gespannt, wie die Fleischermeisterin reagiert.

Martina Junghans starrt auf ihren Angebotsordner. Ihr rechtes Auge zuckt.

«Entschuldigen Sie bitte, wenn ich Ihnen zu nahe getreten sein sollte. Das war nicht meine Absicht!» Rosa weiß selbst nicht, was sie reitet. Aber irgendwie möchte sie einfach etwas herausbekommen, um die Ermittlungen voranzutreiben.

Endlich hebt ihr Gegenüber den Kopf. «Martin war mein Bruder.»

«Oh nein ... Mein Beileid.»

«Danke.»

«Wissen Sie, ich habe ihn sehr gemocht.» Wieder gelingt es Rosa zu schniefen. Ihr schauspielerisches Talent ist nicht abzustreiten und kommt auch in der Neuharlingersieler Laienspielgruppe prima an. «Wir haben uns bei unserem letzten Treffen sehr intensiv unterhalten. Weil ich ziemliche Probleme mit meinem Bruder habe.» Rosa ist zwar Einzelkind, aber so kann sie den Bogen spannen. «Familie ist das Wichtigste, hat Martin gesagt. Und auch wenn es Probleme gibt, muss man zusammenhalten und nach Lösungen suchen. Wenn man nämlich wirklich will, findet man auch welche. Also Lösungen.» Vielleicht kann Rosa Martina damit aus der Reserve locken.

«Das hat er gesagt?», wundert sich die Fleischermeisterin. «Da hätte er sich mal an seinen eigenen Rat halten sollen. Unsere Eltern hat er drei Mal im Pflegeheim besucht, obwohl sie dort seit vier Monaten leben.»

«Er ist eben sehr engagiert im Insel-Internat gewesen. Die Betreuung seiner Schülergruppe lief ja fast rund um die Uhr.»

«Mag sein. Aber unsere Eltern brauchen auch Betreuung. Seit Kurzem ebenfalls rund um die Uhr. All das ist in den letzten Jahren allein an mir hängen geblieben. Genau wie der Fortbestand unseres Familienbetriebes. Er hätte wie ich Schlachtermeister werden können. Dann hätte sich Vaters Traum erfüllt, weitere Filialen in Ostfriesland zu eröffnen. Dafür war mein Bruder sich allerdings zu fein, der Herr Akademiker.» Die Verbitterung ist ihr an der Nasenspitze anzusehen. «Das durch die Schlachterei verdiente Geld hat er aber gern genommen. Zwei Studiengänge durften wir finanzieren. Glauben Sie ja nicht, Martin hat sich mal Gedanken darüber gemacht, wie wir das Pflegeheim bezahlen, in dem unsere Eltern jetzt wohnen. Über fünftausend Euro berappe ich jeden Monat dafür. Deshalb wollte ich ein Grundstück verkaufen, aber Martin hat sein Veto eingelegt.» Martina Junghans redet sich regelrecht in Rage. Doch nun atmet sie tief durch, und das Zucken ihres Auges stoppt. «Wenn ich ganz ehrlich bin, hält sich meine Trauer über seinen Tod in Grenzen.» Sie strafft ihren Rücken. «Aber nun zurück zu Ihrer Geburtstagsfeier.»

Heinrich Steffens hat noch eine Runde durch den Garten gedreht. Nicht, dass er Langeweile hätte, aber es ist ungewohnt, keine richtigen Aufgaben mehr zu haben. Zum Glück gibt es noch die Hühner. Und die Alpakas.

Im Hühnerstall kakelt ein Huhn aufgeregt. Heinrich wirft einen Blick hinein und sieht Hühni stolz aus dem Nest springen. Ein Ei liegt drin. Auf Hühni ist eben Verlass. Schon flitzt es an seinen Beinen vorbei nach draußen. Hühner sind ja irgendwie auch Vögel. Trotzen Wind und Wetter. Kälte und Schnee scheinen sie nicht zu stören. Machen nicht jeden Herbst die Biege wie Störche, Gänse und anderes Federvieh. Apropos Biege: Ob der Wintergast schon weg ist? Heinrich wirft einen Blick um die Ecke. Der silbergraue Mercedes Kombi steht noch unter der Kastanie. Na, kann nicht mehr lang dauern. Er war vorhin ja schon am Packen.

Hofhund Butscher hebt träge den Kopf, als Heinrich in die Küche kommt, wo Gerda am Herd steht und die Mettwürstchen aus dem Topf holt.

«Wann fährt der Timmerbeil denn? Ich dachte, der hätte sich heute Morgen schon verabschiedet.»

«Der unternimmt noch einen Abschiedsspaziergang um den Hafen, er kann ja seine übliche Abendrunde heute nicht mehr machen. Er bricht nach dem Mittagessen auf. Meine Updrögt Bohnen wollte er sich nicht entgehen lassen.»

Dieser Schmarotzer, denkt Heinrich. «Hoffentlich hast du genug gekocht. Nicht, dass Henner wieder leer ausgeht.»

«Ach Heinrich, nun sei nicht so miesepetrig. Der Herr Timmerbeil ist so ein feiner Mensch. Er …»

Gerda singt schon wieder das Hohelied auf den Wintergast. Heinrich kann es nicht mehr hören. Gut, dass der nachher fährt. Der bringt hier irgendwie alles durcheinander.

«Da haben die Damen aber nicht schlecht gestaunt, als ich ihnen mitgeteilt hab, dass sie morgen um neun im Kommissariat anzutanzen haben», sagt Schnepel selbstgefällig.

Rudi nickt. Er war ja bei den Telefonaten dabei. Sein Gespräch mit Sven war nur von kurzer Dauer, sein Sohn hat keine Ahnung, wer Stups oder Stoppel sein könnte. Im Gegenteil, er hat sich richtig über diese Namen amüsiert. Na, der soll sich erst mal verlieben, da werden ihm und seiner Freundin auch die wildesten Namen einfallen. Rudi grient in sich hinein. Seine Frau Denise, Svens Mama, hat er Muckel genannt. Sie ihn auch. Aber es hat sich schon lange ausgemuckelt. Und Susanne ... also er sagt ja lieber Susanne, aber sie schreibt neuerdings immer Susi. Susi und Rudi, das passt so schön zusammen, hat sie erst Freitag am Telefon gesagt.

Nun machen Schnepel und er im Anker-Café eine kurze Mittagspause. Geertjes Eltern müssten schon gelandet sein. Am besten, er klingelt gleich mal bei Roswitha Michelsen durch und fragt, wann sie sich treffen können. Ist immer gut, so etwas abzustimmen. Hat man ja bei der Fangmann gesehen.

Rudi trinkt noch einen Schluck Kaffee, beißt von dem belegten Laugenbrötchen ab, nimmt sein Handy und geht vor die Tür.

Geertjes Mutter ist nach dem zweiten Klingeln dran.

«Moin, Roswitha. Ich bin's, Rudi. Seid ihr gut gelandet?»

«Ja, wenn man es so nennen kann.»

Stimmt. Diese blöde Frage hätte er sich sparen können. «Mein Kollege und ich würden euch gerne sprechen, gibt doch so 'n paar Dinge, die wir von euch wissen müssten.»

«Muss das heute noch sein?»

«Ja, leider. Dauert aber nicht lange. Wo könnten wir uns treffen?»

«Wir sind unterwegs zum Steffens-Hof, da ist unser Quartier. Was meinst du, Sigrid, wie lange brauchen wir noch?»

«Etwa zwanzig Minuten», hört Rudi Sigrid antworten.

«Rolf wollte Geertje unbedingt noch einmal sehen», sagt Roswitha mit rauer Stimme. «Wir kommen gerade aus dem Rechtsmedizinischen Institut.»

Ach herrje. Das hätte Rudi an ihrer Stelle lieber nicht getan. «Na dann ... bis später.»

Die Haustür auf dem Steffens-Hof ist wie immer unverschlossen. Ohne zu klingeln, marschiert Rosa direkt zur Küche und klopft, bevor sie sie öffnet. Schließlich gehört sie ja fast zur Familie. Irgendwie.

«Moin.» Rosa nickt Henners Eltern zu und ist bei Mudder Steffens Anblick schier geplättet. Richtig schick sieht sie mit dem neuen Haarschnitt aus. Ob Henner das schon gesehen hat?

«Wahnsinn, die Frisur!», ruft sie spontan aus.

«Gefällt es dir?» Gerda greift sich lächelnd an den Hinterkopf.

«Na, und wie! Du siehst zehn Jahre jünger damit aus. Stimmt's, Vadder Steffens?»

Der grunzt nur und hebt die Gabel mit einem Stück geräucherter Mettwurst und einem Klecks Updrögt Bohnen an den Mund.

Rosa wendet sich dem Wintergast zu, der sich gerade mit einer Papierserviette den Mund abtupft und den Teller ein wenig abrückt. «Frau Gerda, es war wieder einmal wunderbar!»

«Sie Schmeichler.» Muddern errötet tatsächlich. «Das ist Herr Timmerbeil. Unser Wintergast», stellt sie ihn Rosa vor. «Leider verlässt er uns heute schon. Dringende Familienangelegenheiten.»

Na, da kommt Rosa ja gerade noch rechtzeitig, um ihm ein bisschen auf den Zahn zu fühlen.

«Ich wäre gerne noch länger geblieben», sagt der elegant wirkende Mittsechziger und zwinkert Muddern zu, die prompt erneut errötet. «Frau Gerda ist solch eine begnadete Köchin.»

«Und Herr Timmerbeil kann herrliche Geschichten erzählen aus der Zeit, als er in Ägypten an Ausgrabungen teilgenommen hat. Später war er Direktor vom Landesmuseum in Hannover», sagt Muddern voller Stolz, als würde sie in einer besonderen Beziehung zu dem Mann stehen, der ein paar Tage für Kost und Logis hier abgestiegen ist.

«Direktor vom Landesmuseum? Das ist ja spannend. Wann denn?» Die jetzige Leiterin hat Ausgrabungen in Ägypten geleitet, das weiß Rosa. Aber zum einen ist die noch nicht im Ruhestand, und zum anderen ist sie schon einige Jahre dabei. Und ihr Vorgänger ist ein Niederländer gewesen, wenn Rosa sich nicht täuscht.

«Ach, das ist schon eine Weile her.» Er erhebt sich. «Ich muss jetzt wirklich los. So leid es mir tut.» Muddern steht ebenfalls auf und reicht ihm die Hand, die er zum angedeuteten Handkuss heranzieht. «Es war mir eine Freude», säuselt er.

Muddern senkt sichtbar verlegen die Augen. «Dann wünsche ich Ihnen eine gute Fahrt. Und vielleicht kommen Sie ja mal wieder nach Neuharlingersiel.»

«Garantiert.» Timmerbeil zwinkert ihr zu und wendet sich an Vaddern. «Sie sind ein Glückspilz mit Ihrer Frau. Hoffentlich wissen Sie das.»

Vaddern nickt. «Joa, weiß ich.» Er steht nun auch auf und tippt seiner Frau auf die Schulter. «Hat Herr Timmerbeil schon bezahlt?»

«Er überweist das. Von Bargeld hält er nicht so viel.»

Herrschaftszeiten. Der hat es aber plötzlich eilig gehabt wegzukommen, wundert sich Heinrich Steffens. Innerhalb von Minuten war der vom Hof verschwunden. Aus dem Auspuff seines alten Mercedes kam als Abschiedsgruß eine dunkle Rauchfahne, deren schwarze Rußpartikel nun auf der dünnen Schneedecke der Buchsbaumhecke zu sehen sind.

Ein Glück ist der jetzt weg, dann kann wieder Ruhe einkehren. Heinrich reibt sich die Hände und geht zurück ins Warme.

«Nun muss ich aber dringend die Betten für Sigrids Verwandtschaft beziehen, da bin ich heute Morgen gar nicht zu gekommen», sagt Gerda, kaum stehen sie wieder in der Diele. «Heinrich, kümmer du dich bitte um den Abwasch.»

«Muss das sein?» Nee, Gerdas Veränderung schmeckt ihm nicht. Mit der neuen Frisur meint sie, auch neue Regeln auf dem Hof einführen zu können. Schon zum zweiten Mal drückt sie ihm den Abwasch auf.

Bevor Gerda antworten kann, sagt Rosa. «Warte, ich helfe dir!»

Heinrich grient. Ist schon ’ne patente Deern. Bloß schade, dass Henner das nicht merkt.

«Zu zweit geht das Bettenbeziehen schneller, Gerda.»

Schiete. Er dachte, sie will ihm helfen.

Nachdem Rosa und Gerda die Betten in Adelheids ehemaligem Kinderzimmer bezogen haben – das ist das größte und für zwei Übernachtungsgäste genau richtig –, setzt Rosa sich neben ihn an den Kachelofen.

«Vadder Steffens, ich hab mal eine Bitte.»

«Nur zu.» Er greift in seinen Tabakbeutel und dreht sich eine Zigarette.

«In der Schule sprechen wir im Moment über Wale.»

Heinrich nickt. «Ist ja klar, wo gerade einer sozusagen vor der Haustür gestrandet ist.»

«Henner hat erzählt, dass du noch ganz alte Walzähne von deinem Urgroßvater hast.»

«Ururgroßvater», korrigiert Heinrich. «Mit Schnitzereien.»

«Ich wollte fragen, ob ich mir die ausleihen kann, um sie meinen Schülern zu zeigen. Das wäre der Knaller im Unterricht.»

Heinrich legt seine fertig gedrehte Zigarette auf die Packung Schwarzer Krauser, den er raucht, seit er denken kann. «Na klar. Warte, ich hol sie.»

Rosa hört im Wohnzimmer die Schranktüren klappern. Geschirr wird hin und her gerückt. Zwischendurch ein Fluch.

Muddern räumt derweil die Geschirrspülmaschine ein und schimpft leise vor sich hin. «Wenn er glaubt, er kann sich immer vor dem Abwasch drücken, hat er sich geirrt.» Rosa überhört das lieber. Besser, sie hält sich da raus.

«Gerda, hast du im Wohnzimmerschrank umgeräumt?» Mit hochrotem Kopf steht Vadder Steffens in der Küchentür.

«Nee, hab ich nicht. Wieso?»

«Der Karton mit den Zähnen steht nicht mehr unten im Schrank.»

«Dann hast du den vielleicht ins mittlere Fach gepackt. Ist mir auch schon passiert, dass ich mich ...»

«Da ist er auch nicht.»

«Vielleicht hast du ihn ganz woanders hingetan und hast nur vergessen, wohin.»

«Da würde ich mich doch dran erinnern.»

«Manchmal auch nicht. Denk nur an den Fahrradschlüssel. Den haben wir ewig gesucht und zwei Jahre später in der Innentasche der alten Winterjacke gefunden. Du vergisst öfter mal was.»

«Ich bin doch nicht dement. Der Karton ist nicht mehr da. Guck selbst.»

Mudder Steffens verdreht die Augen, trocknet sich die Hände am Geschirrtuch ab und geht hinüber ins Wohnzimmer. Rosa und Vaddern folgen.

Muddern kriecht fast in den Schrank. «Nee, hier ist er nicht.»

«Sach ich doch.»

«Was macht ihr denn da?» Auch Henner steht plötzlich im Wohnzimmer.

«Aua!», ruft Muddern, die bei Henners Frage mit dem Kopf hochgezuckt ist und sich am oberen Einlegeboden gestoßen hat.

«Wir suchen die Walzähne», sagt Vaddern und kratzt sich nachdenklich am Kopf. «Die sind verschwunden. Ich kann mir da keinen Reim drauf machen.»

«Die können ja nicht einfach weg sein. Lass mich mal da ran», sagt Henner.

Muddern zieht den Kopf aus dem Schrank. «Ich bin doch nicht blind!», schimpft sie, aber Henner guckt trotzdem noch einmal nach.

«Montag hab ich die noch dem Wintergast gezeigt», sagt Vaddern.

«Moment.» Rosas Herzschlag beschleunigt sich. «Am Montag hast du sie ihm gezeigt?»

«Genau», antwortet Muddern für ihn. «Der hat vielleicht gestaunt. So schöne Exemplare hat er selten gesehen. Und er kennt sich aus. Als Direktor des Landesmuseums in Hannover …»

«Ich bin gar nicht sicher, ob das stimmt. Auf meine Frage, wann das gewesen ist, hat er nicht geantwortet, sondern ist überstürzt aufgebrochen. Ist euch das nicht auch spanisch vorgekommen?»

«Was heißt hier spanisch? Und wieso überstürzt? Er hatte ja schon vorher alles in sein Auto gepackt. Nur die Updrögt Bohnen wollte er auf keinen Fall verpassen», meint Muddern.

Rosa wirft Henner einen bohrenden Blick zu. «Nun sag's deiner Mutter schon», drängt sie.

Gerda Steffens runzelt die Stirn und blickt ihren einzigen Sohn streng an. «Was sollst du mir sagen?»

Henner wirft seinem Vater einen fragenden Blick zu, schweigt aber weiter. Dann seufzt er. «Ist ja gar nicht sicher, ob da was dran ist.»

«Wo ist was dran?»

«Ach nichts», murmelt Henner, während Vaddern die Lippen zusammenpresst.

Da hilft nur eins. Rosa zieht ihr Handy aus der Tasche und tippt eine Nachricht an Rudi.

Das Laugenbrötchen war lecker. Rudi wischt sich mit der Papierserviette den Mund ab, Schnepel futtert zufrieden sein Schwarzbrot mit Rührei.

«Noch einen Kaffee?», fragt Rudi, der gern eine zweite Tasse nimmt. Schnepel nickt. Rudi schnappt sich beide Tassen und geht zum Tresen. «Einmal nachfüllen, bitte», sagt er zur freundlich lächelnden Bedienung, die zur gläsernen Kanne greift und nachschenkt. Ist ökologisch nachhaltiger, als jedes Mal eine saubere Tasse schmutzig zu machen, hat Sven ihm eingetrichtert. Und da er sich gemerkt hat, wem welche Tasse gehört, ist für ihn auch alles in Ordnung. Kleine Dinge ergeben ein Ganzes, hat Sven erklärt, und so bemüht Rudi sich, auch im Kleinen das ökologische Gleichgewicht der Erde im Blick zu haben.

Gerade gießt er einen guten Schluck Milch in seine Tasse, als sein Handy vibriert. Es steht auf lautlos, damit ihn in der Mittagspause niemand stört. Er reicht Schnepel die Tasse, rührt seine eigene um, schaut aufs Display und liest die Nachricht von Rosa. *Bin bei Henners Eltern. Hier brennt gerade die Hütte. Hast du was über den Wintergast rausbekommen?*

Oh, schiet. Hat er vollkommen vergessen. Sofort schickt er Bernie das Kennzeichen vom Timmerbeil.

Dringend! Lass das mal durchlaufen und melde dich, schreibt er, Rosas Nachricht lässt er hingegen unbeantwortet. Sie kann schließlich nicht erwarten, dass er ihr immer auf der Stelle antwortet. Das macht zum Glück Bernie. *Alles klar, melde mich zügig*. Siehste, geht doch. Dann hat er die Infos auf jeden Fall, wenn sie gleich auf dem Steffens-Hof sind und Geertjes Eltern befragen.

Immer noch wechseln Henner und sein Vater Blicke. Das dauert vielleicht, bis sie in die Gänge kommen. Rosa möchte die beiden am liebsten schütteln.

«Schluss mit den Heimlichkeiten», sagt Muddern mit einem ärgerlichen Unterton in der Stimme. «Raus mit der Sprache! Was ist los?»

«Vaddern ist der Wintergast nicht ganz geheuer», sagt Henner endlich.

«Was soll das denn heißen?» Muddern stemmt die Hände in die Hüfte und schaut ihren Mann an. «Nicht geheuer! Du kannst es nur nicht verknusen, dass ein anderer Mann mir Komplimente macht! Von dir hab ich ja schon ewig keine mehr bekommen! Und die von Herrn Timmerbeil haben mir gutgetan! Nur dass du es weißt.»

«Darum geht es doch gar nicht. Ich hab zufällig ein Telefongespräch mit angehört.» Vaddern verzieht entschuldigend den Mund. «Durchs offene Fenster. Davon hab ich Henner erzählt.»

«Und ich gestern Abend Rudi. Der will sich mal schlaumachen», sagt Henner.

«Was heißt hier: ‹Der will sich schlaumachen›?» Muddern klingt nun nicht nur ein bisschen verärgert, sondern regelrecht wütend.

«Ich wollte ja nur wissen, ob wir uns Sorgen machen müssen», sagt Henner ziemlich kleinlaut.

«Und, was ist dabei rausgekommen?» Mudderns Stimme ist scharf wie ein Kartoffelschälmesser. So kennt Rosa sie gar nicht.

«Keine Ahnung. Rudi hat sich noch nicht gemeldet. Der ist wohl mit den Mordermittlungen voll ausgelastet.»

«Ich hab ihm aber gerade eine Nachricht geschickt», beeilt sich Rosa zu sagen, damit der Haussegen nicht in Schieflage gerät. «Der antwortet bestimmt gleich.»

«Das verstehe ich nicht. Warum habt ihr Rudi gefragt? Der kennt unseren Wintergast ja gar nicht. Ihr glaubt doch nicht etwa ...» Ein entrüsteter Blick trifft nun auch Rosa «Nie und nimmer hat der die Zähne gestohlen. Vaddern hat die verlegt und schiebt es jetzt Herrn Timmerbeil in die Schuhe. So sieht das aus.»

In diesem Moment fährt Adelheids Corsa die Auffahrt hoch. Auf der Beifahrerseite steigt eine Frau aus, auf der Fahrerseite Sigrid, die den Sitz nach vorne klappt. Ein korpulenter Mann quält sich von der Rückbank nach draußen.

«Erwartet ihr Besuch?», fragt Henner.

«Ja. Sigrids Schwester und deren Mann. Sie wohnen als Pensionsgäste bei uns. Bis zu Geertjes Beerdigung vergehen ja noch einige Tage», sagt Mudder Steffens und wirft ihrem Mann einen versöhnlichen Blick zu. «Ist wirklich ein Schicksalsschlag, den die beiden verkraften müssen. So ein paar verbaselte Walzähne sind dagegen ein Mückenschiss. Und vor allem kein Grund, sich zu streiten. Das wollen wir mal festhalten.» Bei den letzten Worten ist sie aufgestanden und zur Tür gegangen. Mit gewohnt fröhlichem Lächeln eilt sie nach draußen, um die Gäste zu begrüßen.

Kaum sitzen sie im Dienstwagen auf dem Weg nach Neuharlingersiel, reibt sich Schnepel zufrieden über die in den letzten Monaten sichtlich gewachsene Wampe. «Mann, tat das gut! Ich hätte glatt noch eine zweite Portion verdrücken können.»

«Kannst dir ja auch selbst mal ein paar Eier in die Pfanne hauen», stänkert Rudi. «Das ist nicht schwer.»

«Aber dann muss ich anschließend den Abwasch machen», meint Schnepel. «Irgendwie hab ich mich mittlerweile an Mikrowellenessen und Pizzen gewöhnt. Das Essen kann ich direkt aus diesen Aluschalen essen. Und für die Pizzen brauche ich nur einen Pizzaschneider. Den hab ich mal gratis zu einer Kiste Jever bekommen.»

In diesem Moment meldet die Leitstelle per Funk einen Unfall. Ein Auto ist im Graben gelandet, Notarzt und Rettungswagen sind unterwegs.

Sie sind am nächsten dran. Rudi schaltet das Blaulicht ein und gibt mit lautem Tatütata Gas.

Keine fünf Minuten später haben sie die Unfallstelle erreicht. Die Sanitäter sind bereits am Fahrzeug, einem silbergrauen Kombi. Der Fahrer ist verletzt, aber ansprechbar.

«War nicht angeschnallt», sagt ein Sanitäter zu Rudi und reicht dem Arzt die gewünschten Utensilien aus dem Notfallkoffer.

«Vermutlich Schleudertrauma und Gehirnerschütterung», ergänzt der Arzt. «Er ist mit dem Kopf gegen die Scheibe geknallt. Hat 'ne ordentliche Platzwunde.»

«Haben wir die Personalien?» Rudi zückt sein Notizheft.

«Horst Hottenrott. Wohnhaft in Duisburg, geboren am 20. April 1956.»

«Führers Geburtstag», wirft Schnepel ein.

«Helmut!»

«Man wird doch noch mal einen Scherz machen dürfen», verteidigt sich Schnepel. «Das Datum und der Spruch waren für meinen Vater eins. Das hab ich wohl unbewusst übernommen.»

Rudi notiert sich alles und macht sicherheitshalber noch ein Foto vom Personalausweis.

«Alles so weit in Ordnung. Meinen Sie, Sie können allein aussteigen?» Bei der Frage des Arztes hebt Rudi den Blick.

Der Mittsechziger nickt und steigt aus. Außer an der Kopfverletzung sieht Rudi kein weiteres Blut, aber das muss nichts heißen. Nicht alle schweren Verletzungen gehen mit sichtbaren äußeren Zeichen einher.

«Mir geht es gut. Machen Sie sich keine Mühe. Ich brauche nicht ins Krankenhaus. Ich muss weiterfahren. Ich muss ...» In diesem Augenblick sackt er in sich zusammen.

Der Arzt fängt ihn auf, und die Sanitäter bugsieren ihn auf einer Trage in den Rettungswagen, wo er versorgt wird. Einige Minuten später startet das Fahrzeug mit durchdringendem Warnton und kreisendem Blaulicht in Richtung Wittmund.

«Als Nächstes müssen wir uns darum kümmern, dass das Auto aus dem Graben gehievt wird», stellt Rudi fest. Wenn Feuerwehr-Dieter den Wagen rausgeholt hat, kann der Abschleppdienst ihn in die Werkstatt bringen. Am besten in die von Rudis Kumpel Knut. Dem verschafft er gerne mal den einen oder anderen Auftrag, dafür repariert er Rudis Ente dann und wann zu einem günstigen Kurs. Leben und leben lassen. Das ist schon immer seine Devise gewesen.

Gleich darauf hat Rudi Dieter an der Strippe und gibt ihm die Position des Unfallwagens durch. Als er das Kennzeichen sieht, stutzt er.

Das ist doch das Auto vom Wintergast. Der Fahrer heißt aber Hottenrott und nicht Timmerbeil. Da hat Henner, oder vielmehr Vadder Steffens, wohl den richtigen Riecher gehabt. Mit dem Kerl stimmt was nicht. Und dann wollte der auch sofort weiterfahren, obwohl er verletzt ist.

Rudi hat das Gespräch mit Dieter gerade beendet, als sein Handy einen weiteren Anruf ankündigt. Rosa.

Wieso ruft die ihn denn schon wieder im Dienst an?

«Rosa! Du, ich hab ...»

Sie lässt ihn nicht ausreden, sondern redet ohne Punkt und Komma. «Rudi! Der Wintergast ist wahrscheinlich mit den Walzähnen von Vadder Steffens abgehauen. Der hat die aus dem Wohnzimmerschrank geklaut, wie es aussieht! Der Typ hat die Steffens nach Strich und Faden belogen. Und die Pensions-Rechnung hat er auch noch nicht bezahlt. Das ist ein ganz gemeiner Dieb! Du musst unbedingt eine Fahndung nach ihm rausgeben!»

Ach nee. So macht das Verhalten von diesem Herrn Hottenrott allerdings Sinn.

«Beruhige dich, Rosa», sagt Rudi, und ein tiefes Gefühl von Zufriedenheit steigt in ihm auf. «Ich regle das. Aber lass mich erst mal meine Arbeit machen. Tschüs.»

Schon öffnet Rudi die Autotür.

«Das hat ja jetzt endlos gedauert. Gleich ist Feierabend.

Und ich hab noch 'nen Termin», mault Schnepel, der in der Zwischenzeit im Einsatzfahrzeug gewartet und mit seinem Handy rumgespielt hat. «Der Wagen wird doch eh gleich abgeholt.»

«Der Feierabend muss warten», sagt Rudi knapp und geht zurück zum Unfallfahrzeug. Auf dem Beifahrersitz liegt nichts, auf dem Rücksitz auch nicht. Sicherheitshalber streift er sich die Einmalhandschuhe über, die er im Dienst stets dabeihaben muss, und öffnet den Kofferraum. Zwei Reisetaschen befinden sich darin. Neugierig öffnet Rudi die Reißverschlüsse.

Tatsächlich. Unter einer Tüte mit Schmutzwäsche befindet sich ein Karton. Erwartungsvoll hebt er den Deckel.

Muddern hat zum x-ten Mal Tee eingeschenkt. Nachdem Geertjes Eltern ihr Zimmer bezogen haben, sind sie in die gemütliche Küche gekommen. Sofort ist Roswitha an den bollernden Kachelofen getreten und hat sich die Hände gewärmt. Wahrscheinlich ist das gut gegen die innere Kälte. Jetzt sitzt sie wie ein Häuflein Elend vor ihrer vollen Tasse und starrt hinein. Sie tut Henner so leid. Immer wieder stammelt sie: «Wer hat das nur getan?» Und: «Warum?»

Niemand antwortet. Nicht einmal Rosa, die für ihre Verhältnisse auffallend still am Tisch hockt und ständig auf ihr Handy guckt. Vermutlich wartet sie auf eine Nachricht von Rudi. Das mit den Walzähnen ist schon seltsam. Aber Muddern hat recht. Das ist nichts gegen einen Mord. Dennoch, das eine wie das andere beunruhigt Henner zutiefst. Das passt alles nicht in das eigentlich so friedliche und beschauliche Ostfriesland. Am liebsten würde er sich jetzt verabschieden, zehn Briefe hat er noch in der Posttasche. Die verschwundenen Zähne haben seinen Zeitplan komplett durcheinandergebracht. Aber er will nicht unhöflich sein. Vielleicht haben die Eltern noch Fragen an ihn. Immerhin hat *er* Geertje am Dienstagmorgen gefunden. Er überlegt, wie er sich unauffällig dünnemachen kann, als Rudi durch die Tür kommt, in der Hand eine Reisetasche. Was will der denn damit?

«Moin», grüßt Rudi, stellt die Tasche ab und geht zu Geertjes Eltern, denen er verhalten die Hände schüttelt. «Mein herzlichstes Beileid.»

«Zuallererst: In der Reisetasche sind die geklauten Zähne.»

Schon setzen Muddern und Rosa an zu reden, doch Rudi hebt die Hand. «Dazu kommen wir später. Jetzt möchte ich erst einmal mit Geertjes Eltern sprechen. Das ist wichtiger.» Rosa rutscht zu Henner auf die Bank, damit Rudi auf dem Stuhl Platz nehmen kann.

«Haben Sie den Mörder?» Geertjes Vater sieht Rudi aus traurigen Augen an.

«Nein, aber wir ermitteln in alle Richtungen und haben auch schon vielversprechende Spuren. Es braucht eben alles seine Zeit.» Durch die vielen Fernsehkrimis glauben die Leute, dass es immer ruckzuck geht. Aber echte Polizeiarbeit sieht anders aus.

«Wie können wir Ihnen bei den Ermittlungen helfen?» Rolf Michelsen scheint gefasster als seine Frau zu sein, die die ganze Zeit in ihre volle Teetasse starrt, als würde sie darin Antworten finden.

«Auf Geertjes Handy haben wir eine Textnachricht gefunden, die wir nicht einordnen können. Angeredet wurde der Teilnehmer von Ihrer Tochter mit Stoppel, sie selbst mit Stups. Wissen Sie, wer dieser Stoppel sein könnte?»

Roswitha Michelsen schaut ihren Mann fragend an. Der zuckt mit den Schultern. Beide überlegen. Dann schütteln sie den Kopf.

«Tut mir leid», sagt die Mutter. «Stoppel sagt mir nichts. Früher hatte Geertje mal ein Kaninchen, das so hieß. Ein Deutscher Riese. Aber das wird damit ja wohl nicht gemeint sein.»

Als sie merken, dass sie nicht weiterkommen, steht Roswitha Michelsen auf. «Seid mir bitte nicht böse, aber ich möchte an die frische Luft. Ich hab das Gefühl, hier drinnen zu ersticken. Kommst du mit, Rolf?»

«Natürlich.» Auch Geertjes Vater steht auf. «Sie brauchen uns doch nicht mehr?»

«Nö. Wenn mir noch was einfällt, melde ich mich. Sie bleiben ja noch ein paar Tage.»

«In Ordnung.» Rolf Michelsen legt seiner Frau den Arm um die Schultern, und gemeinsam verlassen sie die Küche.

Henner steht ebenfalls auf. «Ich muss auch los. Warten noch ein paar Briefe, die eingeschmissen werden müssen.» Rosa blickt ihn entsetzt an. «Du kannst doch nicht gehen, bevor wir wissen, wie Rudi an die Zähne gekommen ist.»

«Na gut.» Henner setzt sich wieder.

«Nun sag schon, woher hast du die?», drängelt Rosa. «Und was hast du über den Wintergast herausgefunden?»

Rudi holt die Reisetasche und stellt sie auf den Tisch. «Ihr glaubt es nicht!»

«Das ist ja die Tasche von Herrn Timmerbeil», wundert sich Muddern. «Was ist passiert?» Sie wirft Rudi einen schrägen Blick zu.

«Tja, manchmal gibt es die verrücktesten Dinge», beginnt er und erzählt von dem Unfall und den Papieren des Fahrers. Er zeigt das Foto, das er vom Personalausweis gemacht hat.

«Ist das euer Wintergast?»

Muddern betrachtet das Bild und lächelt. «Jo. Der sieht aber in echt viel freundlicher aus.»

«In echt heißt der aber nicht Timmerbeil, sondern Horst Hottenrott und ist mehrfach vorbestraft. Wegen Diebstahl, Betrug und Heiratsschwindel.»

Muddern erbleicht. «Das glaub ich nicht.»

Mit einem Ruck zieht Rudi den Reißverschluss der Tasche auf und hebt den Karton mit den Walzähnen heraus.

«Von wegen, ich weiß nicht mehr, wo ich die hingetan habe», sagt Vaddern giftig. Er öffnet die Schachtel und streicht behutsam über einen Zahn. «Ich hab doch geahnt, dass mit deinem Gast was nicht stimmt.»

«Mit *meinem* Gast. Wieso mit *meinem*?» Muddern ist das Entsetzen anzusehen. Sie ringt regelrecht um Fassung. «Wie hab ich mich nur so blenden lassen können?», bringt sie endlich heraus.

«Weil der dich eingewickelt hat. Ein Kompliment hier, eins da. Als Heiratsschwindler versteht der sein Handwerk.» Ein breites Grinsen huscht über das Gesicht des alten Bauern, dann tätschelt er die Hand seiner Frau und zwinkert ihr zu. «Aber in einem hat der Wintergast recht: Du bist das Beste, was es gibt. Und das weiß ich auch.»

Verschämt lächelt sie zurück. «Und ich hab mich zum Narren gemacht.»

«Stimmt doch gar nicht», widerspricht Vaddern und hält weiter ihre Hand. «Nur ein kleines büschen.»

«Aber das kriegt der zurück. Den zeigen wir an.» Kampflustig legt Muddern die andere Hand auf die ihres Mannes. «Rudi, können wir die Diebstahlanzeige gleich bei dir aufgeben? Ich meine, jetzt und hier.»

«Aber natürlich, ich bitte darum.»

Im Dattein drängeln sich die Gäste wieder einmal eng aneinander. Aber das Geschiebe stört Rudi nicht. Im Gegenteil. Nach diesem turbulenten Tag tut es gut, den Abend mit Henner und Rosa hier an der Theke ausklingen lassen. Dass er durch Zufall dem Wintergast auf die Spur gekommen ist und die geklauten Zähne sichergestellt hat, ist echt ein Ding. Das hat ihn richtig in Wallung gebracht. «Ich bin so gespannt, was der für ein Gesicht macht, wenn ich ihm die Anzeige morgen unter die Nase reibe.»

«Nun plustere dich man nicht so auf. Hättest du nicht vergessen, die Autonummer zu überprüfen, wären wir ihm viel schneller auf die Spur gekommen», stänkert Rosa.

«Stimmt», meint auch Henner.

«Noch zwei Bier und ein Glas Grauburgunder», ordert Rudi, um von seinem Versäumnis abzulenken. «Haueisen ist übrigens ganz begeistert von deiner Idee, dass es vielleicht kein Mann, sondern eine Frau gewesen ist, die mein Vater am Sonntagabend zusammen mit Geertje am Hafen gesehen hat.»

«Ach, will dein Chef mir etwa Honig um den Bart schmieren?», fragt Rosa. Rudi merkt ihr trotzdem an, dass sie sich geschmeichelt fühlt.

«Für morgen haben wir eine Gegenüberstellung geplant. Martina Junghans und Anna Fangmann sind nach Wittmund bestellt. Begeistert waren sie nicht darüber. Aber sie haben ja keine andere Wahl, wenn sie nicht von uns im Streifenwagen abgeholt werden wollen.» Rudi greift nach dem frisch gezapften Bier und prostet den beiden zu. «Blöd ist nur, dass ich meinen Vater nicht erreichen kann. Der geht einfach nicht ans Handy. Hab ihm vorhin noch mal aufs Band gesprochen, dass ich hier bin. Der muss ja morgen unbedingt dabei sein.»

Als wäre das sein Stichwort gewesen, kommt Hoyko in genau diesem Moment zur Tür herein. Rosa winkt ihm zu, er winkt zurück und steuert die Theke an.

«Hallo, ihr drei», grüßt er und klopft auf den Tresen.

«Endlich! Sag mal, wo hast du denn gesteckt? Und warum bist du nicht an dein Handy gegangen? Vier Mal hab ich dich angerufen und zwei Nachrichten geschickt», sagt Rudi mit einer Mischung aus Wut und Erleichterung.

«Nun krieg dich mal wieder ein.»

«Wo warst du denn nun?» Auch Rosa sieht Hoyko neugierig an.

«Beim Lach-Yoga-Workshop. Hab ich das nicht gesagt?»

«Lach-Yoga?» Ein breites Grinsen zieht über Rudis Gesicht. Sachen gibt's! «Ist jetzt auch egal. Hauptsache, du bist morgen früh um neun Uhr auf dem Kommissariat in Wittmund. Wir brauchen dich für eine Gegenüberstellung.»

DONNERSTAG

Frisch geduscht steht Henner in seinem leicht zerschlissenen Bademantel in der Küche und gießt kochendes Wasser über die Ostfriesenteemischung. Er sollte sich dringend einen neuen Bademantel anschaffen. Was würde eine Frau von ihm denken, wenn sie ihn in diesem ollen Ding sähe. Nein, es wird Zeit, ein wenig mehr auf sich zu achten.

Während der Tee zieht, greift er nach dem Fläschchen mit der gelben Flüssigkeit, das Rosa ihm gestern Abend beim Nachhausekommen angedreht hat. «Du glaubst gar nicht, wie gut dir das tun wird», hat sie gesagt, ist hoch in ihre Wohnung geflitzt und hat ihm ihre beiden neuesten Wundermittel in die Hand gedrückt. Henner schüttelt die Flasche mit dem Ingwer-Shot, füllt das kleinste Schnapsglas, das er besitzt, mit dem Extrakt und beäugt es misstrauisch. Nicht lang schnacken, Kopf in' Nacken. Er setzt das Glas an und leert es mit einem Schluck. Als wenn es Doppelkorn wäre. Brennt auch fast so im Magen. Henner schüttelt sich. Ganz schön scharf, der Ingwer. Angeblich wird man morgens davon wacher als von Kaffee oder Tee. Und den Stoffwechsel soll es auch in Schwung bringen, behauptet jedenfalls Rosa.

Nun noch einen kleinen Löffel von ihrem zusammengemischten Wunderpulver: Muskatnuss, Koriander und noch so 'n exotischer Kram. Den hat sie extra für seine Mutter zum Geburtstag angerührt. Weil es bei ihr im Knie immer zieht. Das müsse er unbedingt mal probieren. Skeptisch schiebt Henner sich den Löffel in den Mund und leckt die Mischung ab. Das Zeug klebt am Gaumen. Schnell kippt er ein Glas Leitungswasser hinterher. Hätte er Rosa gestern auf dem Heimweg vom Dattein bloß nichts von seinen Kreuzschmerzen erzählt. Henner zieht das Teenetz aus der Kanne und grient versonnen vor sich hin. Irgendwie war's auch süß, wie fürsorglich sie reagiert hat. So wie Muddern früher, wenn er sich das Knie aufgeschlagen hatte oder am Kinn blutete. Apropos Muddern, was ist mit der im Moment bloß los? Dem Wintergast ist sie ja ganz schön auf den Leim gegangen. Er hätte nie gedacht, dass sie sich von Komplimenten fremder Männer einwickeln lassen würde. Und zu allem Überfluss stellt sich auch noch raus, dass der nicht nur ein Dieb und Betrüger ist, sondern auch ein Heiratsschwindler.

Vorsichtig nippt er am Tee. Schiet, ist der heiß. Besser etwas abkühlen lassen. Während Henner in seine lange Unterhose schlüpft, muss er daran denken, wie einträchtig seine Eltern gestern Hand auf Hand nebeneinander am Tisch gesessen haben. Da ist ihm richtig warm ums Herz geworden. Muss wirklich schön sein, wenn man schon in jungen Jahren einen Menschen findet, mit dem man durchs Leben geht. In guten wie in schlechten Zeiten. Ob das bei ihm wohl auch noch mal was wird? Bei diesem Gedanken ist ihm direkt ein bisschen blümerant zumute. Das hat er in letzter Zeit öfter mal.

Ein Geräusch reißt ihn aus seinen Träumereien. Im Zimmer über ihm wird etwas über den Fußboden geschoben. Rosa ist also auch schon wach. Er hat sich inzwischen richtig an sie gewöhnt. Sogar an ihr Gesabbel. Auf jeden Fall ist es besser, sie über sich wohnen zu haben als den geigenden

Finanzbeamten. Das hat er letzten Sommer gemerkt. Als er schon befürchtet hatte, dass Rosa bald ausziehen würde.

Na, das ist zum Glück ja noch mal gut gegangen. Er knöpft sein kariertes Flanellhemd zu. Nun müsste der Tee die richtige Trinktemperatur haben.

Nach zwei Tassen und einer dick mit Deichsalami belegten Stulle fühlt er sich für den Tag gerüstet und macht sich auf den Weg zum Dienst. Bei der Arbeit kommt er wenigstens nicht auf komische Gedanken.

Es ist jedes Mal eine Zitterpartie, wenn Rudi morgens in seine Ente steigt. Fast hat er den Eindruck, sein Schrauberkumpel Knut baut irgendwelche Tücken ein, damit die alte Dame mehr bei ihm in der Werkstatt steht als bei Rudi vor der Tür.

Heute surrt der Motor zum Glück auf Anhieb. Wäre auch sehr umständlich, mit den öffentlichen Verkehrsmitteln nach Esens zu kommen, der Bus fährt im Winter erst um acht Uhr zwanzig vom Anleger los. Früher hat er ja auf Svens DKW zurückgreifen können, aber die hat sein Sohn mit nach Emden genommen.

In Esens tauscht er die Ente gegen die Polizei-Ape, macht sich auf nach Wittmund und parkt direkt vor dem Kommissariat. Die Ape ist schließlich ein echter Hingucker und wird oft fotografiert. Prima Werbung für die Polizei, findet Rudi.

Forschen Schrittes läuft er ins Gebäude, liefert die Diebstahlanzeige wegen der Walzähne bei den Kollegen ab – reine Formsache, Dieb und Diebesgut sind ja bereits sichergestellt – und eilt hinauf in den ersten Stock.

«Moin», grüßt er, als er das Büro des Chefs betritt. Schnepel ist noch nicht da. Egal. «Ich weiß zwar nicht, ob das mit unserer Sache zu tun hat, aber ...» Schon berichtet er vom Unfall am Mittwochnachmittag und von dem Telefonat, das Heinrich Steffens zufällig mitbekommen hat.

Sein Chef ist ganz Ohr. Zwischendurch nickt er, und Rudi sieht regelrecht, wie seine grauen Zellen arbeiten.

«Es kann kein Zufall sein, dass dieser Mann unter falschem Namen in Neuharlingersiel abgestiegen ist und die Walzähne stiehlt, während zeitgleich ein gestrandeter Pottwal auf Spiekeroog gefleddert wird. Das stinkt ja drei Meilen gegen den ostfriesischen Sturm. Garantiert hängt das zusammen», beendet Rudi seine Ausführungen.

«Was hängt zusammen, und was stinkt?», sagt Schnepel, der, ohne anzuklopfen, das Büro betritt. Haueisen wirft einen Blick auf die Uhr.

«Das erzähle ich Ihnen nachher. Sind die Damen Fangmann und Junghans zur Gegenüberstellung da? Und Herr Manninga?»

«Jawoll.» Schnepel salutiert mit dem rechten Zeigefinger an der Stirn. «Alle eingetroffen, natürlich voneinander separiert. Auch die Kollegen und Kolleginnen stehen in dunkler Zivilkleidung für die Gegenüberstellung zur Verfügung. Von mir aus kann es losgehen.»

«Nun denn.» Haueisen erhebt sich schwerfällig aus seinem Sessel.

«Moment noch, Chef», sagt Schnepel. «Nach der Gegenüberstellung, egal, was dabei rauskommt, möchte ich Frau Fangmann wie gestern besprochen mal so richtig auf den Zahn fühlen, um herauszufinden, ob sie früher als Noch-Mann eine wie auch immer geartete Beziehung zu Frau Michelsen hatte.»

Während Schnepel sich um Hoyko kümmert, weist Rudi die Kandidaten der Gegenüberstellung ein.

«Bitte alle die Kapuzen auf den Kopf setzen und mit dem Rücken zur Glaswand stellen», instruiert er die sechs Personen. «Weiteres kommt dann gegebenenfalls über die Lautsprecher. Danke schon mal für Ihre Bereitschaft.»

«Das Danke können Sie sich in die Haare schmieren», schimpft Anna Fangmann, Martina Junghans hingegen folgt schweigend seinen Anweisungen. Als alle die Kapuzen über den Köpfen haben und dem Betrachter den Rücken zeigen, glaubt Rudi nicht, dass sein Vater Geertjes Begleitperson unter diesen Umständen identifizieren kann. Wie denn auch?

Seufzend verlässt Rudi den Raum, geht nach nebenan und hebt den Daumen als Signal für Schnepel, Hoyko hereinzubringen.

Sein Vater hat sich angezogen, als müsse er zu einer Beerdigung, wie Rudi schmunzelnd feststellt. Er trägt einen dunklen Anzug und den dunkelblauen Mantel mit Messingknöpfen. Auf dem Kopf eine Prinz-Heinrich-Mütze.

Sich seiner wichtigen Aufgabe bewusst, lässt Hoyko sich Zeit und betrachtet jede Person intensiv. «Es ist schwer», sagt er nach einer gefühlten Ewigkeit. «Ich möchte auf keinen Fall jemanden fälschlicherweise beschuldigen. Es war ja nur ein kurzes Aufeinandertreffen. Man weiß ja auch nicht, dass es wichtig ist, sich gerade das zu merken. Gibt so viele Menschen, denen man tagtäglich begegnet.» Noch immer betrachtet er die Personen eingehend. «Einen kann ich allerdings ausschließen. Den Zweiten von links. Der war es garantiert nicht. Der ist zu klein.»

Verblüfft guckt Rudi seinen Vater an. Zu klein? Seiner

Ansicht nach ist Kollege Schmidt fast genauso groß wie die anderen. Aber sei's drum.

«Hätte ich mir ja denken können, dass dein Vater die Begleitperson nicht identifizieren kann», mosert Schnepel, als sie hinübergehen, um die Kandidaten zu entlassen.

Auf Anna Fangmanns Gesicht zeichnet sich ein selbstzufriedenes Grinsen ab. «Sehen Sie, Sie hätten sich diese Schikane sparen können.» Sie will an Schnepel vorbei den Raum verlassen, der hält sie jedoch am Ärmel fest.

«Nichts da. Sie bleiben hier. Wir beide werden uns noch mal in Ruhe unterhalten. So von Mann zu Mann.»

Rudi bleibt fast die Spucke weg bei dem Spruch. Und Anna Fangmanns Augen sprühen Blitze.

Mucksmäuschenstill ist es an den vier Gruppentischen, als Rosa die verzierten Walzähne gut sichtbar in der Mitte des Raums auf einen Rollwagen stellt. Dann aber geht das Geschnatter los.

«Boah, die sind ja groß!»

«Und bemalt sind sie auch.»

«Nein, da hat jemand drauf geschnitzt.»

«Das habt ihr gut erkannt», lobt Rosa und platziert nun auf jedem der Tische einen Zahn. «Die Seeleute waren damals monatelang mit den Schiffen unterwegs. Um sich die Zeit zu vertreiben, haben sie tatsächlich Bilder auf die Zähne geschnitzt. Das war außerdem eine zusätzliche Verdienstmöglichkeit bei ihrer Rückkehr. Schaut euch jetzt die Bilder genau an, versucht herauszubekommen, was auf ihnen dargestellt wird.»

Als der Gong ertönt und ihre Schüler aus dem Klassenraum strömen, ist Rosa äußerst zufrieden. Die Kinder haben sogar bemerkt, dass die geschnitzten Bilder Geschichten erzählen. Auf einem ist der Untergang eines Dreimasters zu sehen, auf einem anderen schwimmen Wale mit offenen Mündern vor kreuzenden Segelschiffen. Könnten diese Riesen der Meere das Schiff zum Kentern gebracht haben? Die wildesten Geschichten standen plötzlich im Raum, Rosa ist begeistert von der Fantasie ihrer Schüler. Auf etliche Fragen weiß aber auch sie keine Antworten, sondern kann lediglich Vermutungen anstellen.

Fast wie in den beiden Mordfällen. Wenn sie nur wüsste, wer dieser Stoppel ist. Allzu vertraut kann er mit Geertje nicht gewesen sein. Sonst müssten die Eltern diesen Namen schon mal gehört haben. Auch wenn es länger her ist. Oder war Geertje vielleicht daheim verschlossen wie eine Auster? Sind ja viele in der Pubertät. Rosa hat ihren Eltern früher auch nicht viel erzählt. Aber für sich behalten hat sie es auch nicht …

Genau! Das ist es! Dass sie darauf nicht eher gekommen ist!

Kopfschüttelnd blickt Rudi Schnepel und Anna Fangmann nach, die zusammen in eins der Verhörzimmer gehen. Dass der es aber auch einfach nicht lassen kann zu provozieren. Achselzuckend läuft Rudi die Treppen hinauf, um Haueisen Bericht zu erstatten. Als er das Büro des Chefs betritt, staunt er nicht schlecht, einen Kollegen der gegenüberliegenden Abteilung in lebhafter Unterredung mit Haueisen anzutreffen.

Als der Chef ihn sieht, lächelt er. Zum ersten Mal seit einigen Tagen. «Bakker! Was hat die Gegenüberstellung ergeben?»

Zerknirscht blickt Rudi ihn an. «Leider nichts. Unser Augenzeuge hat die Begleitperson von Geertje Michelsen nicht identifizieren können.»

Haueisen nickt. «Das konnte er auch nicht.»

«Wie? Das konnte er auch nicht?» Rudi ist verwirrt.

«Na los», fordert Haueisen den Kollegen Schnieder auf, «erzählen Sie ihm kurz und knapp, welchen Erfolg Ihre Abteilung verbuchen kann.»

«Uns ist es gestern geglückt, einen Mann festzunehmen, der dringend verdächtig ist, die Zähne des Spiekerooger Wals geraubt zu haben. Möglicherweise in Tateinheit mit dem Mord an Martin Junghans.»

«Nicht Ihr Ernst», staunt Rudi.

«Doch. Wir haben ja landesweit eine Ermittlungsgruppe, die schon seit Monaten nach den Walfledderern sucht. Die Kollegen aus Kiel haben uns um Amtshilfe gebeten. Sie sind im Internet auf ein Verkaufsangebot bei eBay gestoßen. Da hat einer Walzähne angeboten. Der Verkäufer ist in der Krummhörn wohnhaft und wollte sie gegen Selbstabholung veräußern. Daraufhin haben wir Interesse vorgetäuscht, sind hingefahren und haben uns die Zähne zeigen lassen. Es gibt keinen Zweifel, dass die noch bis vor Kurzem im Kiefer eines lebenden Wales gesteckt haben. Wir haben auch einen Durchsuchungsbeschluss für die Wohnung bekommen und dort noch weitere Zähne gefunden. Weil es auf Spiekeroog außerdem den Toten gab, haben wir zunächst einen Haftbefehl für 24 Stunden erwirken können. Der Mann sitzt nun in der Arrestzelle und wartet auf seinen Anwalt, ohne den er kein Wort sagen möchte.»

«Das ist ja ein Ding.» Rudi ist geplättet. «Sagen Sie nicht, dass dieser Typ mit Vornamen Thomas heißt.»

Nun ist es an Schnieder, verblüfft zu sein. «Woher wissen Sie das denn?»

Aufgeregt blickt Rudi zu Haueisen. «Chef, das passt doch eins a zusammen!»

Haueisen nickt. «Das habe ich auch gedacht. Wo bleibt denn Schnepel?»

«Der verhört Anna Fangmann. Er hat sich darauf versteift, dass sie die Täterin ist.»

«Na, dann gehen Sie mal zu ihm und brechen das Verhör ab. Wie es scheint, haben wir den Täter. Ihr Vater ist wohl nicht mehr im Hause? Wir könnten ihn sonst fragen, ob er den Verhafteten erkennt.»

«Nö, der ist schon weg. Soll ich versuchen, ihn anzurufen?»

«Ach was. Das können wir nachholen, wenn es kein Geständnis gibt.» Haueisen reibt sich zufrieden die Hände. «Fein, fein. Dann haben wir den Fall ja so gut wie gelöst. Sicher hängen da außer dem Herrn Hottenrott und Thomas Schiborski noch weitere Personen mit drin, es soll ja angeblich ein krimineller Ring sein. Wir werden die beiden Vögel schon zum Singen bringen. Sehen Sie zu, dass Sie schnellstens mit dem Hottenrott reden. Der ist doch zur Beobachtung im Krankenhaus geblieben?»

Rudi nickt. Jedenfalls geht er davon aus. Es sei denn, der Kerl ist abgehauen.

Zurück in Neuharlingersiel steuert Rosa Adelheids Andenkenlädchen an. Wenn sie Glück hat, sitzen die anderen noch beim Elführtje.

Die Glöckchen über der Ladentür bimmeln fröhlich, als

Rosa zusammen mit einem heftigen Windstoß die Tür öffnet. Von hinten hört sie Stimmen.

«Moin», ruft Rosa und eilt zwischen den Regalen mit Nippes entlang nach hinten, wo Adelheid, Sigrid und Gisela in trauter Runde sitzen.

«Setz dich.» Adelheid schenkt ihr ungefragt Tee ein. «Ich erzähl gerade, dass der Wintergast meine Eltern nicht nur nach Strich und Faden betrogen, sondern ihnen auch noch die uralten Walzähne geklaut hat.»

«Dabei hat deine Mutter so von ihm geschwärmt. Mir klingeln jetzt noch die Ohren», sagt Gisela. «Ich hab ja beim Friseur neben ihr gesessen, als sie Gudrun von ihm erzählt hat. Wenn die sich man nicht wegen dem den neuen Haarschnitt hat machen lassen. Ewig gab es für sie nur Wasserwelle, und jetzt plötzlich muss es ein Bubikopf sein.» Gisela guckt die anderen verschwörerisch an. «Heiratsschwindler soll er ja auch sein.»

«Nun mach mal halblang», sagt Adelheid. «Warum soll sich meine Mutter nicht mal einen anderen Haarschnitt machen lassen? Veränderungen sind doch keine Krankheit.»

«Eure Probleme möchte ich haben.» Sigrid stellt ihre Tasse geräuschvoll auf dem kleinen Tisch ab. «Meine Nichte ist ermordet worden, und die Polizei stochert im Dunklen! Die sind doch noch keinen Schritt weiter gekommen. Roswitha heult den ganzen Tag und ist zu nichts zu gebrauchen – und ihr lästert über Frisuren. Wir sollten lieber überlegen, wer der Mörder ist.»

Das ist Rosas Stichwort. «Genau darüber hab ich nachgedacht.» Alle Augen richten sich erwartungsvoll auf sie. «Die Polizei hat doch Geertjes Handy untersucht und ist dabei auf den Namen Stoppel gestoßen.»

«Davon weiß ich nichts», sagt Sigrid.

«Ist ja auch egal. Ich war jedenfalls dabei, als Rudi deine Schwester und ihren Mann nach diesem Namen gefragt hat. Die beiden sagen, dass sie mit *Stoppel* nichts anfangen können.» Rosa trinkt einen Schluck Tee. «Wenn ich früher Kummer hatte oder mich ganz doll gefreut habe, ist mein Tagebuch mein engster Vertrauter gewesen. Dort habe ich alles hineingeschrieben. Vielleicht hat Geertje das auch gemacht. Stellt euch vor, wir kommen auf diese Weise darauf, wer dieser Stoppel ist, der sich unbedingt noch mit ihr am Sonntagabend treffen wollte.»

«Im Prinzip eine gute Idee. Aber ich weiß nicht, ob meine Nichte überhaupt Tagebuch geschrieben hat. Und wenn, dann sind die Bücher nicht hier, sondern in Dortmund. Oder beim Umzug dorthin im Papiermüll gelandet. Die haben damals schwer ausgemistet.»

Schnepel ist gar nicht begeistert, als Rudi ins Verhörzimmer tritt, das Gespräch für beendet erklärt und Anna Fangmann nach Hause entlässt. «Halten Sie sich vorläufig bitte zu unserer Verfügung», verabschiedet er die Meeresbiologin. «Und danke, dass Sie sich die Zeit für uns genommen haben.»

Mit siegessicherem Lächeln schiebt Anna Fangmann den Stuhl zurück und steht auf. «Tja, Herr Schnepel, das war's dann wohl. Passen Sie beim nächsten Mal besser auf, damit Ihre Vorurteile Sie nicht wieder in die Irre leiten.» Hocherhobenen Hauptes verlässt sie den Raum.

«Was fällt dir ein, mir das Verhör zu versauen?», faucht Schnepel Rudi an. «Ich hätte sie bald gehabt. Ich stand so kurz davor, sie zu kriegen. So kurz!» Er hält Daumen und Zeigefinger höchstens einen Zentimeter auseinander.

«Order vom Chef.» Kurz berichtet Rudi, was sich ergeben hat. «Und nun kannste beim Hottenrott zeigen, was für ein begnadeter Verhörtaktiker du bist», fügt er versöhnlich hinzu.

Eine Viertelstunde später betreten sie das Krankenzimmer. Horst Hottenrott sitzt auf dem Bettrand. Der Arzt wechselt gerade den Verband der Platzwunde am Kopf. «So, nun können Sie gehen. Aber schonen Sie sich.» Er schüttelt Hottenrott die Hand. «Wie ich sehe, werden Sie erwartet.»

Die zweite Reisetasche, die Rudi gestern noch schnell ins Krankenhaus gebracht hat, damit der Verunglückte zumindest seinen eigenen Schlafanzug und seine Kultursachen zur Verfügung hat, steht zu seinen Füßen.

Die beiden anderen Männer, die in dem Dreibettzimmer liegen, beobachten gespannt, was vor sich geht. Kann man verstehen, denkt Rudi, ist auch langweilig, den ganzen Tag im Bett zu liegen.

«Na, dann machen Sie's mal gut», meint der Patient am Fenster bestens gelaunt, trotz des Galgens mit drei Infusionsampullen, von denen eine ihren Inhalt in seinen Arm laufen lässt. «Vielleicht lesen wir ja was über Sie in der Presse. Nicht, Herr Schulz, das wär doch was.»

«Sie mich auch», gibt Hottenrott bitterböse zurück und faucht Rudi an: «War das nötig? Hätten Sie mich nicht ganz normal ins Kommissariat bestellen können? Stattdessen holen Sie mich ab, als wär ich ein Schwerverbrecher. Was werfen Sie mir überhaupt vor? Dass ich mich unter falschem Namen bei Familie Steffens einquartiert habe?»

«Na, wir nennen das Urkundenfälschung», beginnt Schnepel genüsslich, und die Augen der in den Betten liegenden Männer leuchten auf. «Schließlich haben Sie das Melderegister falsch ausgefüllt. Vielleicht kommt noch Zechprellerei hinzu, denn Sie haben die Unterkunft noch nicht bezahlt. Der Diebstahl der Walzähne ist offenkundig, ich denke, das ist genug für den Anfang. Dazu kommt Anstiftung zu einem Verbrechen, dafür gibt es einen Zeugen ... Fällt Ihnen noch mehr ein?» Schnepel wendet sich an Rudi. «Sei mal ein Freund und Helfer und trag die Reisetasche. Wir wollen ja nicht unmenschlich sein.»

Rudi verzieht den Mund, kontert aber nicht. Reicht ja, was die beiden Patienten inzwischen gehört haben. Das ist genug zum Tratschen. Er nimmt die Tasche, Schnepel fasst Hottenrott am Arm, doch der reißt sich los.

«Lassen Sie das. Ich kann gut allein laufen. Und ich hau schon nicht ab. Wie denn auch, mein Auto wurde ja abgeschleppt.» Kaum haben sie das Krankenzimmer verlassen, bleibt Hottenrott stehen: «Ich will mit meinem Anwalt sprechen. Geben Sie mir mal eines Ihrer Telefone. Bei meinem ist der Akku leer, und das Ladekabel steckt in der anderen Tasche.»

Schnepel nickt Rudi zu. «Gib ihm deins.»

Widerwillig entsperrt Rudi sein Smartphone und reicht es dem Wintergast. Der googelt gar nicht erst nach einer Nummer, sondern tippt die Zahlen aus dem Kopf ein.

Der Anwalt muss sein Telefon in der Hand haben, er nimmt das Gespräch sofort entgegen.

«Erich, ich bin's, Horst. Es gibt ein Problem. Ich brauch dich bei der Polizei in Wittmund. Man wirft mir Urkundenfälschung und Diebstahl vor. Wann kannst du da sein?»

Hottenrott hört zu und wird blass. «Wie, du bist schon hier?»

«Tagebücher schmeißt doch niemand mal eben so weg.» Das kann sich Rosa überhaupt nicht vorstellen. «Genauso wenig wie Fotoalben.»

«Mag ja sein. Aber ...»

«Nichts *aber*. Deine Schwester sollte so schnell wie möglich nach den Tagebüchern suchen. Und nach Fotoalben und alten Adressbüchern.»

«Aber Dortmund ist doch viel zu weit weg», wiegelt Sigrid ab.

«Jetzt hör auf mit deinem ewigen *aber*. Vielleicht kommen wir so dem Mörder auf die Spur.»

«Du hast recht, ich sprech die beiden drauf an. Wir sehen uns ohnehin heute Abend», gibt sich Sigrid geschlagen. «Ich hab sie zum Essen eingeladen.»

Was ist bloß mit Sigrid los? Die hat doch sonst nicht so 'ne lange Leitung, ärgert sich Rosa. «Deine Schwester muss so schnell wie möglich dahin fahren. Wo ist sie gerade?»

«Sie müsste mit ihrem Mann noch auf dem Steffens-Hof sein. Jedenfalls hat sie mir das vorhin am Telefon gesagt.»

«Dann fahren wir da am besten jetzt gleich hin und reden mit den beiden.»

Rosa stellt ihren Fiat 500 unter der kahlen Kastanie ab und eilt zum Haus. Sigrid kommt gar nicht so schnell hinterher.

«Moin», grüßt sie Vadder Steffens, der in dicker Jacke und mit Stricksocken in den Holzpantinen auf der Bank vorm Haus sitzt und eine Selbstgedrehte schmökt.

«Moin. Ihr habt's aber eilig. Ist schon wieder was passiert?»

«Nein, aber wir haben eine Idee», sagt Rosa und benutzt bewusst den Plural, damit Sigrid sich eingebunden fühlt. «Sind die Michelsens noch da?»

«Jo. In der guten Stube. Zusammen mit Pöppelmeyer. Die müssten aber langsam fertig sein, der ist schon zwei Stunden hier.»

Roswitha und ihr Mann sitzen mit dem Bestattungsunternehmer aus Esens am Wohnzimmertisch. Pöppelmeyer packt gerade die Prospekte mit den Sargmodellen ein. «Am besten schauen Sie morgen bei mir in Esens vorbei. Dann können wir die letzten Punkte besprechen», verabschiedet er sich.

Bestens, freut sich Rosa. Dann steht einer schnellen Abreise von Geertjes Eltern nichts im Wege.

«Wir müssen dringend mit euch reden», sagt Sigrid, nachdem sie ihren Schwager und ihre Schwester umarmt hat. «Rosa hat eine Idee, wie man diesem geheimnisvollen Stoppel auf die Spur kommen kann.»

In kurzen Zügen erklärt Rosa den beiden, was sie überlegt haben.

Roswitha sieht verdattert aus, nickt aber schließlich. «Geertje hat früher tatsächlich Tagebuch geschrieben. Das erste haben wir ihr zum dreizehnten Geburtstag geschenkt. Mit einem kleinen Schlösschen davor.» Ein Lächeln huscht über Roswithas Lippen. «Reingeguckt habe ich natürlich nie.»

«Weggeschmissen hast du sie bei eurem Umzug nicht, oder?» Sigrid sieht ihre Schwester fragend an.

Die schüttelt energisch den Kopf. «Nee, ich jedenfalls nicht. Und Geertje? Keine Ahnung. Vielleicht stehen sie noch in ihrem Regal. Oder liegen in ihrer Nachttischschublade. Wir haben ja in ihrem Zimmer nichts verändert, seit sie nach ihrer Lehre den Freiwilligendienst in Bremen angetreten hat. War ja auch nur für ein Jahr, sie hatte noch nicht entschieden, was sie danach machen wollte.»

«Oder sie sind im Keller», wirft ihr Mann ein. «Da stehen noch ein paar Kisten, die Geertje nach dem Umzug gar nicht ausgepackt hat.»

«Das könnte auch sein.»

«Dann wäre es gut, wenn ihr jetzt gleich nach Dortmund fahrt und nachschaut. Je schneller, desto besser», sagt Sigrid, die offensichtlich endlich begriffen hat, dass Eile geboten ist.

Sofort springt Rolf Michelsen auf und sieht seine Schwägerin an. «Kannst du uns ein Auto besorgen?»

«Ihr könnt unseres nehmen. Hab ich heute Morgen aus der Werkstatt geholt.»

Als Rudi und Schnepel mit Horst Hottenrott das Kommissariat betreten, wartet sein Anwalt bereits im Flur.

«Horst! Was ist los? Erst Schiborski, nun du?»

Entgeistert guckt Hottenrott den Anwalt an. «Thomas ist hier?» Er dreht sich zu Schnepel. «Was geht hier vor?»

Der grinst wie ein Honigkuchenpferd.

«Du sagst ab sofort nichts mehr, Horst!», befiehlt der Anwalt, bevor er sich an Schnepel wendet. «Gestatten, Erich Kaltenhenn. Mein Mandant wird nur in meiner Gegenwart mit Ihnen sprechen. Ich habe allerdings erst noch ein Gespräch mit meinem anderen Mandanten.» Nun blickt er Hottenrott an. «Kein Wort ohne mich. Verstanden?»

Der Wintergast nickt.

«Bis später also.» Kaltenhenn blickt Schnepel an. «Wo finde ich ihn, wenn ich fertig bin?»

«Direkt neben dem Zimmer, in dem Sie mit Ihrem anderen Mandanten sprechen. Folgen Sie uns.»

Wortlos gehen die vier Männer in den ersten Stock. Schnepel deutet auf eine Tür, Kaltenhenn tritt ein.

«Ich sag dem Chef Bescheid, dass Sie da sind», sagt Schnepel, «er wird gleich bei Ihnen sein.»

«Lassen Sie sich ruhig Zeit», gibt Kaltenhenn trocken zurück und schließt die Tür. «Moin, Schiborski», hören sie ihn noch sagen, dann öffnet Schnepel die Tür zum benachbarten Raum und schiebt Hottenrott hinein.

«Nehmen Sie Platz. Wir sind gleich da.» Kaum ist der Wintergast im Zimmer, schließt Schnepel nicht nur die Tür, sondern verriegelt sie auch. «Ist sicherer. Nicht, dass der uns noch abhaut. Obwohl, eigentlich könntest du ja bei ihm bleiben und aufpassen», sagt er zu Rudi und öffnet wieder. «Ich komm dann gleich mit dem Chef.»

Überrumpelt von Schnepel, betritt Rudi den Raum. Hottenrott hat bereits Platz genommen, die Tür im Blick.

«Das ist alles maßlos überzogen», schimpft er, als Rudi an der Wand stehen bleibt. «Und alles nur wegen der blöden Walzähne.»

Rudi überlegt. Ist vielleicht gar nicht so schlecht, den Knaben nicht allein zu lassen, der ist so sauer, dass er vielleicht doch was sagt, obwohl sein Anwalt ihn zum Schweigen verdonnert hat.

«Tja», sagt Rudi. «Dumm gelaufen. Ihren Kollegen haben wir ganz schön an den Hammelbeinen. Da kann selbst der beste Anwalt nicht viel machen. Wenn die Zähne zum Kiefer passen, sieht es schlecht für ihn aus. Und auch für Sie.»

«Ich hab nichts damit zu tun», behauptet Hottenrott. «Wir haben nur zufällig denselben Anwalt.»

In diesem Moment geht die Tür auf, und Schnepel kommt rein.

«Du sollst zu Haueisen nach nebenan», sagt er. «Ich bleibe hier und fange schon mal mit den Formalitäten an.»

«Alles klar.» Rudi verlässt den Raum, Schnepel setzt sich Hottenrott gegenüber und betätigt die Aufnahmetaste am Mikrofon.

Der Wind weht eisig vom Meer. Rosa zieht ihre Mütze ein bisschen tiefer ins Gesicht, während sie mit Sigrid dem nunmehr TÜV-geprüften Skoda Yeti hinterherwinkt, den Rolf Michelsen steuert. Das hat ja besser geklappt als gedacht, findet sie. So wie Sigrid vorhin reagiert hat, hätte sie mit mehr Widerstand bei ihrer Schwester gerechnet. Aber der ist zum Glück ausgeblieben. Hoffentlich werden Geertjes Eltern in Dortmund fündig. Wäre ja schön, wenn langsam Bewegung in die Sache käme. Rosa lässt ihre Hand sinken, als das Auto hinter der Kurve verschwunden ist.

Auch Sigrid hört auf zu winken. «Roswitha hat gesagt, dass sie die Strecke meist in gut drei Stunden schaffen. Und im Moment ist auf dem Ostfriesenspieß kein Ferienverkehr. Da geht es vielleicht sogar schneller.»

«Kann gut sein», meint Rosa. Sie hat vorhin auf Google Maps nachgeguckt und gesehen, dass zurzeit keine Baustellen auf der Strecke sind. «Vielleicht wissen wir heute Abend schon, wer Stoppel ist.»

«Hoffen wir's.» Sigrid wirft einen Blick auf die Uhr. «Ich muss jetzt nach Hause. Ludwig wartet schon aufs Mittagessen. Der verhungert ja vorm gefüllten Kühlschrank.»

Rosa schmunzelt. Dass Ludwig verhungert, glaubt sie den ganzen Tag nicht, er ist bekanntermaßen Stammkunde beim Pizzadienst. Das verdrängt Sigrid allerdings gerne.

Unschlüssig steht sie nun auf dem Fußweg, nachdem Sigrid um die Ecke verschwunden ist. Sie fühlt eine Unruhe in sich, die sie ganz kribbelig macht. Hat tief in sich das sichere Gefühl, dass der Knoten bald platzt und die Lösung der Mordfälle kurz bevorsteht. Ihrer Meinung nach ist Stoppel der Dreh- und Angelpunkt. Wenn sie bloß wüsste, wer das ist. Zu dumm, dass sie nichts unternehmen kann, um das Ganze zu beschleunigen.

Unentschlossen schlendert sie um den Hafen herum, aber ihre innere Unruhe wächst eher. Warten gehört eindeutig nicht zu ihren Stärken. Wie ferngesteuert schlägt Rosa den Weg zur Fischereigenossenschaft ein. Sie könnte schauen, was es dort im Angebot gibt, und heute Abend etwas für Rudi und Henner kochen. Auf diese Art erfährt sie auf direktem Weg alle Neuigkeiten. Und bis dahin könnte sie die Aufsätze der vierten Klasse korrigieren. Das macht sich ja auch nicht von alleine.

Anwalt Kaltenhenn sitzt noch im Wintertrenchcoat neben Thomas Schiborski, als Rudi hereinkommt. Haueisen hat den beiden gegenüber Platz genommen und lächelt jovial.

«So, wo nun auch mein Kollege da ist, können wir beginnen. Herr Schiborski, Sie haben im Internet Zähne zum Verkauf angeboten, die nachgewiesenermaßen am vergangenen Wochenende einem auf Spiekeroog gestrandeten Wal herausgeflext worden sind. Die Kollegen waren sehr schnell und haben die Schnittkanten der Stumpen mit denen der in Ihrem Besitz befindlichen Zähne verglichen. Sie passen millimetergenau.»

Schiborski verschränkt die Arme vor der Brust und sagt kein Wort. Auch Kaltenhenn schweigt.

Haueisen spricht ungerührt weiter. «Sie haben nicht nur die Zähne entwendet, sondern auch einen Mann ermordet.»

«Unsinn. Mit dem Mord hat mein Mandant nichts zu tun.»

«Ach.» Haueisen lächelt. «Sie geben den Diebstahl der Zähne also zu?»

«Mein Mandant gibt gar nichts zu», streitet der Anwalt sofort ab. «Haben Sie denn überhaupt Beweise?»

«Machen Sie es uns doch nicht so schwer. Herr Junghans hat Sie beim Flexen überrascht, und Sie haben ihn daraufhin getötet. War es nicht so?» Haueisen richtet sich an Thomas Schiborski. «Sie haben nicht damit gerechnet, dass der Kadaver nachts bewacht wird. Vielleicht wird Ihr Anwalt vor Gericht den Vorwurf ‹Vorsatz› vom Tisch wischen können, das ändert jedoch nichts daran, dass Sie Herrn Junghans getötet haben, um den Diebstahl zu vertuschen beziehungsweise als Dieb nicht identifiziert werden zu können.»

«So ein Unsinn», wendet Kaltenhenn ein. «Mein Mandant wäre ja schön blöd, wenn er einen Totschlag beginge, um einen Diebstahl zu vertuschen.»

Haueisen lächelt weise. «Da haben Sie vollkommen recht, aber wie sagt man so schön: Hinterher ist man immer schlauer.»

Viel später als sonst macht Henner einen Abstecher zu seinen Eltern. Das waren aber heute auch Berge von Post, die verteilt werden mussten. Allein die Stapel mit den Versandhauskatalogen. Das wird immer mehr, obwohl heutzutage doch eigentlich alle im Internet stöbern. Sein Kollege, der die Pakete zustellt, stöhnt schon lange. Am meisten über die Leute, die sich kistenweise Wein bestellen und ihn vor die Tür tragen lassen, statt selbst im Laden einzukaufen. Das muss er zum Glück nicht machen. Seinen Rücken spürt er trotzdem.

Ächzend fährt Henner die Auffahrt hoch. Bei dem lahmen Tempo heute springen die Hühner nicht mal zur Seite. Als er sein Fahrrad abstellt, kommt Vaddern dick eingemummelt von der Koppel mit den Alpakas.

«Moin, alles gut?», fragt Henner.

«Bestens. Wieso?» Vaddern stellt den leeren Eimer vorm Haus ab, setzt sich auf die Bank und holt seinen Tabak heraus.

«War ja gestern ordentlich Trubel.»

«Jo.» Geschickt verteilt Vaddern den Tabak auf dem Blättchen und dreht die Zigarette. Einmal noch mit der Zunge über den Klebestreifen geleckt, fertig. Schon im nächsten Augenblick ratscht das Zündholz, und er nimmt den ersten Zug. Genau in diesem Moment steckt Muddern den Kopf aus dem Küchenfenster. «Heinrich!», ruft sie empört. «Schmökst du schon wieder?»

Vaddern reagiert nicht.

«Du weißt doch, was der Arzt gesagt hat!»

«Jo.»

«Gibt es was Neues vom Timmerbeil? Oder wie immer der auch tatsächlich heißt?», fragt Muddern unvermittelt. Anscheinend hat sie Henner erst jetzt entdeckt. «Sitzt der schon hinter Schloss und Riegel?»

Henner hat keine Ahnung. Ist aber beruhigt, dass Muddern immer noch stinksauer auf den Wintergast ist. Besser, als wenn sie ihm hinterhertrauern würde. «Rudi kümmert sich. Keine Sorge. Der Kerl wird seine gerechte Strafe bekommen.»

«Dann ist ja gut. Ich hab übrigens noch Birnen und Hüdel. Soll ich dir davon was warm machen?»

«Aber Schiborski ähnelt nicht mal ansatzweise dem Phantombild», gibt Rudi zu bedenken, als sie das Besprechungszimmer verlassen und in Haueisens Büro gehen.

Der Chef blickt ihn nachsichtig an. «Bakker, man merkt, dass Sie keine Erfahrung mit kriminellen Banden haben. Die agieren im Verbund. Das sind nicht nur zwei oder drei Leute. Schiborski muss nicht derselbe Dieb sein, der andernorts gesehen wurde, aber in diesem Fall war er definitiv am Wal. Und mit an Sicherheit grenzender Wahrscheinlichkeit hat er Junghans getötet. Zu dumm nur, dass wir keine verwertbare Fremd-DNA gefunden haben. Es bleibt nur der Strohhalm, dass es Schiborskis Schuh war, der ein paar Rillen im blutigen Sand hinterlassen hat. Aber ich an seiner Stelle hätte meine Schuhe gründlich geputzt, sobald ich zu Hause bin. Oder sie besser gleich entsorgt.» Er reibt die Hände nachdenklich gegeneinander. «So leicht wird er wohl nicht gestehen – bei dem Anwalt. Ich hab den vorhin mal gegoogelt. Der ist gewieft und mit allen Wassern gewaschen. Meine Hoffnung ist, dass Hottenrott unabsichtlich dazu beiträgt, dass wir Schiborski die Schlinge um den Hals legen können. Der hat ja einiges auf dem Kerbholz, wenn sogar nach ihm gefahndet wird. Selbst wenn es nur ein Haftbefehl wegen Heiratsschwindel ist. Wer hätte gedacht, dass uns in diesem Fall so ein Fisch ins Netz geht.» Haueisen greift zu dem Thermobecher auf seinem Schreibtisch und trinkt einen Schluck.

Rudi ist beeindruckt, wie Haueisen an die Sache herangeht. Da wird Rosa staunen, wenn er ihr das erzählt. Die glaubt ja immer, die Kripo in Wittmund würde sich dumm anstellen, aber das, was Rudi gerade von Haueisens Methoden mitkriegt, hat Hand und Fuß.

Der Chef wirft einen Blick auf seine Armbanduhr. «Ich denke, nun ist genügend Zeit vergangen. Sagen Sie dem Kaltenhenn, er kann jetzt den Raum wechseln. Hottenrott ist dran.» Schon schreitet der Chef den Flur entlang und öffnet die Tür des anderen Zimmers. «Schnepel, Sie gehen hinüber zu Schiborski», hört Rudi ihn sagen, während er selbst den Anwalt bittet, in den Nachbarraum zu kommen. Rudi merkt, dass Kaltenhenn ins Schwitzen gerät, er zieht beim Ortswechsel seinen Mantel aus. Logisch. Beide Mandanten in ein und demselben verzwickten Zweifachmord zu vertreten, das steckt sicher auch ein gewiefter Rechtsverdreher nicht so leicht weg.

Kaum sitzt Kaltenhenn neben Hottenrott, sprudelt es nur so aus dem heraus: «Ich hab mit der Sache nichts zu tun. Absolut nichts.»

«Horst. Du sollst den Mund halten», weist Kaltenhenn ihn zurecht.

«Ach was, ich lasse mich nicht in einen Mordfall reinziehen! Damit habe ich nichts zu tun! Es war ein Zufall, dass ich die gravierten Zähne von Herrn Steffens zu sehen bekommen habe. Ich gebe zu, ich habe ein Faible für die Dinger. Deswegen kenne ich ja auch den Schiborski. Der hat mir bereits den einen oder anderen verschafft. Und als ich nun abreisen musste, kam es einfach so über mich. Ich hatte gesehen, wo Herr Steffens den Karton mit den Zähnen hingestellt hat, und da habe ich ihn mitgenommen. Ich musste diese Kunstwerke besitzen. Das Verlangen war einfach zu stark.» Treuherzig blickt er Haueisen an. «Das müssen Sie mir glauben, Herr Kommissar. Aber mit den Vorgängen auf Spiekeroog hab ich nichts zu tun. Nicht das Geringste.»

«Nicht? Und warum hat Herr Schiborski Sie dann angerufen?»

Hottenrott wird blass.

Schwungvoll betritt Rosa den Verkaufsbereich der Fischereigenossenschaft. Gerade ist besonders viel Betrieb, sowohl im Bistrobereich als auch an der Verkaufstheke für Frischfisch, und sie muss sich in der Schlange anstellen. Vor ihr warten noch fünf andere. Sie mustert die Auslage und überlegt, welchen Fisch sie heute Abend kochen möchte. Plötzlich tippt ihr jemand auf die Schulter.

«Huhu, Rosa! Das ist ja schön, dich mal wiederzusehen!» Dörte steht hinter ihr. Sie trägt einen rot-blau gestreiften Strickschal zum roten Daunenmantel und eine passende Mütze auf dem Kopf.

«Dörte! Was für eine Überraschung! Hast du Urlaub?»

«Nee, ich war vorhin beim Zahnarzt und hab mir für heute freigenommen. Hab noch so viel Resturlaub. Trifft sich gut, dass ich dich sehe. Meine Kolleginnen haben gefragt, wer sich um die Faschingsfeier am Rosenmontag im Dattein kümmert. Haben wir im Häkelbüdel-Club nicht beschlossen, dass wir das dieses Jahr ausrichten?»

«Stimmt, daran hab ich bei all dem Trubel gar nicht mehr gedacht.» Eigentlich liebt es Rosa, sich zu verkleiden und in ganz neue Rollen zu schlüpfen. Nur im Moment nicht. «Lass uns beim nächsten Treffen noch mal darüber reden. Bevor die beiden Morde nicht aufgeklärt sind, hat keine von uns den Kopf dafür frei. Sigrid erst recht nicht.»

«Hast recht. Sind ja noch über vier Wochen bis dahin, bis dahin sind die Täter garantiert eingebuchtet.» Dörte zwinkert ihr zu. «Ich kenn dich doch.»

«Was darf's denn sein?», fragt die Verkäuferin. Rosa hat gar nicht mitbekommen, dass sie schon an der Reihe ist. Ihr Blick streift über den Fisch in der Auslage.

«Skrei ist heute im Angebot.» Die Verkäuferin lächelt sie an.

Rosa liebt Sonderangebote, aber 3,33 Euro für 100 Gramm sind auch nicht gerade ein Schnäppchen. Egal, der Winterkabeljau ist einfach eine Wucht. «Ich hätte gerne drei große Stücke. Aber nicht vom Schwanzende.» Sie dreht sich zu Dörte um. «Hast du heute Abend schon was vor, oder willst du zu mir zum Essen kommen? Henner und Rudi kommen auch.» Jedenfalls geht Rosa fest davon aus. Zu einem guten Essen sagen die beiden nie Nein.

«Das würde ich ja gerne, aber ... ich bin verabredet.»

«Sag bloß, das mit Schnepel läuft immer noch?», fragt

Rosa amüsiert. Seit Rosa und Dörte zusammen auf der Internetplattform Krabbenkuss.de einen passenden Mann fürs Leben gesucht haben, kennen sie auf diesem Gebiet eigentlich keine Geheimnisse.

«Nein, eher nicht. Aber ich treffe mich tatsächlich mit Helmut. Er war so hartnäckig, dass ich nicht Nein sagen konnte, obwohl ich keine große Lust zu dieser Verabredung habe. Vermutlich muss ich mir wieder anhören, wie toll er die Mordermittlungen leitet.» Dörte grinst. «Dabei lösen du, Henner und Rudi doch meist die Fälle.»

Rosa fühlt sich geschmeichelt. Und ganz unrecht hat Dörte nicht. Trotzdem würde es sie schon interessieren, was in Schnepels Kopf vorgeht. Auch aus den Falscheinschätzungen anderer Leute kann man die richtigen Schlüsse ziehen.

«Darf es sonst noch was sein?» Die Frage der Verkäuferin reißt Rosa erneut aus ihren Gedanken. «Ach, wissen Sie, ich nehme noch ein weiteres Stück Skrei, und das wäre es dann.» Während die Verkäuferin das Stück abwiegt und einpackt, sagt sie zu Dörte: «Wenn es nicht zu spät wird, komm doch einfach anschließend.» Sie reicht der Verkäuferin einen Fünfzigeuroschein. «Ich hab auch noch ein Stück Fisch für dich besorgt.»

Anwalt Kaltenhenn beschließt, zunächst noch bei Hottenrott zu bleiben, als Haueisen und Rudi nach nebenan gehen. Er will sich in Ruhe mit seinem Mandanten beraten. Kann man verstehen, schließlich gibt es ja noch den Haftbefehl, der nun vollstreckt werden muss. Nee, nee, nee, dass Henners Eltern unwissentlich einen Heiratsschwindler bei sich beherbergt haben, der zur Fahndung ausgeschrieben ist, hätte Rudi sich nicht mal in den wildesten Träumen ausgemalt.

Im Nebenzimmer sitzt Schnepel und fixiert sein Gegenüber wie die Schlange das Kaninchen.

«Tja, Herr Schiborski», beginnt Haueisen, als er sich neben Schnepel setzt. «Das ist wirklich sehr dumm gelaufen. Da sitzen Sie nun quasi neben Herrn Hottenrott und können sich trotzdem nicht mit ihm absprechen. Obwohl Sie erst vor Kurzem mit ihm telefoniert haben.»

«Blödsinn», faucht Schiborski.

«Dafür gibt es einen Zeugen. Deswegen wissen wir, dass es in diesem Telefonat um die Zähne ging, die Sie im Internet angeboten haben.»

Schiborski schweigt verbissen, kneift dabei fortwährend die Augen zusammen.

«Ich erwarte natürlich nicht, dass Sie ohne Ihren Anwalt mit uns reden, aber der ist ja nun nebenan bei Ihrem Komplizen, da dachte ich, ich will Sie zumindest auf den aktuellen Stand der Dinge bringen. Sie sind doch ein pfiffiger Kerl und in der Lage, Ihre eigenen Schlüsse zu ziehen. Immerhin sind Sie derjenige, der am Ende alles ausbaden muss. Sie waren auf Spiekeroog, dort haben Sie die Zähne des Wales entfernt. Dort wurde auch die Leiche von Herrn Junghans gefunden. Ein Zeuge hat Sie davonfahren sehen, Sie waren allein im Boot. Wenn Sie uns verraten, warum Sie auf Herrn Junghans eingestochen haben, kann sich dieses Geständnis strafmildernd für Sie auswirken. Es liegt also an Ihnen.»

Schiborski schweigt und blickt ihn starr an.

«Gut. Ganz wie Sie wollen. Das war's erst einmal von meiner Seite, ich werde mich jetzt mit der Staatsanwältin in Verbindung setzen, damit die den Haftbefehl für Sie erlässt.»

Haueisen stützt sich auf dem Tisch ab, als er aufsteht. «Wir gehen übrigens davon aus, dass wir an den Schuhen, die Sie bei Ihrer kriminellen Spritztour getragen haben, Blut von Herrn Junghans sicherstellen können. Wir sehen uns dann in den nächsten Tagen in der JVA Oldenburg.» Er dreht sich um. Rudi greift schon zur Klinke, um die Tür zu öffnen, als Schiborski sein Schweigen bricht.

Henners Handy plingt, als Muddern ihm gerade einen Nachschlag Birnen und Hüdel auf den Teller gibt. Schnell wirft er einen Blick aufs Display, so viele Nachrichten kriegt er ja nicht. Ist aber nichts Wichtiges, sondern nur eine Nachricht von Rosa an die WhatsApp-Dreiergruppe mit Rudi und ihm.

Hallo, Jungs, habt ihr Lust, heute Abend bei mir zu essen? 19 Uhr? War gerade in der Fischereigenossenschaft und hab was Feines eingekauft! Lasst euch überraschen.

Henner zögert. So gern er Rosa auch mag, aber sie hat eine Vorliebe für ausgefallene Gerichte. Deftige Hausmannskost liegt ihr nicht so. Mit Grausen erinnert er sich an den grünen Tee, den sie ihm eingeschenkt hat, als er das erste Mal bei ihr war. Die Pizza mit dem Thunfischboden war auch gewöhnungsbedürftig. Geschmeckt hat sie dann doch. Henner ist hin- und hergerissen. Was soll er jetzt darauf antworten? Ach was. Mit dem Hüdel und den Birnen im Bauch wird er heut nicht verhungern, egal, was Rosa auf den Tisch stellt. Zur Not probiert er nur ein bisschen und behauptet dann, der Hefekloß liege ihm noch schwer im Magen. Ja, das ist eine gute Idee.

Er will schon auf den gelben «Daumen hoch» klicken, da fällt ihm ein, was Sven ihm beim letzten gemeinsamen

Tatort-Abend erklärt hat. Das Symbol allein wirke abweisend und uninteressiert. Er soll sich bei der Kommunikation mehr Mühe geben. Mehr Mühe! Sven hat gut reden mit seiner rheinischen Frohnatur. Von Rudi hat er die nicht. Eher von seiner nordrhein-westfälischen Mutter.

«Is was?», fragt Vaddern. «Du stierst ja so auf dein Handy. Wo hast du nur deine gute Erziehung gelassen? Dein Essen wird kalt.»

«Tschuldigung.» Er legt das Handy beiseite und leert den Teller. «Mann, war das wieder gut, Muddern!»

Gerda lächelt zufrieden. «Ich freu mich immer, wenn's dir schmeckt, min Jung.» Sie steht auf und räumt die Teller ab.

Vaddern hat seine Nachtisch-Zigarette inzwischen fertig gedreht. «Kommst mit raus aufn Schmöck?», fragt er.

«Na klar», antwortet Henner und hat augenblicklich die zündende Idee.

Na klar, tippt er als Antwort auf Rosas Frage in sein Handy und drückt auf senden. War gar nicht so schwer.

«Warten Sie! Ich habe den Mann nicht getötet. Wirklich nicht.» Panik spiegelt sich in Schiborskis Augen wider. «Ja, ich war da, und ich habe die Zähne herausgeflext. Im Auftrag von Hotte. Der hatte sich in Neuharlingersiel unter falschem Namen einquartiert. Wir hatten abgesprochen, dass er die Zähne übernimmt, damit ich sie los bin. So machen wir das immer. Er hat die Verbindungsleute und kann mehr Geld rausholen als ich. Dadurch, dass da nun aber ein Toter lag, war ich vollkommen durch den Wind. Ich habe ihn von der Insel aus angerufen, er hat gesagt, ich soll schnellstens verschwinden. Er würde noch etwas bleiben und die

Lage sondieren, sich aber auch eher als geplant vom Acker machen. Das ist alles völlig blöd gelaufen, vor allem, weil ich ganz dringend Geld brauchte. Also hab ich sie, gleich nachdem ich zu Hause war, bei eBay angeboten.» Erschöpft macht er eine Pause. «Das war dumm. Das hat nicht nur die Polizei entdeckt, sondern auch Hotte. Dafür hat der mich am Telefon rundgemacht. Und gestern Abend standen dann Ihre Kollegen vor der Tür.» Er blickt Haueisen an. «So war das. Ehrlich. Ich hab mit dem Toten nichts zu tun! Das müssen Sie mir glauben! Fragen Sie Hotte. Der wird das bestätigen.»

Nun kann sich Schnepel nicht mehr zurückhalten. «Wenn Sie meinen, dass wir Ihnen einen derartigen Schwachsinn abkaufen, dann haben Sie sich geschnitten, Schiborski.»

Roswitha Michelsen fühlt sich wie gerädert, als Rolf in die Sackgasse einbiegt, in der ihr Reihenhaus steht. Die Fahrt nach Dortmund dauerte fast vier Stunden. Bei Osnabrück hat sich im Schneetreiben ein Lkw quer gestellt, und sie standen über eine Stunde im Stau.

«Ich hab vielleicht einen Hunger», sagt Rolf, als er den Zündschlüssel aus dem Schloss zieht. «Was haben wir denn noch in der Tiefkühltruhe?»

«Wie kannst du jetzt nur an Essen denken!» Ungläubig blickt Roswitha ihren Mann an. Ihr Magen ist wie zugeschnürt. Mit einem beklemmenden Gefühl schließt sie die Haustür auf. Und das liegt nicht daran, dass es drinnen ausgekühlt ist. Schließlich haben sie die Heizung vor ihrer Abreise runtergedreht. Ohne sich zu rühren, bleibt sie vorm Eingang stehen.

«Knips doch mal das Licht an», ruft ihr Mann, die Koffer in der Hand. Sommerkleidung braucht ja kein Mensch im Januar in Deutschland, im rauen ostfriesischen Küstenwind erst recht nicht. Deswegen haben sie ihr Urlaubsgepäck mitgenommen, um es gegen warme Sachen und Trauerkleidung auszutauschen.

Roswitha drückt auf die Lichtschalter von Flur und Wohnzimmer. Nicht nur die Deckenleuchten gehen an, sondern auch die elektrische Beleuchtung des künstlichen Weihnachtsbaums. Sofort fühlt sie einen Stich mitten ins Herz. Sie hat noch das Bild vor Augen, wie Geertje sich beim Auspacken der Weihnachtsgeschenke gefreut hat. Am meisten über das neue Handy. Den ganzen Abend hat sie damit rumhantiert.

«Wir hätten den Baum doch vorher abschmücken sollen», sagt ihr Mann, der hinter ihr steht und die Koffer an der Wand abgestellt hat.

«Wir hätten vieles machen sollen.» Roswitha dreht sich um und drückt ihn ganz fest an sich. Weinen kann sie nicht mehr. Doch irgendwie muss es ja weitergehen. «Dreh du die Heizung hoch, ich fang gleich an, nach den Tagebüchern zu suchen.»

«Mach das. Ich bestell uns Pizzen.»

Roswitha nickt, löst sich aus der Umarmung und geht ins Obergeschoss hinauf, wo sich Geertjes Zimmer und ihr Badezimmer befinden. Es sieht noch genauso aus, wie ihre Tochter es nach Weihnachten verlassen hat.

Nachdenklich streicht sie über den Schreibtisch, auf dem noch Weihnachtsgeschenkpapier liegt. Sie hebt die Schreibunterlage an. Nichts. Kein Zettel mit dem Namen Stoppel. Sie geht das Bücherregal durch. Buch für Buch. Heft für Heft.

Ein paar Zettel fallen heraus, Lernnotizen für die zurückliegenden Abschlussprüfungen zur Tierarzthelferin. Geertje ist eine gute Schülerin gewesen. Ihr ist das Lernen leichtgefallen. Roswitha hätte ihr auch nicht helfen können. Sie spricht ja nicht mal Englisch.

Sie zieht ein rot gebundenes Heft und ein Büchlein mit Kuhfellmaserung heraus. Geertje hat es sich vor Jahren in Neuharlingersiel gekauft, Roswitha erinnert sich noch genau. Beim Aufklappen muht es so laut, dass sie sich erschrickt. Das Geräusch hatte sie schon vergessen. Die Schrift ihrer Tochter springt ihr gestochen scharf ins Auge.

Meine Eltern sind so doooof, beginnt das Tagebuch. *Was soll ich hier in diesem Scheißkaff. Wir ziehen nach Dortmund, das wird dir gefallen, haben sie gesagt. Ich war von Anfang an dagegen. Aber hört jemand in dieser Scheißfamilie auf mich? Papa hat eine neue Stelle. Na und!!!!! Und jetzt sind wir hier in diesem Scheißvorort. Da war ja in Esens mehr los.*

Fassungslos schaut Roswitha auf das Datum. Diesen Eintrag hat Geertje gleich nach dem Umzug geschrieben. Gut, ein bisschen eingeschnappt ist sie damals gewesen, ihre Freunde in Esens zurückzulassen. Aber das hat sich schnell gegeben. Oder? Was weiß Roswitha eigentlich über ihre Tochter? Sie blättert durch das Buch. Findet Gedichte, Bleistiftzeichnungen und erfährt Dinge über das Leben ihrer Tochter, von denen sie keine Ahnung hatte.

«Die Pizzen sind da», ruft ihr Mann irgendwann und holt sie ins Jetzt zurück. «Zeit für eine Pause.»

«Dann werden Sie sicher auch für Sonntagabend ein Alibi haben, wenn Sie in beiden Fällen unschuldig sein wollen», sagt Schnepel herablassend. Rudi merkt, dass er Schiborski keine Sekunde lang glaubt.

Der nickt eifrig. «Ja, das hab ich. Ich war ...» Er räuspert sich. «Eigentlich darf ich das ja nicht verraten, es ist illegal, aber ...» Der Mann reckt sein Kinn vor. «Schließlich geht es darum, dass ich beweisen kann, nichts mit der Sache zu tun zu haben. Ich war beim Pokern. Wir treffen uns im Hinterzimmer einer Kneipe. Zu acht. Es geht um eine Menge Geld, und bei mir ist es in letzter Zeit nicht gut gelaufen. Deswegen brauchte ich die Kohle aus dem Verkauf der Zähne. Und weil ich die Hotte am Samstag nicht übergeben konnte ... aber das hab ich Ihnen ja schon gesagt. Ich hab bei den anderen um Kredit gebeten, immerhin hatte ich die Zähne ja als Sicherheit. Sozusagen. Und die haben sich drauf eingelassen. Ich hab auch nicht ganz so viel verloren, wie sie einbringen.»

«Wo spielen Sie denn, und wie heißen die anderen Teilnehmer?» Schnepel scheint Schiborski immer noch nicht zu glauben.

«Muss ich die wirklich alle nennen?», fragt der unglücklich.

Schnepel nickt.

«Aber dann kriegen die doch Ärger.»

«Stimmt.»

«Damit bin ich in dieser Runde geliefert.»

«Falls die überhaupt noch jemals mit Ihnen spielen wollen, wenn Sie aus dem Knast wieder raus sind», sagt Schnepel süffisant. «Den Kneipenwirt erwartet natürlich auch richtig Ärger. Aber Sie wussten ja alle, worauf Sie sich einlassen. Solche Pokerrunden sind in Deutschland verboten. Also: die Namen. Bitte laut und deutlich sprechen. Fürs Protokoll. Rudi, schreib mit.»

Wenig später hat Rudi die Namen der anderen sieben Spieler und auch die des Kneipenwirtes sowie des Lokals notiert.

«Dann war's das jetzt erst mal.» Schnepel reibt sich zufrieden die Hände. «Die Kollegen bringen Sie gleich in die Arrestzelle. Sie bleiben uns ja noch ein wenig erhalten.» Er will den Raum schon verlassen, als Rudi ein Gedanke kommt.

«Wo wollten Sie Herrn Hottenrott die Zähne eigentlich übergeben?»

«Am Hafen. Da hat er jeden Abend einen Spaziergang gemacht.»

Der Tomatensud mit Kapern und Oliven simmert in der Pfanne, die Fischstücke liegen gewaschen und abgetupft auf dem Brett neben dem Herd, als es klingelt.

«Ist offen», ruft Rosa und grinst. Manche Sprüche machen sich einfach selbstständig und werden plötzlich zu den eigenen.

«Moin», rufen Henner und Rudi und stellen einen Korb mit Bierflaschen neben dem Kühlschrank ab.

Rudi reckt den Kopf und mustert die Fischstücke: «Was is'n das?»

«Das ist Skrei.»

«Skrei?», wiederholt Henner.

«Winterkabeljau. Der wandert vom arktischen Norden in wärmere Gefilde. Und weil Wanderer auf Norwegisch Skrei heißt, nennt man den so. Ist doch charmant, oder?»

«Was du so alles weißt», sagt Henner verwundert.

«Ach, manches interessiert mich eben», gibt Rosa fröhlich zurück.

Rudi öffnet derweil zwei Bierflaschen. «Möchtest du auch eins?», fragt er.

«Nee, aber du kannst mir ein Glas Wein einschenken. Im Kühlschrank steht noch eine offene Flasche.»

Kaum haben sie den ersten Schluck getrunken, kann Rosa ihre Neugier nicht mehr zügeln: «Nun erzähl schon, was gibt es Neues?» Obwohl sie damit rechnet, dass sich Rudi wieder mit dem Dienstgeheimnis herausredet, nickt er zufrieden.

«Der Fall ist so gut wie gelöst.» Er nimmt einen ordentlichen Schluck Bier. Dann berichtet er voller Bewunderung von Haueisens durchdachten Verhörmethoden und wie er Thomas Schiborski in die Enge getrieben hat. «Läster nie wieder über die Wittmunder Kollegen», sagt er scherzhaft mit erhobenem Zeigefinger.

In Rosas Kopf springen augenblicklich die Gedanken hin und her, wie sie es gerne mal tun. «Das mit dem Wal und dem Mord an Martin Junghans leuchtet mir ja ein. Aber warum musste Geertje sterben? Das ergibt doch keinen Sinn.»

«Nun hört doch mal mit diesen Morden auf», protestiert Henner. «Da vergeht einem ja der Appetit. Wann gibt es denn überhaupt Essen? Du hast doch neunzehn Uhr geschrieben.»

«Ups. Ich hab wohl etwas getrödelt. Aber ich wusste auch nicht, ob ihr wirklich pünktlich kommt», redet Rosa sich raus. «Die Kartoffeln kochen schon, und wenn die fertig sind, kommt der Skrei in die Pfanne. Setzt euch doch.»

Sie brät gerade die Hautseite der Filets in Rapsöl, als es an der Tür klingelt. Henner geht in den Flur und drückt den Summer, gleich darauf steht Dörte in der Küchentür und streckt Rosa einen Topf mit blühenden Hyazinthen entgegen.

«Hier bin ich. Helmut musste ganz plötzlich weg. In der Wohnung über ihm gibt's wohl 'nen Wasserschaden, und jetzt tropft es bei ihm von der Decke.» Sie nimmt Platz. «Sag mal, Rudi, stimmt es, dass der Wintergast jetzt verdächtigt wird, Geertje umgebracht zu haben?»

In diesem Moment meldet sich Rudis Telefon.

«Roswitha!», ruft er überrascht. «Habt ihr was gefunden?» Geertjes Mutter antwortet, und kurz darauf beendet Rudi das Telefonat.

«Erzähl!» Rosas Herz hüpft aufgeregt. «Was hat sie gesagt?»

«Sie hat Tagebücher gefunden, die bringt sie morgen nach Wittmund.»

FREITAG

Schon als Rosa das Haus verlässt, bemerkt sie die Farbenpracht am Himmel. Die aufgehende Sonne gibt alles. Was für ein Anblick! Sie steigt ins Auto und staunt noch mehr, als sie den Ortskern von Neuharlingersiel hinter sich gelassen hat. Ihr Blick schweift nun frei über die Felder. Gen Osten zeigt sich ein schmaler gelber Streifen ganz unten am Horizont, darüber flackert es rot, fast wie bei einem Feuer, und geht dann in lila und blau über. Der Januar hat wirklich die schönsten Farben parat. Sie stößt einen zufriedenen Seufzer aus. Solche Himmel müsste man malen können.

Ein Foto tut es aber auch. Rosa hält am Straßenrand, schaltet den Warnblinker ein und greift zum Handy. Sie überlegt einen Moment, ob sie Henner und Rudi dieses wunderschöne Bild schicken soll, lässt es dann aber. Wahrscheinlich ist es für die beiden gar nicht so besonders wie für sie. Garantiert haben die das schon tausendmal gesehen. Rosa steckt das Handy zurück in die Tasche und macht sich auf den Weg nach Esens. Der Schulalltag ruft.

Während der Fahrt kreisen ihre Gedanken um die Tagebücher von Geertje. Ob nun endlich das Geheimnis um Stoppel gelüftet wird?

Frohen Mutes pfeift Rudi auf der Fahrt nach Wittmund vor sich hin. Es ist zwar alles ganz schön verzwickt, aber ihm macht das Kriminalisieren inzwischen richtig Spaß. Ist eine Abwechslung zum täglichen Geschäft in der Polizeistation mit Bernie. Ach ja, Bernie. Der arme Kerl muss da nun ganz allein schuften. Aus einem Impuls heraus hält Rudi bei Fleischer Junghans und kauft zwei halbe Mettbrötchen. Mit ordentlich Zwiebeln. Martina Junghans sieht er zwar nicht, aber das ist auch egal, er will ja nur Bernie eine Freude machen.

Der zeigt sich richtig gerührt, als Rudi ihm die Tüte hereinbringt, und nimmt ihm das schlechte Gewissen.

«Im Januar ist doch eh Saure-Gurken-Zeit», sagt er. «Hauptsache, du bist im Frühjahr wieder bei mir, wenn die Touristen kommen.»

Rudi grinst, als er zum Kommissariat weiterfährt. Das hörte sich beinahe an, als ob die Touristen wie Gaunerbanden über Ostfriesland herfallen. So ist das ja nun gar nicht.

In Haueisens Büro ist Schnepel gerade dabei, seine Theorien weiterzuspinnen. «Was ist denn nun mit dem Haftbefehl gegen Hottenrott? Der war schließlich auf dem Steffens-Hof und hat abends immer seinen Spaziergang am Hafen gemacht. Garantiert auch Sonntagabend. Der könnte Geertje auf dem Gewissen haben.»

«Moin», grüßt Rudi erst einmal. «Und, Helmut, ist bei dir in der Wohnung alles trocken, oder musstest du die Badelatschen rausholen?»

Verwundert blickt Haueisen ihn an, und auch Schnepel runzelt die Stirn. «Woher weißt du … Ach, Dörte. Konnte sie ihre Plapperschnute wieder nicht halten?»

Rudi nickt, verkneift sich aber einen Kommentar.

«Nee, hab Glück gehabt. Die Mieter über mir haben es

Gott sei Dank rechtzeitig gemerkt. Aber wie kann man auch so dumm sein, den Überlauf der Wanne zu verstopfen, damit das Wasser bis oben hin steigt, und dann beim Telefonieren vergessen, dass das Badewasser läuft. Denen ist sogar der Flur vollgelaufen, wo die erst vor einem halben Jahr neuen Teppichboden verlegt haben. Na, selbst schuld.»

«Zurück zum Thema», mahnt Haueisen. Er lehnt sich in seinem Stuhl zurück und verschränkt die Arme vor dem Bauch. «Ganz ernsthaft: Bei Hottenrott sehe ich keine Verbindung zu Geertje Michelsen. Warum sollte der die töten? Der kannte die ja nicht mal.»

«Ich muss zugeben, auch bei mir hat es etwas gedauert, bis ich dahintergekommen bin.» Schnepels Augen blitzen, als er zu seinen Erklärungen ausholt. «Nehmen wir Folgendes an: Schiborski war auf Spiekeroog. Dort hat er Junghans abgestochen, als der ihn beim Zahnklau erwischt hat. Dabei hat er einen gelben Fleck wegrennen sehen. Das war Geertje Michelsen in ihrer Daunenjacke. Seit diesem Moment wusste er, dass es einen Zeugen gibt. Er ist in der Nacht mit dem Motorboot zurück, um nicht weiter aufzufallen. Am Samstag und Sonntag hat er die Ankunft der Fähren von Spiekeroog beobachtet. Am Sonntagnachmittag ging Geertje in ihrer schrillen Jacke von Bord. Er hat sie verfolgt und gesehen, wie sie bei den Twenges ins Haus gegangen ist. Dann hat er sie mit Nachrichten bombardiert und dazu gebracht, sich mit ihm zu treffen. Geertje Michelsen hat zugestimmt. Daraufhin hat er Hottenrott benachrichtigt und den gebeten, die Sache zu Ende zu bringen. Und der hat es gemacht, weil ein weiterer Abendspaziergang für ihn nichts Ungewöhnliches war.» Zufrieden grinst Schnepel übers ganze Gesicht, während Haueisen ihn mitleidig anblickt.

«Und wie soll Schiborski Geertje Nachrichten schicken, wenn er sie gar nicht kennt und ihre Telefonnummer nicht hat?», fragt Rudi.

Nun strahlt Schnepel regelrecht. «Weil er Stoppel ist!»

Der Vormittag in der Schule vergeht wie im Fluge, und zum Glück hat Rosa nach der vierten Stunde frei. Als sie ihre Jacke holen will, sitzt ihre Kollegin Karina im Lehrerzimmer und korrigiert Mathearbeiten.

«Schönes Wochenende», sagt Rosa beim Weggehen, Karina hält sie jedoch auf. «Bei euch ist ja wieder was los! Da denkt man, euer Dorf ist ruhig und harmlos, und dann gibt es zwei Morde und einen Kunstdiebstahl!»

«Also, ein Mord wurde auf Spiekeroog verübt», stellt Rosa richtig, «aber ... woher weißt du das überhaupt?» Von ihr jedenfalls nicht.

«Hab vorhin in der Mitmach-Zeitung gestöbert. Brauchte 'ne kleine Pause vom Korrigieren. Ich wusste gar nicht, dass alte, gravierte Fischzähne so viel wert sein können und so beliebt sind.»

«Das kann man wohl sagen. Aber die von Henners Eltern sind zum Glück wieder zurück. Das sind uralte Stücke.» Rosa stellt ihre Tasche ab. «Und mit den Morden ist das eine sehr verzwickte Sache.»

«Steckst du wieder mitten in den Ermittlungen?», will Karina wissen und setzt ihre Unterschrift unter die Klassenarbeit.

«Nein, ganz und gar nicht. Obwohl ich gestern Abend beim Essen versucht habe, Informationen aus Rudi herauszuholen. Aber da kam nicht viel.»

Und das ärgert sie. Vor allem, weil Schnepel in dieser Richtung keine Hemmungen zu kennen scheint, während Rudi sich immer wie eine Diva ziert, ihr von Ermittlungsergebnissen zu berichten. Dörte wusste jedenfalls bestens Bescheid. Wenn es nach Schnepel ginge, wäre der Fall gelöst. Aber Rosa sind sofort Zweifel gekommen. Mit dem Mord an Martin Junghans und dem Walzahndieb als Täter kann sie ja noch leben, da steckt eine gewisse Logik drin, auch wenn dieser Schiborski alles abstreitet. Aber warum sollte der Wintergast Geertje umgebracht haben? Der ist nie im Leben der ominöse Stoppel, der sich mit Stups verabredet hat. Das Erklärungsgebäude wackelt hinten und vorne. Hoffentlich bringt das Tagebuch von Geertje Klarheit in die Sache.

«... heute offen.»

Rosa hört nur noch das Ende des Satzes.

«Entschuldige, ich bin eben in Gedanken abgeschweift. Was hast du gesagt?»

«Ich war gestern im Hofladen der Gravensteins. Die haben jetzt frischen Palmkohl. Ich sollte dir doch Bescheid sagen, wenn die wieder ernten.»

Stimmt. Das hat Rosa gar nicht mehr auf dem Schirm gehabt. Palmkohl soll ja *die* Alternative zu Grünkohl sein, auch wenn sie bis letzte Woche noch nie was davon gehört hat. Das könnte sie am Wochenende mal ausprobieren. Den Deichkäse könnte sie auch gleich noch kaufen. Der schmeckt besonders gut.

Für einen Moment sind sowohl Haueisen als auch Rudi sprachlos. Der Chef fängt sich als Erster.

«Schiborski ist Stoppel. Aha.»

«Genau! Er hat Geertje Michelsen erkannt, als sie vom Schiff kam, und sie übers Handy um ein Treffen gebeten. Da sie sich kannten, vermutete er, sie würde keinen Verdacht schöpfen, und so war es dann ja auch. Sie kam zum Treffpunkt, wurde dort von Hottenrott empfangen, gewürgt und ins Hafenbecken geworfen, während Schiborski in der Pokerrunde saß. Sein vermeintlich perfektes Alibi.»

Haueisen kommt nicht dazu, darauf zu antworten, denn die Bürotür fliegt auf, und Kröver stürmt herein.

«Ihr werdet es kaum glauben», sagt er begeistert, «die neuerliche Hausdurchsuchung bei Schiborski hat tatsächlich die Schuhe zutage gefördert, die er auf Spiekeroog getragen haben muss. Beim ersten Mal haben wir nicht darauf geachtet, da ging es ja nur um die im Internet angebotenen Zähne, die von sonst wo hätten stammen können.» Kröver hält inne: «Um es kurz zu machen: An den Schuhen haben wir nicht nur Sandanhaftungen nachweisen können, sondern auch Blut! Und nicht irgendwelches, nein! Es ist das Blut von Junghans! Jetzt seid ihr platt, oder?»

«Ich hab's ja gesagt», ruft Schnepel aus, «Schiborski ist es gewesen! Und er ist obendrein der Drahtzieher für den Mord an Geertje Michelsen. Er ist gar nicht das kleine Licht, wie er uns weismachen will. *Er* ist der eigentliche Kopf der Bande. Überlegt doch mal: Welcher arme Schlucker kann sich schon Pokerrunden anschließen, in denen es um viel Geld geht? Nein, der ist gerissen ohne Ende. Und ich werde ihn drankriegen.»

In diesem Moment klingelt Haueisens Telefon. Er meldet sich mit einem knappen «Jo» und hört dann eine Weile schweigend zu. «Alles klar. Ich schick ihn runter.»

Er legt auf und sieht Rudi an. «Sie sollen zur Pförtnerloge

kommen. Da steht die Mutter von Geertje Michelsen mit den Tagebüchern ihrer Tochter.»

«Super.» Sofort macht Rudi eine Drehung zur Tür. «Dann wollen wir mal schauen, ob wir das Stoppel-Rätsel lösen können.»

Der Gravenstein-Hof liegt am Rand von Esens. Von der Durchgangsstraße biegt Rosa auf einen Feldweg ab, links und rechts gesäumt von Feldern, auf denen eine Vielzahl von Gemüsesorten wächst. Schon vor Jahren hat die Familie auf Biolandwirtschaft umgestellt, weiß Rosa.

Vor dem Hofladen, der in der Scheune neben dem geklinkerten Bauernhaus aus dem 19. Jahrhundert untergebracht ist, flankieren zwei stattliche Grünkohlpflanzen in Holzkübeln den Eingang. Vor Weihnachten waren sogar Lichterketten daran befestigt, das sah witzig aus.

Mit einer Einkaufstüte in der Hand stellt sich Rosa neben die ältere Frau im schwarzen Mantel, die vor ihr bedient wird, und sieht sich das Gemüseangebot an. Ihr Blick schweift über Pastinaken, Süßkartoffeln, Mangold, Weißkohl, gelbe und rote Mohrrüben. Palmkohl sieht sie allerdings nicht. Vielleicht liegt er ja in den Kisten neben dem Grünkohl, die hinter dem Verkaufstisch stehen.

«Drei Stangen Lauch», bestellt die ältere Frau. «Nein, lieber doch nur zwei.»

Die beiden Lauchstangen wandern in den Einkaufskorb. «Und eine Knolle Sellerie.» Die Bäuerin hebt Knolle um Knolle, aber alle erscheinen der Kundin zu groß. «Gibt es keine kleinere?»

Rosa stöhnt innerlich auf. Das kann ja noch ewig dauern.

Die Seitentür öffnet sich, und ein junger Mann trägt zwei Gemüsekisten herein, die er an der Wand abstellt. Sie hat ihn schon öfter hier gesehen. Er ist der Sohn des Hauses, der manchmal im Hofladen aushilft. Heute sieht er blass aus, und tiefe Ringe liegen unter seinen Augen.

«Was darf es denn sein?», fragt er Rosa.

«Ich hätte gerne Palmkohl», sagt sie und schüttelt über sich selbst und ihr Personengedächtnis den Kopf. Sie hat doch am Sonntag im Jugend-Gästehaus gleich so ein Gefühl gehabt, dass er ihr bekannt vorkam. Aber dass sie ihn hier aus dem Hofladen kennt, darauf wäre sie nie gekommen.

«Habe ich gerade von draußen geholt. Ganz frisch geerntet.» Er zeigt auf die Kiste hinter sich. «Wie viel hätten Sie denn gern?» Er hält zwei Bund hoch.

Rosa hat keine Ahnung, wie viel sie braucht. «Lieber drei», sagt sie schließlich. Nie zu knapp einkaufen. Es könnten mehr Gäste am Tisch sitzen, als man geplant hat. Das hat sie in den letzten Monaten gelernt.

Er reicht ihr den Kohl. «Darf's sonst noch was sein?»

«Ein halbes Pfund von dem Deichkäse.» Während der junge Mann zum Kühlschrank geht, erinnert sie sich an die Situation im Gästehaus. Hat er nicht gesagt, dass er mit Geertje zum Strand gegangen ist, als Sven angerufen hat, weil er nicht länger allein mit dem toten Martin beim Wal Wache halten wollte?

«280 Gramm. Ist das in Ordnung?» Er hält den Käse im beschichteten Papier vor sie hin.

«Sicher.» Sie verstaut das Paket und reicht ihm das Geld. «Haben wir uns nicht am Sonntag auf Spiekeroog gesehen?»

Er zieht die Augenbrauen hoch und sieht sie fragend an. «Kann sein.»

«Beim Frühstück im Jugend-Gästehaus und später noch vor der Teetied.»

«Wirklich?» Seine Augen flackern. Er sieht übernächtigt aus. Die beiden Morde müssen ihm ziemlich zugesetzt haben. Kein Wunder, gleich zwei aus seiner Umweltgruppe sind einem Gewaltverbrechen zum Opfer gefallen.

«Ich war mit Geertjes Tante da. Wir alle können immer noch nicht fassen, was passiert ist.»

Er schluckt und mustert Rosa mit starrem Blick, als würde er durch sie hindurchsehen. Seine Mutter, die der älteren Dame gerade das Wechselgeld in die Hand gedrückt hat, eilt an seine Seite. «Felix, ist dir wieder schwindelig? Du musst dich doch schonen. Geh besser in dein Zimmer und überprüf deinen Blutzuckerwert. Du weißt, was der Arzt gesagt hat.»

«Mach ich. Tschuldigung», murmelt er in Rosas Richtung und verschwindet durch die Seitentür.

«Nehmen Sie es ihm nicht übel», bittet seine Mutter. «Das ist im Moment alles nicht einfach für ihn. Zwei von seinen Freunden sind ums Leben gekommen. Haben Sie sicher auch mitgekriegt. Der Lehrer auf Spiekeroog und die junge Frau, die hier im Hafenbecken gefunden wurde.»

«Tschüs, und ein schönes Wochenende.» Die ältere Frau verlässt den Laden.

«Tschüs, Frau Willms», ruft Frau Gravenstein ihr hinterher und wendet sich wieder Rosa zu. «Der ganze Freundeskreis steht unter Schock. Aber bei Felix kommt noch sein Diabetes dazu. Im Moment ist sein Blutzuckerspiegel völlig außer Kontrolle geraten.»

«Ja, das ist für alle ganz furchtbar. Ich bin mit der Tante von Geertje befreundet, sie macht sich solche Vorwürfe, dass sie ihre Nichte am Sonntag noch hat rausgehen lassen. Da ist sie ihrem Mörder wohl direkt in die Arme gelaufen.» Rosa nimmt die Einkaufstasche in die andere Hand.

«Kann es denn kein Freitod gewesen sein, aus Trauer um ihren Freund?»

«Auf keinen Fall. Sie wurde ja erst heftig gewürgt und ist dann irgendwie ins Wasser gefallen. Wahrscheinlich wurde sie geschubst.»

«Um Gottes willen!» Frau Gravensteins Hand fährt vor Schreck an ihren Mund. «Die arme Familie! Wissen Sie, ich kenne die Michelsens ja noch aus der Zeit, als sie in Esens wohnten. Unsere Kinder besuchten dieselbe Schule. Roswitha und ich haben zusammen im Kirchenchor gesungen. Sie hat eine schöne Sopranstimme, bei mir reicht es nur zum Mezzosopran. Geertje war ihr einziges Kind. Ach, ich muss ihr unbedingt eine Karte schreiben. Die Deern wird sicher in Dortmund beerdigt?»

Rosa schüttelt den Kopf. «Nein, soviel ich weiß, hier in Esens. Im Familiengrab.»

«Ach.» Frau Gravenstein klingt überrascht. «Wissen Sie denn, wann die Beerdigung stattfindet?»

«Leider nicht.» So weit kommt es noch, dass Rosa den Termin verrät. Wenn die Familie will, dass der öffentlich ist, kann sie ihn in einer Anzeige bekannt geben. Nein, da hält sie lieber den Mund.

«Schade. Dann schreibe ich Roswitha. Übrigens, Sie haben ja Palmkohl gekauft. Warten Sie, ich habe ein wunderbares Rezept dafür, das gebe ich Ihnen gern mit.»

Roswitha steht neben der Anmeldung im Flur des Kommissariats wie ein Häuflein Elend, die Tagebücher von Geertje fest an ihre Brust gedrückt. Schnellen Schrittes eilt Rudi auf sie zu.

«Das ist ganz toll von Ihnen, dass Sie extra vorbeikommen», sagt er. «Drücken Sie uns die Daumen, dass wir endlich rausbekommen, wer dieser Stoppel ist.»

Roswitha nickt. «Das tue ich. Eigentlich wollte ich ja selber danach suchen, aber ich habe nicht die Kraft dazu gehabt. Nicht nach dem ersten Eintrag, den ich gelesen habe. Geertje fand uns als Eltern doof. Sie wollte von Anfang an nicht nach Dortmund ziehen und hat sich da auch nicht wohlgefühlt. Wir haben ihr die Freunde genommen. Sie schreibt sogar, wir hätten ihr ihr Leben genommen.» Roswitha Michelsen zieht schniefend die Nase hoch. «Wir hätten ihr ihr Leben genommen ...», wiederholt sie leise.

«Ach, Frau Michelsen.» Rudi fasst sie sanft am Arm. «Das sind die Gedanken einer Pubertierenden gewesen. Und Momentaufnahmen. Sie hat sich in ihrer neuen Umgebung wohlgefühlt. Das weiß ich von Sven. Es braucht eben alles seine Zeit. Auch das Einleben in eine andere Stadt.» Da hat Sven zwar nie direkt von geredet, aber ein bisschen Trost ist manchmal hilfreich.

«Das habe ich bis gestern auch gedacht. Aber wahrscheinlich ist sie in Dortmund nie heimisch geworden. Sofort nach dem Abitur ist sie ja gleich wieder in den Norden gekommen. Erst hat sie die Ausbildung gemacht und dann das Freiwillige Ökologische Jahr, weil sie doch nicht in einer Tierarztpraxis arbeiten wollte. Hier in Ostfriesland sind ihre Wurzeln, hierher wollte sie zurück.» Es folgt ein weiterer Schniefer. «Und so soll es sein. Hier wird sie ihre letzte

Ruhestätte finden. Im Grab unserer Familie. Wir werden ja auch bald wieder herziehen. Dann können wir sie täglich besuchen.»

Rudi streift ihr noch einmal sanft über den Arm. «Darf ich die Bücher haben? Ich verspreche, sie Ihnen so schnell wie möglich zurückzugeben.»

Roswitha Michelsen nickt. «Natürlich. Das rote Heft mit dem blauen Kreis muss das neueste sein. Es lag unter ihrem Kopfkissen. Sie hat wohl vergessen, es nach Weihnachten wieder mitzunehmen. Ich hab mich nicht getraut reinzuschauen.»

Dann dreht sie sich um und geht. Rudi sieht ihr kurz nach, bevor er mit den Tagebüchern nach oben eilt.

Der Chef und Schnepel sind alleine im Zimmer, Kröver ist schon wieder gegangen.

«Hier sind sie.» Aufgeregt legt Rudi die Bücher vor Haueisen auf den Schreibtisch.

«Na, dann wollen wir mal.» Der Chef schnappt sich das Buch mit dem blauen Kreis, Schnepel das Kuhlederbuch und Rudi das übrig gebliebene.

Eine Zeit lang herrscht Stille im Büro. Aufmerksam überfliegt Rudi die Einträge. Er muss ja nicht alles lesen, nur auf den Namen Stoppel achten. Ein paarmal hört er von Schnepel ein amüsiertes Kichern, doch gezielte Tritte unter dem Tisch gegen Schnepels Schienbein lassen ihn verstummen.

«Hier ist was», meldet sich der Chef. «Hier ist ein Stoppel genannt.» Mit dem Finger deutet er auf einen Eintrag. «‹Es gibt Dinge, die gibt's gar nicht›, schreibt Geertje am 5. November letzten Jahres mit ganz vielen gemalten Smileys dahinter. ‹Da haben wir von den EGAs eine Onlinekonferenz, weil so viele derzeit noch an den Studienorten sind und wir das Treffen im Januar vorbereiten wollen, und dann das! Ich hätte nie gedacht, dass ich Stoppel wiedersehen würde!›»

Rosa fischt den gut gewaschenen Palmkohl aus dem Spülbecken und legt ihn zum Abtropfen auf ein Geschirrhandtuch. Im Unterschied zum Grünkohl sind die einzelnen Blätter länglich und nicht kraus verzwirbelt. Dazu geht die Farbe ins Blaugrüne. Frau Gravenstein hat gesagt, dass man die Blätter vom Stiel entrappen sollte, weil sie härter sind. Entrappen. Seltsamer Ausdruck. Sie ist doch nicht bei der Weinlese. Mit den Fingern zuppelt sie das Blatt ab. Gar nicht so einfach. Vielleicht geht es mit dem Messer besser. Tatsächlich. Es geht sogar erheblich besser! Wenig später hat sie beim ersten Bund die Stiele entfernt. Einen steckt sie Pepe in den Käfig, aber der beachtet den angeknabbert aussehenden Stängel nicht. «Halt die Klappe!», zischt er stattdessen.

«Ich hab dich auch lieb», ruft Rosa ihm zu. Als wäre das ihr Stichwort, kreisen ihre Gedanken augenblicklich um Geertje und den unbekannten Stoppel. Sind sie ein Liebespaar – oder sind sie mal eines gewesen? Verflixt, es muss doch herauszukriegen sein, wer sich hinter diesem Namen verbirgt. Rosa legt die Blätter auf ein Brett und nimmt sich den nächsten Stapel vor. Fast schon routiniert trennt sie Stiele und Blätter und schichtet sie übereinander. Roswitha müsste die Tagebücher inzwischen längst in Wittmund abgegeben haben. Aber Rudi hat sich noch nicht bei ihr gemeldet, dabei hat sie ihm gestern Abend angeboten, dass sie nach der Schule beim Lesen der Aufzeichnungen helfen könnte.

Das hat er jedoch abgelehnt. Er meinte, Haueisen würde dem nie und nimmer nicht zustimmen. Das ist so unfair, es ist schließlich ihre Idee gewesen, Geertjes Mutter auf die Suche nach Tagebüchern, Fotos und sonstigen Erinnerungen zu schicken. So weit haben die ach so schlauen Herren in Wittmund mal wieder nicht gedacht.

Als Rudi sich gestern verabschiedet hat, hat sie ihm das Versprechen abgenommen, dass er ihr eine Kurznachricht schicken würde, sobald sie das Geheimnis gelüftet haben. Da hat er immerhin genickt. Allerdings hat dieser Schlawiner hinter seinem Rücken Zeige- und Mittelfinger gekreuzt. Das war im Garderobenspiegel nicht zu übersehen.

Wenn sie nur nicht so zur Untätigkeit verdammt wäre. Wütend trennt Rosa weiter die Palmblätter vom Stiel. Dass Rudi sich noch nicht gemeldet hat, kann aber auch bedeuten, dass der Name Stoppel in den Heften gar nicht aufgetaucht ist. Pubertierende Mädchen sind Meisterinnen darin, Geheimcodes zu verwenden, aus Angst, dass ihre Eltern heimlich in ihrem Tagebuch herumschnüffeln. Freunden gegenüber herrscht da eine größere Offenheit. Moment. Hat Sven nicht erzählt, dass Felix und Geertje sich von der Schule kennen? Rosa legt das Messer zur Seite. Könnte es sein, dass Felix weiß, wer dieser Stoppel ist? Möglich ist es. Auf jeden Fall kann es nicht schaden, ihn zu fragen. Zumindest könnte sie Rudi den Tipp geben. Der müsste die Nummer von Felix haben. Entschlossen greift Rosa zu ihrem Telefon.

Rudi und Schnepel machen große Augen, als Haueisen mit Vorlesen fertig ist. Der Chef lehnt sich in seinem Stuhl zurück, wie er es gerne tut, wenn er etwas Wichtiges zu sagen hat. «Damit fällt Thomas Schiborski weg. Er kann Geertje nicht getötet haben. Er gehört ja nicht zu den EGAs.»

«Gut, aber im Fall Junghans könnte er trotzdem der Täter gewesen sein. Wir haben Blut des Opfers an seinen Schuhen gesichert.» So leicht gibt Schnepel nicht auf.

«Ich glaube, wir sollten uns nicht auf Schiborski versteifen», wendet Rudi ein. «Wir müssen herausfinden, wer zu der Zeit, in der Geertje Michelsen in Esens lebte, in der Umgebung gewohnt hat und jetzt in der Umweltgruppe ist. Ich kann Sven fragen.»

«Vielleicht ist ja dein Sohn der ominöse Stoppel», foppt Schnepel ihn.

Rudi tippt sich entnervt an die Stirn. «Sven ist ein paar Jahre jünger als Geertje.»

«Deswegen hat sie ihn Stoppel genannt. Weil er so niedlich ist.» Schnepel hält sich lachend den Bauch.

«Nun hören Sie mal mit Ihrem persönlichen Kleinkrieg auf.» Haueisen haut mit der flachen Hand auf seinen Schreibtisch. «Bakker, rufen Sie Ihren Sohn an.»

«Aye, aye, Sir.» Schon greift Rudi zu seinem Handy. Als Sven sich meldet, drückt er die Lautsprechertaste und sagt: «Ich brauch mal eben eine Auskunft von dir. Weißt du, wer von eurer Truppe, ich meine, von denen, die beim Treffen auf Spiekeroog dabei waren, schon lange hier in der Gegend wohnt? Es deutet alles darauf hin, dass Geertje denjenigen, der sie am Sonntagabend um ein Treffen gebeten hat, schon vor ihrer Zeit bei den EGAs kannte. Hat irgendeiner sie vielleicht mal Stups genannt oder sie jemanden Stoppel?»

«Stups oder Stoppel? Das hast du mich doch schon mal gefragt. Nee. Hab ich zumindest nicht gehört. Ich weiß aber auch nicht, ob mir das aufgefallen wär. Und wer hier schon lange wohnt ... ich glaub, alle. Weiß ich aber auch nicht so genau. Vielleicht kann Felix euch mehr sagen, der ist Schriftführer in unserer Gruppe. Also in unserem Bezirk.»

«Okay. Danke.» Rudi beendet das Telefonat, aber sofort trötet sein Handy los. Rosa. Was will die denn schon wieder? «Entschuldigung. Bin gleich wieder da», sagt er, nimmt das Gespräch an und verlässt den Raum.

«Herrschaftszeiten, Rosa», schimpft er. «Du kannst mich doch nicht dauernd im Dienst anrufen!»

«Wenn es um die Aufklärung von Verbrechen geht, schon!», gibt sie schnippisch zurück. «Aber bitte, wenn du keine Unterstützung willst, dann könnt ihr ja weiter im Trüben fischen.»

«Is gut. Dann sag schon. Aber zügig. Ich bin grad mitten in einer Besprechung mit Haueisen und Schnepel.»

«Ich war heute beim Hofladen der Gravensteins. Da hat mich der Sohn bedient. Felix. Der war auch mit der Umweltgruppe auf Spiekeroog. Geertje und er waren auf derselben Schule. Ich glaub, mit dem solltet ihr mal sprechen. Als ich ihn und Geertje am Sonntag im Jugend-Gästehaus gesehen hab, war er ihr gegenüber sehr fürsorglich.»

So richtig überzeugt hat Rudi am Telefon nicht gewirkt. Rosa kennt das mittlerweile. Bei ihr sagt er Ja und Amen, aber wenn Schnepel oder gar Haueisen eine andere Meinung haben, knickt er ein. Dabei sind die in Wittmund mit den Tagebüchern garantiert keinen Schritt weitergekommen. Jedenfalls hat Rudi keinen Piep in dieser Richtung von sich gegeben. Und einen klitzekleinen Hinweis hätte er bestimmt für sie gehabt. Gekreuzte Finger hin oder her.

Mit dem großen Messer schneidet sie das gestapelte Grünzeug in kurze Stücke. So zerhackt, erinnern sie kein bisschen mehr an die stolzen Blätter. Das ist wie im Leben. Konzentriert man sich auf die Kleinigkeiten, sieht man nicht das große Ganze, sondern verliert sich. Wie oft hat die Kripo Wittmund diesen Fehler schon gemacht. Rosa könnte ein Lied davon singen. Manchmal sehen sie die wirklich wichtigen Dinge nicht, dann wieder überhören sie kleine Nuancen. Besonders Schnepel ist ein Spezialist in dieser Hinsicht. Rosa will ja nicht den Schlaumeier raushängen lassen, aber in der Vergangenheit hat es nie geschadet, wenn sie sich selbst einen Eindruck verschafft hat oder sogar eigene Wege gegangen ist.

Sie schiebt das Brett mit dem gehackten Grünzeug zur Seite und legt ein Geschirrtuch darüber. Besser, sie fährt noch einmal zu dem Hofladen der Gravensteins. Kartoffeln kann man immer gebrauchen.

Kaum hat sie diesen Gedanken gefasst, spürt Rosa erneut dieses Kribbeln in der Nase, das sie nur zu gut kennt, wenn sie einer Sache auf der Spur ist.

Der Chef hat gleich reagiert. Mit den Worten: «Wenn es von zwei Seiten die Info gibt, dass dieser Felix Gravenstein uns weitere Hinweise geben kann, dann nichts wie hin zu ihm», hat er Rudi und Schnepel aufgescheucht.

«Moin, Frau Gravenstein», grüßt Rudi, als er den Hofladen betritt. Schnepel wartet draußen am Auto und spielt mit seinem Handy rum. Er ist beinahe schlimmer als Sven, der hat das Smartphone auch dauernd in den Fingern. «Wir würden gern Felix sprechen. Vielleicht kann er uns bei den Ermittlungen im Mordfall Geertje Michelsen weiterhelfen.»

«Muss das sein?» Frau Gravenstein blickt ihn unglücklich an. «Felix ist so durcheinander nach diesen Vorfällen, sein Blutzucker spielt verrückt, ich mache mir richtig Sorgen um ihn. Ich hab ihn eben ins Haus geschickt, damit er sich hinlegt. Er war weiß wie die Wand. Kann ich Ihnen vielleicht helfen?»

Bedauernd blickt Rudi sie an. «Leider nein. Also im Fall von Geertje nicht. Aber Sie können mir ein Sauerteigbrot einpacken, während wir mit Ihrem Sohn sprechen.»

Ergeben nickt Frau Gravenstein und begleitet ihn hinüber ins Wohnhaus. Als Schnepel sie sieht, schließt er sich den beiden an und stellt sich mit einem knackigen «Moin» vor.

Frau Gravenstein grüßt zurück und öffnet die Tür. «Dann folgen Sie mir.»

Die düstere Diele ist mit einer großen Eichentruhe und einer Garderobe spärlich möbliert. Aber Letztere ist noch voller als die bei ihm zu Hause, stellt Rudi fest. Und auch hier stapeln sich unter den diversen Jacken die unterschiedlichsten Schuhe auf Plastikmatten.

«Wollen Sie schon mal in der Küche Platz nehmen? Ich gebe meinem Sohn Bescheid.»

Es dauert nicht lang, bis Felix die Küche betritt. Blass sieht er aus, es scheint ihm wirklich nicht gut zu gehen. Aber vielleicht machen das auch die schwarzen Klamotten. Er lehnt sich mit dem Po an die Arbeitsplatte und spielt nervös mit seinen Fingern. «Meine Mutter sagt, sie wollen wegen Geertje was von mir wissen?»

«Das stimmt», sagt Rudi, während Schnepel endlich sein Handy in der Jacke verschwinden lässt. «Kannst du uns was über den Streit erzählen, den Geertje und Martin am Freitag hatten?»

Felix zuckt mit den Schultern und sieht ihn aus ausdruckslosen Augen an.

«Hat sie Martin da gesagt, dass sie ihn verlassen will? Und weißt du vielleicht, wen sie mit Stoppel angeredet hat?»

«Sie wollte Martin verlassen?» Felix wird grau im Gesicht wie ein Baum im fahlen Mondschein. «Davon weiß ich nichts. Ich weiß auch nichts von einem Streit zwischen Geertje und Martin. Nur von einem zwischen Anna und Martin. Und von einem Stoppel hab ich noch nie gehört.» Er räuspert sich, dann beginnt er mit würgenden Geräuschen zu husten.

Der Junge kann einem leidtun, findet Rudi. Der ist wirklich nicht auf dem Damm. Vielleicht sollten sie einfach wieder gehen.

«Wenn Sie nun schon da sind, kann ich Ihnen ja auch die Wahrheit sagen», krächzt Felix. Es dauert noch einen Moment, bis er wieder richtig sprechen kann. «Ich hatte Geertje zwar versprochen, nichts zu verraten, aber jetzt, wo sie tot ist ...» Felix atmet tief durch die Nase ein. Rudi merkt ihm an, wie schwer es ihm fällt, sein Versprechen zu brechen. «Geertje hat Anna am späten Freitagabend gesehen, als sie gegen elf das Jugend-Gästehaus verlassen hat. Sie hat sich zwar darüber gewundert, aber dann gedacht, Anna wollte einfach noch einmal frische Luft schnappen.»

«Anna Fangmann war noch mal draußen?» In Schnepels Mimik kommt plötzlich Leben. «Aber sie hat doch behauptet, früh ins Bett gegangen zu sein.» Seine Augen blitzen. «Dann hat sie uns belogen.»

Da hat Schnepel recht. «Aber warum hat Geertje uns am Samstag nichts davon gesagt?» Das ist doch die alles entscheidende Frage, findet Rudi.

«Sie wollte Anna nicht in die Pfanne hauen.»

«Aha! Eine Mörderin zu schützen, ist für Sie und Ihre Truppe also nur ein ‹in die Pfanne hauen›?» Schnepel wird mit jedem Wort lauter. «Na, dann knöpfen wir uns die Dame noch mal vor! Komm, Rudi!» Schon springt Schnepel auf. «Ich wusste ja die ganze Zeit, dass die was auf dem Kerbholz hat. Auf meinen kriminalistischen Spürsinn ist Verlass.»

Felix Gravenstein steht am Fenster und sieht das Polizeifahrzeug vom Hof fahren. Was haben die eben gesagt? In seinem Kopf drehen sich die Sätze so rasant, als würden sie Karussell fahren. Immer schneller, bis sie aus ihrer Bahn fliegen. Bei diesem Gedrehe kann er keinen klaren Gedanken fassen. Und das ist jetzt wichtig. Mit zitternden Händen verlässt er die Küche und geht durch den Hinterausgang zum alten Stall. Im hinteren Bereich, in der ehemaligen Milchkammer, hat er sich vor Jahren einen Schlagzeugraum eingerichtet. Damit er seine Eltern nicht mit der Musik nervt. Die stehen definitiv nicht auf Death Metal. Aber er kann da alles reinlegen. Geht so richtig darin auf. Schreibt eigene Songs, in denen er seine Gefühle zum Ausdruck bringt.

Er schließt die Tür zu seinem Reich auf. Durch das kleine Fenster dringt nur wenig Licht herein. Er schaltet die Deckenfunzel an, streift mit seiner Hand kurz über die Snare Drum, die kleine Trommel, und geht weiter zum alten Kleiderschrank seiner Urgroßeltern, der an der gegenüberliegenden Wand steht, ohne den Postern von Chuck Schuldiner, Marilyn Manson und Co. Beachtung zu schenken. Seine Eltern wollten den Schrank auf den Sperrmüll werfen, aber Felix gefällt das alte Möbelstück aus dunklem Holz. Es hat so einen ganz eigenen Geruch. Ein wenig modrig mit einem

Hauch Lavendel. Seine Uroma hat auch nach Lavendel gerochen. Er öffnet die Tür mit dem gardinenverzierten Doppelfenster.

In die Mitte des Schrankes hat er ein Regalbrett eingezogen.

Darauf steht ein großes gerahmtes Foto von Geertje am sonnenbeschienenen Strand, die ihn anstrahlt. Auch die Rückwand ist übersät mit Fotos. Geertje in allen Lebenslagen. Sie hat gar nicht gemerkt, wie oft er sie fotografiert hat. Zärtlich streichelt er über das gerahmte Bild.

Davor hat er Muscheln gelegt und kleine Steine, die wie Herzen aussehen.

Er greift zu der Schachtel Streichhölzer und zündet das rote Totenlicht neben dem Bilderrahmen an.

Dann kniet er sich nieder und faltet die Hände wie zum Gebet.

Jeden Tag kommt er hierher. Denkt an sie. Trauert. Kann nicht fassen, dass sie tot ist.

Vor allem kann er nicht fassen, was der Polizist eben behauptet hat. Dass sie Martin verlassen wollte. Warum wusste er nichts davon? Felix versucht, sich zu erinnern, was genau der Polizist gesagt hat. Wieder drehen sich die Sätze in seinem Kopf, dass ihm schwindlig wird. Alles verschwimmt. Erschöpft schließt er die Augen. Sieht Geertje vor sich. Warum hat sie ihm nicht gesagt, dass es mit Martin vorbei ist?

Er greift zu dem Messer, das zwischen den Muscheln liegt. Mit der Fingerspitze fährt er über die scharfe Klinge. Drückt kurz darauf. Und genießt den Schmerz. Blutstropfen perlen aus dem winzigen Schnitt. Langsam leckt er das Blut ab.

Auf der Landstraße Richtung Norden wettert Schnepel die ganze Zeit vor sich hin. Rudi hört gar nicht richtig zu. Er genießt den Anblick der Natur, jetzt, wo ein paar Sonnenstrahlen hervorblitzen und die gefrorenen Äste der kahlen Windlooper am Straßenrand glitzern lassen. Eigentlich müsste man einen Spaziergang machen, wo alles so winterlich aussieht. Am besten mit Susanne. Er grient.

«Man hätte die Fangmann genauso wie den Schiborski in U-Haft nehmen sollen. Einige Stunden in einer kargen Zelle haben schon viele Menschen zu Verstand kommen lassen. Ich hätte sie weichgekocht, wenn Haueisen mich gelassen hätte», wettert Schnepel weiter. «Aber nein, der Chef ist ja immer überkorrekt.» In diesem Moment klingelt Schnepels Handy. «Wenn man vom Teufel spricht ...», sagt er. «Ja, Chef?»

Da Rudi direkt neben Schnepel sitzt, kann er hören, was Haueisen sagt.

«Es hat sich gerade ein Zeuge gemeldet. Er ist ab Montag auf Montage auf Borkum gewesen und heute erst zurückgekommen. Seine Frau hat ihm erzählt, was in der Zwischenzeit in Neuharlingersiel passiert ist. Als er von der Toten in der gelben Jacke hörte, hat er sich an seinen Spaziergang am Sonntagabend erinnert und dass er da jemand in so einer Jacke gesehen hat.»

Das ist ja nun nichts Neues, denkt Rudi. Das hat sein Vater doch schon längst ausgesagt.

«Aber es war nicht nur das knallige Gelb von Geertje Michelsens Jacke, ihm ist noch ein weiteres Detail aufgefallen. An den Schuhen der Person, die Geertje Michelsen begleitet hat, soll etwas Silbernes geblitzt haben. Vielleicht hatten Sie doch recht, Schnepel, und Frau Fangmann hängt dick in der

Sache drin. Die hatte doch heute Morgen viel Metall an den Schuhen.»

Stimmt, wo der Chef das jetzt sagt, erinnert sich Rudi daran. Aber ihm fällt auch noch etwas anderes ein.

«Wir sind schon auf dem Weg zu ihr. Es haben sich neue Anhaltspunkte ergeben.» Schnepel berichtet dem Chef von dem Gespräch mit Felix.

«Umso besser, wenn Sie schon auf dem Weg zu ihr sind. Melden Sie sich, sobald Sie dort waren.» Schon ist die Leitung tot.

«Jetzt kommt Bewegung in die Sache, drück auf die Tube!», kommandiert Schnepel. «Und setz das Blaulicht aufs Dach.»

«Warte ...», Rudi fährt sich mit der linken Hand übers Kinn, «vielleicht sollten wir noch mal zum Hof der Gravensteins zurückfahren.»

«Was soll das denn?», unterbricht Schnepel ihn. «Da kommen wir doch gerade her.»

«Das stimmt, aber mir ist aufgefallen, dass die Beschreibung der Person, mit der Geertje Sonntagabend unterwegs war, genauso auf Felix Gravenstein zutrifft. Auch er trägt schwarze Klamotten, hat so ziemlich die gleiche Statur wie die Fangmann, und als wir vorhin durch den Flur gingen, habe ich schwarze Boots mit Nieten und Ketten unter der Garderobe stehen sehen. Vielleicht ist in Wirklichkeit Felix Gravenstein unser Mann. Und wie er gehustet hat, als wir ihn nach Stoppel und dem Streit zwischen Geertje und Martin gefragt haben. Vielleicht ahnt er, dass sich die Schlinge zuzieht.»

Kopfschüttelnd blickt Schnepel Rudi an. «So ein Unsinn.»

Vor dem Hofladen steht ein einsames Fahrzeug, aber es ist nicht das Einsatzfahrzeug der Polizei. Das ist ja blöd. Was soll sie nun machen? Rosa überlegt. Am besten, sie geht in den Laden und fragt nach Felix.

«Hallo, Frau Gravenstein, ich bin's noch mal», sagt Rosa forsch, als sie den Hofladen betritt. Die Bäuerin schaut sie überrascht an. «Jetzt hab ich vorhin doch über unsere Unterhaltung total vergessen, was ich eigentlich wollte. Ich wollte Ihren Sohn nämlich bitten, einen kleinen Vortrag über die Arbeit der EGAs vor meiner Klasse zu halten.» Treuherzig blickt sie Felix' Mutter an.

Die nickt. «Das ist eine schöne Idee! So eine Aufgabe wird ihn auf andere Gedanken bringen. Seit Geertjes Tod ist er vollkommen durch den Wind. Sie kannten sich ja auch schon so lange. Deswegen wollte die Polizei vorhin auch mit ihm sprechen. Die sind aber bereits wieder weg.» Frau Gravenstein überlegt einen Moment. «Felix müsste drüben in der alten Scheune sein. Da hat er sein Schlagzeug stehen. Gehen Sie doch rüber, kann aber sein, dass Sie an die Tür hämmern müssen. Wenn er an seinen Trommeln sitzt, hört er nichts anderes.»

«Prima, danke!» Zufrieden verlässt Rosa den Laden und marschiert zur Scheune. Drinnen ist es schummerig. Ein alter Traktor steht rechts neben dem Tor, ein Anhänger mit Strohballen links. Schlagzeugmusik hört sie allerdings nicht.

Sie kneift die Augen zusammen, um sich ans Dunkel zu gewöhnen. Am hinteren Ende der Scheune schimmert ein Lichtstreifen unter einer Tür.

Zielstrebig steuert sie darauf zu und klopft an.

Keine Antwort.

«Felix?», ruft sie und klopft erneut.

Immer noch keine Reaktion.

Hoffentlich ist ihm nicht wieder schwarz vor Augen geworden! Er hat ja vorhin im Laden schon ausgesehen, als ob er jeden Moment zusammenklappt. Ohne zu zögern, öffnet Rosa die Tür.

«Felix», sagt sie, doch der Name bleibt ihr im Hals stecken. Der junge Mann kniet vor einem geöffneten Schrank und hält ein Messer in der Hand. Als er Rosa bemerkt, drückt er es sich an den Hals.

Was hat das zu bedeuten? Fieberhaft überlegt sie. Dabei fällt ihr Blick auf den geöffneten Schrank. Auf eine gerahmte Fotografie von Geertje und auf zahllose weitere Fotos dahinter, die einer Tapete gleichen. Das ist ein Schrein für Geertje!

In diesem Moment springt Felix auf. «Keinen Schritt weiter!», faucht er und richtet das Messer auf Rosa. «Aus dem Weg!» Mit dem Messer fuchtelnd, bewegt er sich auf die Tür zu.

Rosa springt zur Seite. Felix rennt an ihr vorbei, das Messer in der Hand.

Völlig verdattert sieht Rosa Felix hinterher. Das lässt nur einen Schluss zu: Felix ist Stoppel!

Sofort kommt Bewegung in sie, und sie rennt hinter ihm her. «Bleib stehen, Felix! Mach keinen Unsinn!»

Als wäre der leibhaftige Teufel hinter ihm her, rennt Felix durch das Scheunentor ins Freie. Wo ist diese Frau bloß plötzlich hergekommen? Die war doch vorhin schon mal da und hat Fragen gestellt. Er muss hier weg. Sofort.

Mit hämmerndem Herzen sieht er sich um. Neben einem

roten Fiat steht Mutters Auto unter dem Vordach der neuen Halle. Bestimmt steckt der Schlüssel. So wie immer.

Wieder wird ihm schwindelig. Doch darauf kann er jetzt keine Rücksicht nehmen. Mit Mühe schafft er es bis zum Auto. Er hört die Frau rufen. Reißt die Fahrertür auf und lässt sich auf den Sitz fallen. Der Schlüssel steckt tatsächlich. Er startet und tritt aufs Gaspedal. Wie ein junges Wildpferd springt die alte Karre nach vorn. Mit Vollgas rast er vom Hof, die Kieselsteine spritzen nach allen Seiten. Jetzt ist er auf der Straße. Wenn es in seinem Kopf doch nur nicht so hämmern würde.

Keuchend bleibt Rosa stehen. Sie sieht gerade noch den lindgrünen Mercedes Kombi im Affentempo vom Hof rasen. Ein klammes Gefühl breitet sich in ihrer Brust aus, und sie hält sich für einen Augenblick an der Holzwand fest. Der Junge war wie von Sinnen.

So schnell sie kann, rennt sie zu ihrem Auto, springt hinein, startet den Motor und legt den Rückwärtsgang ein. Gleichzeitig aktiviert sie die Freisprecheinrichtung ihres Fiats und drückt auf Wahlwiederholung. Während sie den Wagen wendet und dem Kombi auf die Straße folgt, hört sie das Bimmeln.

«Mach schon», ruft sie laut, obwohl Rudi es ja nicht hören kann. «Geh ran, verdammt noch mal!»

Doch wieder dauert es eine gefühlte Ewigkeit, bis Rudi sich meldet.

«Rosa, Mann. Ich bin im Dienst ...»

«Rudi. Felix Gravenstein ist Stoppel! Er hat einen Schrein für Geertje in seiner Scheune aufgebaut und saß gerade mit einem Messer am Hals davor, als ich reinkam. Als er mich sah, hat er mich bedroht und ist mit einem Auto abgehauen. Rudi, ich hab Angst, dass der sich was antut. Der rast wie ein Irrer. Ihr müsst die Straßen absperren.»

Zum Glück reagiert Rudi. «Alles klar. In welche Richtung ist er gefahren?»

«Festhalten», ruft Rudi, als er auf der gegenüberliegenden Straßenseite eine Auffahrt sieht. Die perfekte Gelegenheit für eine schnelle Kehrtwende. Schon tritt er auf die Bremse und reißt das Steuerrad rum.

«Bist du verrückt?», brüllt Schnepel und hält sich am Griff über dem Beifahrerfenster fest. «Was soll der Scheiß?»

«Hast du doch gehört! Felix Gravenstein ist Stoppel. Wir müssen versuchen, ihn aufzuhalten.»

«Bist du bescheuert? Und wenn er in uns hineinknallt? Meinst du, ich hab Lust, von dem gerammt zu werden?»

Ohne auf Schnepel zu achten, informiert Rudi die Leitstelle und bittet um Verstärkung. Schließlich gibt es mehrere Straßen, die Felix nehmen kann.

«Dreh wieder um und warte, verflucht noch mal», schimpft Schnepel. «Wenn er uns überholt, fahren wir hinterher. Irgendwo wird er schon stoppen. Und dann haben wir ihn.»

Aber Rudi ignoriert seinen Kollegen. Und drückt aufs Gas.

Mit zitternden Händen umfasst Felix das Lenkrad. Sein Herz wummert wie verrückt.

Hinter der Kreuzung beschleunigt er noch mehr. Er tritt

das Gaspedal durch und spürt, dass ungeahnte Kräfte ihm plötzlich zur Seite stehen. Bis in seine Kopfdecke kribbelt es.

Wie schnell Geertje ihn damals vergessen hat. Dabei waren sie noch zusammen im Kino, kurz vor ihrem Umzug nach Dortmund. Da hat er all seinen Mut zusammengenommen und nach Geertjes Hand gefasst. Hat versucht, sie zu küssen. Aber das hat sie abgewehrt. «Lass uns Freunde bleiben, Stoppel», hat sie gesagt.

Vor ihm taucht ein Opel-Fahrer auf. Ein alter Sack mit Hut sitzt am Steuer. Felix überholt. Von hinten ertönt eine Hupe. Er wirft einen Blick in den Rückspiegel. Der alte Sack zeigt ihm einen Vogel.

Aber was ist das? Hinter dem Alten ist der rote Fiat, der auf dem Hof stand. Na, wenn die Tusse meint, ihn einholen zu können, hat die sich geschnitten. Die kriegt ihn nicht. Jetzt ist die Straße vor ihm wieder frei.

Warum hat Geertje sich aus Dortmund nicht mehr bei ihm gemeldet? Sie waren doch gute Freunde. Nur, weil er ihr gestanden hat, dass er sie liebt, durfte sie den Kontakt doch nicht abbrechen. «Ist besser so für dich», hat sie behauptet. Aber das ist nicht wahr.

Und dann hat er sie bei den EGAs wiedergetroffen. Ihr Blick traf ihn mitten ins Herz. Sie allerdings hat ihr unverhofftes Wiedersehen als witzigen Zufall abgetan. Dabei war es ein Wink des Schicksals. Doch sie hatte nur Augen für Martin.

Sein Blutdruck beschleunigt sich, als er an Martins Gesichtsausdruck in jener Nacht vor einer Woche denkt.

Mit halsbrecherischem Tempo nimmt er die scharfe Kurve. Puh, das war knapp.

Wie verblüfft Martin war, als Felix mit dem Messer auf

ihn eingestochen hat. Immer und immer wieder. «Geertje gehört mir!», hat er bei jedem Stich geschrien.

Dabei hätte er Martin gar nicht töten brauchen!

Geertje wollte ihn verlassen!

Alles wäre auch so gut geworden! Geertje hat gemerkt, dass sie zusammengehören. Stups und Stoppel. So wie früher.

Die nächste Kurve, auch hier ist es knapp. Beruhige dich, denkt er, aber sein Herz hämmert, als wolle es ihm gleich aus der Brust springen.

Schweißtropfen perlen ihm von der Stirn in die Augen. Er zwinkert. Er hätte Geertje am Sonntagabend nicht treffen sollen. Aber als sie ihm das Phantombild geschickt hat, glaubte er, die Lösung gefunden zu haben. Der Typ sah doch wirklich aus wie der Kollege von Martin. Der, den er beim Rektor verpfiffen hatte. Als sie sich am Hafen getroffen haben, hat er ihr einen Kuss geben wollen. Das war ein Fehler. Er hätte ihr mehr Zeit lassen sollen. Ist zu direkt gewesen. Hat sich auch noch verplappert. Dass er doch alles nur für sie getan hat.

In dem Moment hat sie ihn durchschaut. Sie hat ihm auf den Kopf zugesagt, dass er Martin umgebracht hat. Mörder hat sie zu ihm gesagt. Immer wieder: Mörder. Er hat sich die Ohren zugehalten. Damit sie dieses schlimme Wort nicht mehr sagt. Aber sie hat es immerzu wiederholt. Mörder. Da hat er sie am Hals gepackt. Und zugedrückt. Sie sollte doch nur still sein! Als ihre Beine wegknickten und sie endlich verstummte, hat er locker gelassen. Sie ist ins Wasser gefallen. Einfach so. Das ist doch nicht seine Schuld gewesen. Es war Pech, dass sie direkt an der Hafenkante standen.

Der Schweiß läuft ihm in die Augen. Mit der Handfläche wischt er ihn weg, während er weiter das Gaspedal voll durchdrückt. Plötzlich springt ein Reh auf die Straße. Er versucht auszuweichen, doch zu spät.

«Ach du Scheibenkleister!» Mit Entsetzen sieht Rudi in einiger Entfernung ein Reh auf die Straße springen, das im nächsten Augenblick von einem heranrasenden Auto durch die Luft gewirbelt wird. Die Beine zucken wild, der Wagen bricht aus und kracht ungebremst gegen einen der wenigen Bäume auf dieser Strecke.

Rudi drosselt die Geschwindigkeit und verständigt per Funk die Leitstelle. «Schwerer Unfall auf der Accumer Riege vor Dornum. Pkw ist mit Reh kollidiert. Pkw anschließend gegen einen Baum gekracht. Sind gleich da und sichern die Unfallstelle.»

«Alles klar.» Es knackt in der Leitung, dann ist die Verbindung unterbrochen, und Rudi bremst den Einsatzwagen kurz vor dem Unfallwagen ab. Er schaltet das Blaulicht ein, reißt die Tür auf, springt heraus und rennt auf das Auto zu, dessen Front wie eine Ziehharmonika zusammengedrückt ist. Auf dem Beifahrersitz befindet sich niemand, er eilt auf die Fahrerseite, greift an die Türklinke, und wie durch ein Wunder lässt sich die Tür öffnen.

Der Fahrer hängt im Sicherheitsgurt vor dem aufgesprungenen Airbag, den Kopf auf der Brust.

In diesem Moment hört Rudi eine Stimme.

«Um Himmels willen, ist er etwa tot?» Rosa steht neben ihm. Wo kommt die denn jetzt her?

«Nein, er ist zwar verletzt, aber er lebt.»

Als hätte Felix sie gehört, stöhnt er auf. «Ich hab das alles nicht gewollt. Ich hab sie doch geliebt.» Schon kippt sein Kopf zur Seite.

«Felix?» Rudi fasst ihn am Arm. «Felix?»

Lautes Tatütata lässt Rudi aufblicken. Der Rettungswagen braust mit Karacho heran und hält mit quietschenden Reifen.

«Felix, ganz ruhig. Hilfe ist da.»

EINIGE WOCHEN SPÄTER

Das große Feuer auf dem Hafenparkplatz lodert knisternd. In sicherem Abstand stehen Heuballen als Sitzgelegenheiten bereit. Ein paar Holzbuden sind aufgebaut, in denen Kaffee, Tee, Kinderpunsch, Glühwein, Bier und Bratwürste angeboten werden. Der Heimatverein hatte schon im Sommer die Idee, die im letzten Jahr wegen einer landesweiten Grippewelle ausgefallenen Osterfeuer im Februar abzubrennen. Wie es die Sylter mit dem Biikebrennen machen. Es hat noch einmal geschneit, und der gesamte Ort sieht wie verzaubert aus. Fast ganz Neuharlingersiel ist auf den Beinen. Rosa, Henner, Dörte, Rudi und Susanne sitzen zusammen auf den Ballen und freuen sich über das fröhliche Beisammensein.

«Morgen kommt Felix Gravenstein aus dem Krankenhaus», berichtet Rudi, der mit seiner Bratwurst den letzten Senf von der Pappe wischt, bevor er abbeißt. Susanne Schnepel reicht ihm eine Papierserviette, die er unwillig annimmt.

«Wird er denn ganz gesund?», fragt Rosa. «Ich meine, wird er wieder normal laufen können nach dem Unfall?»

«Ganz wird das wohl nix mehr, dazu war das rechte Bein zu sehr zertrümmert, aber viel Auslauf wird er im Gefängnis ohnehin nicht haben. Er kommt direkt vom Krankenhaus in die JVA Oldenburg. Sein Geständnis macht die Sache natürlich einfacher.»

Dörte steht auf. «Warum habe ich mir bloß nicht die dicken Schneestiefel angezogen? Hab schon ganz eisige Füße.» Sie stampft ein paarmal auf. «Meinst du, er kriegt mildernde Umstände und muss nicht ganz so lange einsitzen?»

«Keine Ahnung», gibt Rudi zu, «da kenn ich mich nicht mit aus.»

«Und was ist mit den beiden anderen? Dem Wintergast und seinem Kompagnon?», will Henner wissen.

«Hottenrott sitzt erst mal seine Haftstrafe wegen Heiratsschwindel ab. Außerdem läuft ja noch die Diebstahlsanzeige von deinen Eltern. Und gegen seinen Kumpel wird wegen der Walzähne ebenfalls ermittelt.»

«Moin!» Ein großer blonder Mann tritt zu ihnen, einen dampfenden Keramikbecher in der Hand. «Mensch, Henner, wir haben uns ja lange nicht gesehen.» Er lacht dabei so sympathisch und offen, dass sofort ein Lächeln über Rosas Gesicht zieht. Sie stupst Henner an.

«Willst du uns nicht bekannt machen?»

Henner guckt sie mit zusammengekniffenen Augenbrauen an. Dann sagt er: «Janko, das ist Rosa. Sie ist Lehrerin und wohnt über mir. Rosa, das ist Janko Janßen. Er ist, wie auch sein Vater und Opa schon vor ihm, Deichschäfer.»

«Ach, das ist ja interessant! Ein Deichschäfer! Ich wollte schon lange mit meiner Klasse einen Ausflug in eine Deichschäferei machen.» Rosas Augen blitzen, als sie aufsteht und Janko die Hand gibt. «Schön, dich kennenzulernen. Wir sagen doch Du, wie alle hier, oder?»

Bevor er antworten kann, meldet sich Dörte zu Wort. «Sicher. Janko ist doch kein verkniffener Typ. Stimmt's, Janko?» Sie tritt neben ihn und hakt sich bei ihm ein. Fast hätte er dabei den Glühwein verschüttet.

«Jo.» Schnell macht er sich wieder frei. «Verkniffen bin

ich keineswegs.» Dabei zwinkert er Dörte zu. An Rosa gewandt, sagt er: «Klar, können wir gerne drüber sprechen. Die Schafe sind grad mit dem Ablammen durch, da hab ich wieder etwas mehr Zeit. Schau doch einfach mal vorbei.»

«Super», freut sich Rosa. «Wo liegt denn die Deichschäferei?»

«Gleich hinter Neßmersiel», nimmt Dörte Janko die Antwort ab und strahlt ihn an. «Wir können zusammen hinfahren. Mich hat schon immer interessiert, wie du die Schäferei führst!»

Rudi und Henner grinsen sich an.

«Sach mal, Janko», fährt Dörte fort. «Wo du jetzt schon mal aus deiner Einsiedelei rausgekommen bist, hast du nicht Lust, Montag zur Rosenmontagsparty ins Dattein zu kommen? Wir Mädels vom Häkelbüdel-Club haben da ordentlich was auf die Beine gestellt.»

«Ich weiß nicht», wehrt Janko ab.

«Nun sei mal kein Spielverderber», sagt Rosa und hakt sich ebenfalls bei Janko ein.

ENDE

NACHWORT

Schön war es wieder mit Rudi, Henner und Rosa!

Uns hat das Schreiben so viel Spaß gemacht, und natürlich haben wir uns intensiv überlegt, ob wir die Corona-Pandemie in die Geschichte einfließen lassen.

Wir haben uns dagegen entschieden. Obwohl es manchmal komisch war, wenn die Menschen im Buch sich nahe sein durften, während wir mit Maske, Abstand und Kontaktverzicht leben mussten, Kneipenabende im Dattein unvorstellbar waren, genau wie große Runden um den Küchentisch auf dem Steffens-Hof.

Aber in den letzten knapp zwei Jahren hat uns allen dieser Virus so viel abverlangt, dass wir beschlossen haben, Ihnen und euch als Buchhändler* innen und Leser* innen und auch uns Autorinnen die heile Neuharlingersieler Welt mit Rudi, Henner und Rosa zu lassen.

Ach ja, eines noch: Wie immer sind alle Personen und Ereignisse erfunden. Zwar stranden immer mal wieder Wale an den Inseln, aber zum Glück nicht ganz so häufig.

Und weil Ludwig so gern Kibbelinge isst, haben wir die Backfischbude und die Räucherfischbude auch im Januar am Hafen stehen lassen, obwohl sie dann eigentlich pausieren.

Nun hoffen wir, dass alle gesund durch diese Zeit gekommen sind und auch Fall 9 euch und Ihnen wieder so viel Vergnügen bereitet wie uns als Autorinnen.

Und wer noch enger mit Rosa, Rudi und Henner verbunden sein will, kann gerne auf unserer Homepage oder im Küstenkrimi-Fanclub auf Facebook vorbeischauen, was es für Neuigkeiten gibt.

Ganz herzlich,
Christiane Franke und Cornelia Kuhnert
Im Februar 2022

DAS STAMMPERSONAL DER SERIE

UNSER LIEBENSWERTES TRIO:

Rudi – ist Dorfpolizist. Und alleinerziehender Vater von Sven. Seine Frau Denise hat vor ein paar Jahren die Biege gemacht.

Henner – der Dorfpostbote ist Single und hatte noch nie eine feste Beziehung, dafür hat er acht Schwestern. Da er gegen Tierhaare allergisch ist, kann er den elterlichen Hof nicht übernehmen.

Rosa – lebt erst seit Kurzem in Neuharlingersiel. Sie ist Lehrerin und Krimifan. Versucht sogar, selbst welche zu schreiben.

DIE WITTMUNDER POLIZISTEN:

Kriminalhauptkommissar Siegfried Haueisen – sehnt den Ruhestand herbei. Unrasiert und mit tiefen Ringen unter den Augen, wirkt er müde und angeschlagen. Seit 25 Jahren verheiratet.

Kriminaloberkommissar Helmut Schnepel – ein Wichtigtuer, der gern den großen Kommissar herauskehrt und der auf Freiersfüßen wandelt, seit seine Frau Susanne ihn verlassen hat.

UND HIER DER REST
UNSERES STAMMPERSONALS

Dr. Valentin Emterbäumler – Rechtsmediziner, den es aus Bayern an die Nordsee verschlagen hat.

Klaus Kröver – Chef der Spurensicherung. Ein Womanizer.

Bernie Bütefisch – Rudis Kollege in der Polizeistation Esens. Er löst gerne Kreuzworträtsel und liebt Kuchen und belegte Brötchen.

DIE NEUHARLINGERSIELER:

Sven – Rudis 18-jähriger Sohn.

Hoyko Manninga – Rudis verschollen geglaubter Vater, der nun nach Neuharlingersiel zurückgekehrt ist.

Dörte Jacobs – Henners Jugendfreundin, arbeitet bei der NV-Versicherung. Sie trifft sich seit einiger Zeit mit Helmut Schnepel, den sie durch die Datingplattform Krabbenkuss.de kennengelernt hat.

Ludwig Twenge – Frührentner, Mitmachreporter, ist durch sein Gewicht gehbehindert.

Sigrid – Ludwigs Frau, hilft im Andenkenladen von Adelheid aus.

Gisela Frerichs – größte Tratschtante Neuharlingersiels.

Erwin – Giselas Mann.

Susanne Schnepel – Ehefrau von Helmut Schnepel, hat ihren Mann verlassen, arbeitet bei Gudrun im Frisiersalon und trifft sich ab und an mit Rudi.

HENNERS GROSSE FAMILIE

Seine Eltern:

Gerda und Heinrich Steffens – haben sich inzwischen damit abgefunden, dass Henner den Hof nicht übernehmen kann.

Seine acht Schwestern:

Adelheid – führt den Andenkenladen. Ihre Freundinnen kommen jeden Morgen zum Elführtje.

Bärbel, Clara, Doro, Engeline, Friederike

Gudrun – arbeitet als Friseurin in Anitas Salon. Da ist immer etwas los, und auch ihren Hund Schecki darf Gudrun mit zur Arbeit nehmen.

Ina – die Jüngste des Steffens-Clans.

Tante Hildegard – gehört das Haus, in dem Henner die Erdgeschosswohnung bewohnt. Über ihm wohnt Rosa. Tante Hildegard ist sehr redselig.

WEITERE PERSONEN IN DIESEM FALL

Anna Fangmann – Meeresbiologin

Felix Gravenstein – arbeitet auf dem Bauernhof seiner Eltern

Martin Junghans – Lehrer auf Spiekeroog

Martina Junghans – Fleischermeisterin in Esens

Jürgen Meier – Lehrer auf Spiekeroog, **Olaf Gremmling** ist sein Lebenspartner in Bremen

Geertje Michelsen – macht ein FÖJ auf Spiekeroog. Nichte von Sigrid Twenge. Mitglied der Eastfrisian Guardian Angels (EGA)

Roswitha und **Rolf Michelsen** – Eltern von Geertje

Thomas Schiborski – Kleinkrimineller

Richard Timmerbeil (Horst Hottenrott) – Wintergast auf dem Steffens-Hof

Doktor Wagenfeld – Schulleiter auf Spiekeroog

REZEPTE

Labskaus nach dem Rezept von Ururururgroßmutter Steffens

3 Pfund gepökelte Rinderbrust (wenn's schnell gehen soll, kann man auch 2–3 Dosen Rindfleisch oder Cornedbeef nehmen)
5 Zwiebeln
1 Kilo Kartoffeln, mehlig kochend
4–6 Gewürzgurken
1 Lorbeerblatt
Rote Bete
Salz und Pfeffer

Beilagen pro Teller:
1 Rollmops
1–2 Spiegeleier

Rote Bete in Scheiben oder süßsauer eingelegter Kürbis (Ostfriesische Ananas, siehe Rezept in «Krabbenbrot und Seemannstod»)

Mudder Steffens setzt die gepökelte Rinderbrust mit 2 Zwiebeln und 1 Lorbeerblatt in kaltem Wasser auf und lässt es anderthalb Stunden gar kochen.

Dann dreht sie das Fleisch mit 3 geschälten, rohen Zwiebeln

und 3 Gewürzgurken durch die feine Scheibe ihres Fleischwolfes. Den Fleischsud fängt sie auf!

In einem anderen Topf kocht sie die geschälten Kartoffeln. Wenn die fertig sind, stampft sie sie zu Brei.

Hierzu gibt sie die Fleischmasse und ein Stück gute Butter, schmeckt alles mit Salz und Pfeffer ab und kocht es noch einmal kurz auf. Falls es zu fest ist, gibt sie so viel vom Fleischsud hinzu, bis die gewünschte Konsistenz erreicht ist.

Wenn Vaddern sich an den Tisch setzt, brät sie die Eier, gibt das Labskaus auf einen Teller, schneidet eine Gewürzgurke fächerförmig und legt sie dazu, genau wie den Rollmops, einige Scheiben Rote Bete und zwei Spiegeleier. Vaddern liebt dazu auch die «Ostfriesische Ananas», den süßsauer eingelegten Kürbis.

Steckrüben mit Pootjes (Schweinepfoten) nach dem Rezept von Mudder Steffens

4 gepökelte Schweinepfoten
1 ganzes Schweineschwänzchen
1 mittelgroße Steckrübe
1 Schalotte
2 Lorbeerblätter
5 Stück Kandis
Sahne nach Belieben
Salz und Pfeffer
1 Bund Petersilie

Muddern hat das Rezept von ihrer eigenen Mutter übernommen. Damals wurde auf dem Hof noch selbst geschlachtet und alles vom Tier verwertet.

Die gewaschene Steckrübe schält sie, schneidet sie in Würfel und ab damit in den Topf. Lorbeerblätter, Kandis, die Zwiebel sowie Schweinepfoten und das Schwänzchen kommen obendrauf. Nun gibt Muddern so viel Wasser dazu, bis alles bedeckt ist, und bringt es zum Kochen. Dann lässt sie es auf mittlerer Hitze köcheln und gießt immer wieder das verdunstete Wasser nach.

Nach gut zwei Stunden nimmt sie die Pfötchen und das Schwänzchen heraus und stellt das Fleisch in den auf 50 Grad vorgeheizten Backofen.

Dann fischt sie die Lorbeerblätter aus dem Topf und quetscht alles mit dem Kartoffelstampfer; Pürieren mit einem Zauberstab geht natürlich auch. Erst jetzt schmeckt sie mit Salz und Pfeffer ab. Zum Schluss gibt sie einen Schuss Sahne und klein gehackte Petersilie dazu.

Dazu reicht sie Salzkartoffeln und die Schweinepfötchen. Hofhund Butscher bekommt das abgekühlte Schwänzchen.

Rintjebraa von Mudder Steffens

1 Kilogramm Rindernacken
Butterschmalz
Salz, Pfeffer, 2 Lorbeerblätter
3 Zwiebeln
Etwas Mehl und Sahne für die Soße

Das Fleisch in nicht zu kleine Stücke schneiden und mit Salz und Pfeffer einreiben. Im heißen Butterschmalz von allen Seiten scharf anbraten, etwas Wasser dazugeben und ungefähr eine halbe Stunde schmoren lassen. Dann die grob gewürfelten Zwiebeln und die Lorbeerblätter hinzugeben und alles eine weitere gute

Dreiviertelstunde schmoren. Am Schluss das Fleisch rausnehmen, warm stellen und den Sud mit etwas Mehl und Sahne zu einer leckeren Soße binden. Mudder Steffens schmeckt sie am Ende gern noch mit Cayennepfeffer ab, das gibt eine scharfe Note.

Birnen mit Hüdel von Mudder Steffens

500 ml lauwarme Milch
1 Würfel frische Hefe
1 TL Zucker
800 g Mehl
1 EL Butter
3 Eier
1 Prise Salz

Für die Soße:
1 Dose gekochte Birnen
4 Scheiben geräuchertes Bauchfleisch
Stärkemehl zum Andicken

Der Kloß:
Muddern zerbröckelt die Hefe in einer Schüssel, verrührt sie mit 4 EL lauwarmer Milch und dem Zucker und lässt das Ganze 10 Minuten gehen. Dann vermischt sie die restliche Milch, Mehl, Eier, Butter und Salz miteinander, gibt den Hefeansatz hinzu und knetet alles gut durch. Anschließend stellt sie die Schüssel warm, bis sich das Teigvolumen verdoppelt hat.

Nun formt sie den Teig zu einem großen Kloß und legt ihn in die Mitte eines sauberen Geschirrtuches. Das bindet sie unter den Deckel eines Kochtopfes (sie knotet es dann oben auf dem Deckel fest). In dem dazugehörigen Topf bringt sie eine Handbreit Wasser zum Kochen, setzt den Deckel darauf und gart den Kloß auf diese Weise 45 Minuten im Wasserdampf. (ACHTUNG: Der Kloß darf das Wasser NICHT berühren!)

Die Soße:
Variante a) Die Birnen in einem Topf erhitzen und mit der Stärke binden, die geräucherten Bauchspeck-Scheiben braten und beides später zu den Kloßscheiben legen. Ohne Speck ist es eine *vegetarische* Variante, dazu passt auch prima ein süßer Kloßteig.

Oder

Variante b) Die Birnen und den geräucherten Speck zusammen kochen und dann andicken. Das ergibt eine würzige Rauchsoße.

Linsen und gebratener Rosenkohl von Henner

300 g Berglinsen
2 Lorbeerblätter
300 g Rosenkohl
1 Bund Petersilie
4 Zehen Knoblauch
1 walnussgroßes Stück Ingwer
2 TL deutscher Kümmel (ganz)
Salz und Pfeffer
5 EL Rapsöl

Henner ist ja bislang nicht gerade für seine Experimentierfreude bekannt, aber er hat sich vorgenommen, offen gegenüber neuen Dingen zu sein. Und als Muddern vor ein paar Wochen dieses Rezept in der kostenlosen Sonntags-

zeitung entdeckt hat, war er begeistert, zumal es auch ganz einfach ist.

Die Linsen mit der dreifachen Menge Wasser und den Lorbeerblättern ohne Salz dreißig Minuten kochen. Salz erst zum Schluss dazugeben, hat ihm Muddern eingeschärft.

Während die Linsen kochen, putzt und drittelt er den Rosenkohl, schneidet den Knoblauch und den Ingwer klein.

Jetzt kommt der Clou: Den Kümmel in der erhitzten Pfanne (ohne Fett) anrösten, bis er Farbe bekommt. Dann das Rapsöl dazugeben, auf mittlerer Stufe erhitzen und den klein geschnittenen Knoblauch im Fett mit dem Kümmelgemisch anschwitzen. Den geschälten und klein gehackten Ingwer dazugeben, eine Minute mit schwitzen lassen. Dann kommt der Rosenkohl dazu und wird sacht angebraten. Nicht zu viel rühren. Nach zehn Minuten salzen und pfeffern nach Bedarf.

Mittlerweile sind die Linsen fertig gekocht (sollte noch Wasser da sein, soll er dieses abgießen, hat Muddern gesagt). Er gibt sie in eine Kasserolle und verteilt den Rosenkohl darauf. Zum Schluss gibt er noch die klein gehackte Petersilie als Dekoration dazu.

Außerdem hat Henner immer noch Mettwürste in petto. Soll ja nicht zu vegetarisch werden. Er kennt schließlich seinen Kumpel Rudi.

Winterkabeljau in Tomatensugo von Rosa

Für 4 Personen:
Je 250 g Skrei/Winterkabeljaufilet pro Person, am besten vom Kopf, da sind die Stücke gleichmäßig dick
1 Stängel Rosmarin
3 EL Rapsöl
1 EL Mehl

Tomatensugo:
5 EL Rapsöl
4 kleine 400-Gramm-Dosen Tomaten gestückelt (vorzugsweise San Marzano von Mutti)
2 EL Tomatenmark
4 mittelgroße Schalotten
5 Zehen Knoblauch
1 Glas (75 g) gesalzene Kapern, trocken eingelegt
100 g schwarze (nicht geschwärzte) Oliven aus dem Glas (in Wasser eingelegt, nicht in Öl oder trocken)
1 kräftiger Zweig Rosmarin
8 Stängel Thymian
1 Biozitrone in sechs Scheiben schneiden
Salz und Pfeffer

Als Beilage Kartoffelstampf

Rosa hat dieses Rezept von ihrem Lieblingsitaliener in Hannover mit viel List und Tücke erhalten.
Im Januar und Februar, wenn der Winterkabeljau aus den arktischen Gefilden zu den Lofoten wandert, ist sein Fleisch besonders fest und aromatisch.

Als Erstes setzt Rosa die Tomatensugo an. Sie erhitzt das Rapsöl in der Pfanne, und dann kommen die klein gehackten Zwiebeln und der Knoblauch dazu. Bei mittlerer Hitze anschwitzen.

Nun kommen die Kräuter. Rosa nimmt vorzugsweise frische, es gehen natürlich auch getrocknete. Sie entkernt die Oliven (manchmal nimmt sie auch schon entkernte), zerdrückt die noch salzigen Kapern und gibt sie in die Pfanne.

Jetzt folgen die gestückelten Tomaten und das Tomatenmark. Rosa erhöht die Hitze und bringt die Masse zum Blubbern, während sie dabei kräftig umrührt. Jetzt gibt sie die Zitronenscheiben dazu, packt den Deckel drauf und lässt alles eine halbe Stunde bei kleiner (!) Flamme blubbern.

Die Skreistücke wäscht sie, tupft sie mit Küchenpapier trocken und zieht eventuell noch eine übersehene Gräte heraus. Nun salzt und pfeffert sie die Stücke, streut den klein gehackten Rosmarin darüber und bestäubt die Hautseite mit Mehl. Das Rapsöl erwärmt sie in einer beschichteten Pfanne auf mittlerer Hitze, dann legt sie den Fisch auf der Haut ins Öl. Bei mittlerer Hitze acht Minuten sanft garen. Auf die andere Seite drehen, noch einmal 4 Minuten (je nach Dicke des Fisches) braten. Der Fisch soll von innen nicht durchgegart sein. Wer das nicht mag, lässt den Fisch länger drin. Wichtig ist, alles bei mittlerer Hitze und nicht mit Volldampf, weil das Eiweiß auf starke Hitze reagiert und zäh wird.

Salz und Pfeffer stellt sie auf den Tisch, damit jeder nach Geschmack nachwürzen kann.

Falls noch Tomatensoße übrig bleibt, kann Rosa die am nächsten Tag als Nudelsoße verwenden ☺.

Schnittchen mit selbst mariniertem Lachs von Gudrun (zum Häkelbüdelclub-Abend)

1 Lachsseite mit Haut, circa 1,5 kg im Ganzen
4 EL grobes Meersalz
3 EL Zucker
2 EL schwarze, grob zerstoßene Pfefferkörner
70–100 g frischer, fein geschnittener Dill

Dieses Rezept hat Gudrun schon vor zwanzig Jahren in einem Kochbuch entdeckt und seitdem immer wieder verfeinert. Ob zum Neujahrsempfang, Geburtstagsessen oder Weihnachtsbrunch – diese Art der Zubereitung bringt alle zum Schwärmen.

Gudrun wäscht die Lachsseite gründlich unter kaltem Wasser und schuppt ihn (mittlerweile macht sie das nicht mehr mit der Klinge ihres Küchenmessers, sondern benutzt ein extra Schuppmesser – die örtliche Fischhandlung übernimmt das auf Nachfrage bestimmt auch). Dann trocknet sie ihn mit Küchenpapier ab und entfernt mit der Pinzette mögliche Gräten.

Nun schneidet sie den Lachs in drei große Stücke, die sie später in ihrer Porzellanschale mit Deckel übereinanderstapelt. (Glas- oder Plastikschale mit Deckel gehen natürlich auch.)

Salz, Zucker, Pfeffer vermischt sie (eventuell mit der Küchenmaschine klein häckseln) und bestreut jede Lachsschicht mit diesem Gemisch und dem klein gehackten Dill.

Über das Gefäß zieht sie eine Folie ganz stramm, damit der Fisch so nahezu luftdicht mindestens 24 Stunden mariniert wird. Die Filets sondern ihren eigenen Saft ab, und Gudrun wendet sie zweimal täglich darin, damit sie besser durchziehen.

Zum Servieren nimmt sie den Lachs aus dem Gefäß (nicht abwaschen, nur den Dill und die Flüssigkeit mit einem Küchentuch ein bisschen abputzen) und legt ihn mit der Hautseite auf ein Brett. Mit einem sehr scharfen Messer (es gibt dafür übrigens extra Lachsmesser mit dünnen Klingen) die Scheiben schräg von der Haut abschneiden, und zwar so dick, wie man sie möchte. Mit einigen Dillspitzen garnieren und auf gebutterte Brotecken legen. Fertig!

Ingwer-Shot
(kurbelt den Stoffwechsel an)

300 g geschälter Ingwer
6 ausgepresste Orangen
3 ausgepresste Zitronen
3 TL Kurkumapulver
3 TL Honig

Den klein geschnittenen/gehackten Ingwer mit der Hälfte von Zitronen- und Orangensaft auffüllen und mit Mixer oder einem ähnlichen Küchengerät auf höchster Stufe circa 20 Sekunden klein hacken. Dann den restlichen Orangen- und Zitronensaft mit Honig und frischem Kurkumapulver 15 Sekunden auf höchster Stufe verrühren und durch ein Sieb filtern. In heiß ausgespülten Gläsern hält sich der Shot drei Wochen im Kühlschrank. Trinkmenge: Jeden Morgen ein kleines Schnapsglas.

Wunderpulver

Jeweils 50 Gramm Kurkuma, Koriander, Muskatnuss und 10 Gramm schwarzen gemahlenen Pfeffer (damit die Wirkung der Kurkuma verstärkt wird) in einer Dose mischen und jeden Morgen einen kleinen Teelöffel davon nehmen.

«Es dauert zwar ein wenig, bis die Wirkung einsetzt», sagt Angelika Jünger, Heilpraktikerin aus Berlin, «aber die Schmerzlinderung kann so groß sein, dass Medikamente deutlich reduziert oder gar abgesetzt werden können.»

In den letzten Jahren sind verschiedene Gewürze wie Kurkuma, Ingwer, Kreuzkümmel und Koriander immer stärker in den Fokus von Wissenschaftlern gelangt, die deren lindernde Wirkung bei Arthrose bestätigen.

Kurkuma ist das Gewürz, das Curry seine goldene Farbe verleiht und das gleichzeitig eine stark entzündungshemmende Wirkung haben soll. Entzündungen sind meist die Begleiterscheinung von Arthrose, die aufgrund von Reibung entsteht und für Schwellungen und eine reduzierte Beweglichkeit sorgt. Die entzündungslindernde Wirkung von Kurkuma beziehungsweise des in Kurkuma enthaltenen Kurkumins kann dafür sorgen, dass die durch Arthrose entstandenen Gelenkentzündungen zurückgehen und so die Beweglichkeit wieder erhöht wird.

Weitere Titel

Henner, Rudi und Rosa

Krabbenbrot und Seemannstod

Der letzte Heuler

Miss Wattenmeer singt nicht mehr

Mörderjagd mit Inselblick Muscheln,

Mord und Meeresrauschen Zum

Teufel mit den fiesen Friesen

Krabbenkuss mit Schuss

Wenn Wattwürmer weinen

Christiane Franke, Cornelia Kuhnert

Frisch ermittelt: Der Fall Vera Malottke

352 Seiten

Leer, 1958: Martha Frisch ist Witwe, eine couragierte Endfünfzigerin und ihrer Zeit voraus. In ihrer Heißmangelstube kriegt sie allerhand Klatsch und Tratsch mit. Als eine treue Kundin, die junge Edelprostituierte Vera Malottke, tot in ihrer Wohnung aufgefunden wird, zerreißt sich die ganze Stadt den Mund über das frivole Frauenzimmer. Die Polizei zeigt wenig Einsatz und legt sich schnell auf den Täter fest: einen alten Freund der Toten, der gerade aus dem Gefängnis entlassen wurde. Schließlich möchte man die Honora-tioren der Stadt – allesamt Veras Kunden – nicht in die delikate Angelegenheit hineinziehen.

Gemeinsam mit ihrem Großneffen, dem Wachtmeister Hans Frisch, und ihrer Enkelin Annemieke wehrt Martha sich gegen diese Doppelmoral und begibt sich auf die Suche nach dem wahren Täter.

Erscheint im Juni 2022.